CUENTOS SELECTOS

IRÈNE NÉMIROVSKY

CUENTOS SELECTOS

Prólogo de Pola Oloixarac

Traducción de Lucía Dorin

edhasa

Consulte nuestra página web: https://www.edhasa.es
En ella encontrará el catálogo completo de Edhasa comentado.

Diseño de la colección: Jordi Salvany

Diseño de la cubierta: Edhasa

Imagen de cubierta: istockphoto

Primera edición en Argentina Edhasa, S.A., 2024
Primera edición: marzo de 2025

Diputació, 262, 2ª 1ª
08007 Barcelona
Tel. 93 494 97 20
España
E-mail: info@edhasa.es

Avda. Córdoba 744, 2º piso C
C1054AAT Capital Federal
Tel. (11) 50 327 069
Argentina
E-mail: info@edhasa.com.ar

ISBN: ISBN: 978-84-350-1179-2

Impreso en Barcelona por CPI Black Print

Dep.Leg.: B 1060-2025

Impreso en España

Índice

Irène Némirosvky
Historia de dos voces

«El primer enemigo que convenía combatir
era uno mismo, su propio pasado.
Sí, era el comienzo de la guerra.
Parece lejano ahora».

La noche en el vagón, 1939

Esta selección de cuentos de Irène Némirovsky es el reverso literario de una trama trágica, donde las circunstancias de la vida y la muerte de la autora se entrelazan. Algunos de ellos se dieron a conocer en revistas que, con el avance de la ocupación nazi de París, terminaron por encarnar orgullosamente el rostro cultural de la derecha francesa de paladar antisemita, como *Gringoire* y la *Revue des Deux Mondes*. A partir de octubre de 1940, cuando las leyes racistas impuestas por el gobierno de Vichy prohibían a los judíos llevar adelante actividades profesionales, entre ellas publicar, Irène pasó a utilizar seudónimos para firmar sus escritos; los mismos editores que integraron por entonces las huestes colaboracionistas contravinieron, sin embargo, las peticiones de Vichy y continuaron publicando a Irène, dándole trabajo y pagando por él. Irène jamás escondió su origen judío, y fue la única escritora «rusa blanca», es decir, escapada de la Revolución bolchevique, que fue arrestada, deportada y que, un mes más tarde, moriría en el campo de exterminio de Auschwitz, a los treinta y nueve años.

Estos cuentos contienen las dos voces sobre las que Irène trabajó toda su vida. Dos instrumentos que atraviesan toda su obra, con sus propios fantasmas, nostalgias e intensidades. Por una parte, una voz que desemboza una sensibilidad impecablemente francesa; Irène se vale de ella para explorar el universo burgués que rodea a personajes atenazados por el paso del tiempo, las tensiones amorosas y los desencuentros familiares. Relatos como *Un almuerzo en septiembre* (1933), *Eco* (1934), *Domingo* (1934), *Un amor en peligro* (1936) y *Como niños grandes* (1939) demuestran lo bien que Irène conocía la pequeña burguesía parisina, así como los pequeños placeres donde descansa su sensación de seguridad: las polveras de nácar, el jabón de Marsella, las listas de tareas domésticas que incluyen lidiar con las empleadas. En el centro de esta zona suele haber una mujer.*

La otra voz es un portal al mundo eslavo y judío, la zona mental y material del inmigrante. Está compuesta por ecos de recuerdos, como un viaje en el tiempo por la historia íntima de Europa, donde las guerras sucesivas parecen enroscarse unas sobre otras. En *Nacimiento de una revolución* (1938), la autora rememora el despuntar de la Revolución bolche-

* Némirovsky hablaba de ciertas ventajas de las mujeres autoras: «La mujer de letras, en todas las épocas, en todos los lugares, es una mujer que ha logrado obtener ventajas personales de sus problemas privados. Aunque sean muy diferentes por el talento y el carácter, todas tienen esta marca común: extraen sus novelas o sus poemas de sí mismas, de su propio corazón, de sus alegrías y de sus sufrimientos». De una entrevista radiofónica en *Femmes de Paris – femmes de lettres*, del 19 de abril de 1939.

vique; en *Destinos* (1940), el telón de fondo son las alertas por ataques aéreos en París, para poner en escena una viñeta cotidiana donde mujeres exiliadas de la Guerra Civil española conversan con mujeres que huyeron de la Revolución rusa. Lo que le interesa es la vida interior de sus criaturas; captar el instante en el que sus personajes se enfrentan a su espejo, a un doble que les revela algo temible sobre sí mismos, algo que su propia situación les impide ver. Esta duplicidad es una especie de tensión fractal que hace a los personajes enfrentarse a un abismo, y a nosotros con ellos. En esta zona se encuentra *Fraternidad* (1937), un cuento que en un principio fue rechazado por *Gringoire* (que para entonces ya era un semanario profuso en ensayos abiertamente antisemitas) por ser considerado antisemita, lo cual seguramente fuera un eufemismo, porque lo que probablemente creyeron inaceptable para su publicación era que el personaje principal fuera judío. El protagonista es Christian Rabinovich: ya su nombre lo revela como una mezcla de cristiano y judío. «Era de esos hombres que aprecian con una profunda y perversa aplicación la melancolía, la pena, la amargura, demasiado lúcida», si bien él «nunca se entregaba al pánico, como lo hacen los burgueses ricos, sus hermanos». Rabinovich, burgués y elegante («mi nariz, mi boca, son los únicos rasgos específicamente judíos que me han quedado»), se encuentra con otro hombre que se llama igual que él: un judío pobre, vestido con sus ropas oscuras pasadas de moda, un Rabinovich que parece venir de otro tiempo o de otro planeta (el gueto), y no puede creer que ambos sean Rabinovich, que ése sea su espejo. Christian Rabinovich, literalmente el Rabinovich cristiano, encarna al inmigrante asimilado, moderno, que observa con temor el nuevo aluvión de refugiados del Este; teme que ese tiempo de masacres y ruinas ancestrales (la cólera, los progromos), que todavía persiste como un aura en estos recién llegados, los arrastre a ellos también.

Una voz debía salvar a otra.

* * *

Irina Leónidovna Nemiróvskaia nació el 24 de febrero de 1903 en Kiev, por entonces una capital provincial de la Rusia Imperial, en una casa espaciosa en la zona alta de la ciudad, ubicada en una bonita calle rodeada de tilos. En 1913, obtuvieron un derecho de residencia en San Petersburgo, y los Némirovsky abandonaron Kiev para mudarse a un elegante apartamento en un exclusivo distrito, a pasos de la casa donde vivió Vladimir Nabokov cuando era niño. Como otras ciudades imperiales, la futura Petrogrado sólo admitía dentro de sus confines un porcentaje muy escaso de judíos, como a algunos magnates, artistas de renombre y banqueros riquísimos. Los Némirovsky era una familia acaudalada y muy bien conectada, que desde hacía generaciones pertenecía a la clase media alta y se codeaba con los círculos áulicos del gobierno imperial y la alta sociedad, de fe ortodoxa cristiana. Irène describiría así la geografía social de Kiev:

> La ciudad ucraniana se encontraba dividida, desde el punto de vista de los judíos que vivían ahí, en tres regiones diferentes, como lo remarcan las fotografías de la época: los condenados de abajo, atrapados entre las sombras y los fuegos del Hades; los mortales en el medio, iluminados por una luz pálida y apacible; y arriba, el reino de los elegidos.

Los Némirovsky formaban parte, a todas luces, de los elegidos. Veraneaban en el sur de Crimea, y también en Biarritz y en la Riviera francesa; en una época en la que la gente rara vez salía del país, no tenían problemas en obtener visados. Cruzaban Europa en el Orient Express y a veces pasaban temporadas en Moscú, en el coqueto *pied-à-terre* de un diplomático apostado en Londres, amigo del padre. El mundo donde se mueven los Némirovsky coincide con las zonas más opulentas de la ciudad, celosamente apartadas del *podol*, los barrios populares donde viven los judíos religiosos, típicamente pequeños comerciantes que llevan altos sombreros y ropas negras que no tienen nada que ver con la moda europea del momento, a la que los Némirovsky se entregan con esmero religioso. En las fotos que se conservan, los padres de Irène, Fanny y Léon Némirovsky, pasean de punta en blanco por la plaza del Kremlin, él con un sombrero hongo y ella con un amplio sombrero claro y una sombrilla prístina; a lo lejos se adivinan las cúpulas junto al río Moscova. Los bisabuelos de Irène sonríen en el jardín de su dacha: Eudoxia lleva un largo collar de perlas, y Boris está enfundado en un elegante traje de tres piezas; del chaleco sobresale reluciente la cadena dorada de un reloj de bolsillo. En las fotos, Irène siempre va de blanco impoluto, con Mary Janes claras y el cabello recogido de manera muy sencilla. Como otros judíos de clase media, y a diferencia de los barrios de abajo, en la familia no eran observantes de los preceptos religiosos. En una entrevista de 1930, Irène comenta que «las tradiciones eran demasiado complejas y primitivas para seguirlas estrictamente. Algunos años ayunábamos, y para Pésaj comíamos pan sin levadura junto con pan ruso común, lo que por supuesto era un grave pecado».

En noviembre de 1917, cuando los bolcheviques toman el Palacio de Invierno y el Imperio ruso cae ante la marea roja, los Némirovsky deben esconderse y planear la huida.

Dejan San Petersburgo el mes siguiente y cruzan a Finlandia, vestidos como campesinos; aunque escapan de los comunistas, eligen refugiarse en un pueblo «rojo» finés, donde viven cazadores y trabajadores afines al movimiento obrero. La familia se instala en una cómoda casa en el bosque y tienen tres empleadas, mujeres finesas que los atienden nerviosas y solícitas. La guerra civil se desencadena en Finlandia, pero Irène vive su nuevo destino temporario de manera idílica. En uno de sus paseos encuentra una casa abandonada en el bosque (otros que, como ella, debieron huir de la guerra civil) y para su fortuna está provista de una biblioteca espléndida, un tesoro lleno de libros en francés e inglés, donde la joven pasa el tiempo leyendo y donde descubre a Oscar Wilde. Irène tiene catorce años y empieza a escribir sus primeras historias; ella misma revive la atmósfera de este primer exilio en el relato *Magia* (1938).

En *Un enfant prodige*, novela temprana de Némirovsky, hay un niño que lee mientras las balas zumban a su alrededor. Su madre lo reprende; tiempo después, el niño se convertirá en poeta. En 1930, cuando ya es una celebridad, Irène hablará de su infancia con la misma imagen: acurrucada en un sillón leyendo el *Banquete*, de Platón, mientras fuera tronaban las descargas de fusiles. El sillón es la versión burguesa de la torre de marfil de nuestra autora: Irène se ufana de esa conexión íntima con la literatura mientras la historia se despliega de fondo, como si no pudiera rozarla, como si la comodidad de su refugio le permitiera jugar a ser la cronista perfecta.

Pasa un año, y la guerra civil cesa. Los «blancos» conservadores se imponen, con el apoyo del segundo Imperio alemán, sobre la facción «roja» finesa, abroquelada por los bolcheviques rusos, pero los Némirovsky no pueden regresar a

San Petersburgo. El puño feroz de Lenin se ciñe sobre el territorio; la derrota del movimiento blanco (en la que el padre de Nabokov, Vladimir Dimitrievich, era una figura de la opción progresista) pronto será definitiva. Los Némirovsky se trasladan a Suecia. La leyenda familiar es que viajan con una cantidad pasmosa de lingotes de oro y que algo de ese oro queda escondido en Suecia, aunque la mayor parte de la fortuna queda atrapada en la nueva Rusia bolchevique. Finalmente, recalan en París.

En la capital francesa, Irène siente que ha alcanzado su patria verdadera. Como Victoria Ocampo (y como Nabokov, con el inglés), su primera lengua no fue su idioma de origen, sino el francés. Lo hablaba con su institutriz y con la madre; el ruso lo usó apenas para los deberes del colegio, pero nunca escribió en ruso. Irina Nemiróvskaia se convierte en Irène Némirovsky, y se enrola en la Sorbonne para estudiar literatura rusa y literaturas comparadas; combina su pasión por las dos tradiciones literarias más excelsas de su tiempo: la eslava y la francesa. Los Némirovsky se instalan en un amplio apartamento en la rue de la Pompe, en el 16e *arrondissement*. Después de graduarse, en 1926, Irène se casa en la sinagoga de la rue Montevideo, a unos pasos del Bois de Boulogne, con Michel Epstein, un banquero judío, ruso como su padre.

La pareja se mudará a un coqueto apartamento en la avenue Daniel Lesueur, un espléndido *cul de sac* cerca del bulevar des Invalides en el 7e. Tiempo después, Irène envía el manuscrito de una novela en un sobre, bajo el nombre «Epstein», con sólo su dirección debajo, al célebre editor Bernard Grasset, la cabeza de la casa editorial que había publicado a Marcel Proust, entre otros escritores que Irène estudia y admira, como François Mauriac. Grasset se sorprendió cuando quien finalmente apareció en su oficina fue una joven menuda de veintiséis años, que ha decidido firmar la novela con su nombre de soltera. La novela en cuestión, *David Golder,* se convertirá en un gran éxito de ventas en París. Retrata un mundo que Irène conoce bien: David Golder, el personaje que da título a la novela, es nada menos que un banquero judío ruso.

Irène ofrecía una visión «desde dentro» del misterioso mundo de los empresarios rusos de París; algo que interesaba, que generaba morbo, también porque en esa época los judíos eran una novedad con buena aceptación: el Estado francés había recibido con los brazos abiertos a los emigrados de la Revolución rusa. *David Golder* debe su atractivo a cómo pone en escena ciertos estereotipos antisemitas: que son apátridas, materialistas, sólo movidos por la ambición. La novela es celebrada por los círculos de derecha y criticada por los críticos literarios judíos, que la acusan de antisemita.

Pero, lejos de ser el fruto de un nebuloso odio racial, *David Golder* parece más bien la venganza literaria de una autora joven contra ciertos personajes de su familia: un ajuste de cuentas donde la autora muestra el filo de su arsenal. *David Golder* es una novela moral, propia de la tradición rusa: un espejo deforme de su propia familia, escrito con el furor profano de alguien que parece estar mirando por el ojo de la cerradura, donde la madre (figura recurrente en Némirovsky, siempre negativa) es la que sale peor parada por su crueldad. La esposa de Golder es una mujer vana, fría, sistemáticamente infiel; cuando su marido está en el peor momento, le dice que su hija no es realmente suya. Siempre encuentra algo hiriente para lastimarlo; cuando David siente el rechazo de los círculos de París, le dice «nunca has dejado de ser ese pequeño judío que vendía trapos y chatarra por la calle». Golder parece atrapado por los vicios de una riqueza que no parece más que alejarlo de la felicidad; al cabo, la conquista del capital por el capital mismo ha sido una empresa vana, y Golder vuelve a la ciudad donde nació, en la Rusia profunda. Y, así como Borges escribe sobre el encuentro con su «destino sudamericano» de Francisco Narciso Laprida, que muere en un campo de batalla, Golder encuentra su destino judío muriendo solo en compañía de extraños, hablando en yidis.

Es un cuento moral, donde la autora exhibe sus dotes salvajes como novelista de la sociedad. Una década después, cuando la marea antisemita recrudezca su alcance sobre París, ella va a renegar de este libro, dirá que lo hubiera escrito de otra manera. Cuando la prensa la acusa de antisemita, ella declara a una periodista de *L'univers israélite*: «Estoy demasiado orgullosa de ser judía como para haber pensado alguna vez en negarlo». En efecto, a diferencia de autores como Nathalie Sarraute (*née* Natalia Tcherniak) o Romain Gary (Roman Kacew), Irène no tomó un pseudónimo para afrancesar su figura literaria. Su origen ruso judío siempre fue visible, como un rasgo más, como una nota al pie en la novela de su vida. Desea escribir sobre «la sociedad que conozco mejor y que se compone de personas fuera de sí, salidas de su medio, del país en el que normalmente habrían vivido, y que no se adaptan sin impacto, ni sin sufrimientos a una vida nueva».* ¿Por qué no puede pintar su aldea, una prerrogativa –casi un deber– de cualquier escritor naturalista? ¿Por qué no puede ella hacer como Mauriac, describir la burguesía que la rodea con filo y precisión? Irène reclama la libertad total del novelista psicológico, de poder pasar su escalpelo sobre el borde de sus criaturas y que estallen de vida en la imaginación del lector. Está empeñada en narrar la vida interior del mundo que observa, y lo hace con tanta intensidad que es prácti-

* De la entrevista radial *Comment travaille une romancière*, M.-J. Viel, 1935.

camente como si nunca hubiera salido de su distinguido *quartier* del 7ᵉ.

En efecto, Irène esquivó completamente las vanguardias que sacuden el mundo intelectual de la ciudad, la bohemia y el surrealismo, que tienen su epicentro al otro lado del Sena, en Montmartre. Su clase social, unida a su éxito como novelista de sociedad, hacen que apenas cruce el río, del lado de Le Marais, donde vive la mayoría de los judíos, el *podol* parisino. Otra explicación para esta distancia implacable es de orden estético: su estilo literario no tiene nada que ver con las vanguardias. Sus temas burgueses, su naturalismo, su interés por la psicología realista son más cercanos a los maestros rusos, a Émile Zola y al siglo XIX francés, es decir, a la tradición que los surrealistas y vanguardistas buscan subvertir. Una vez más, nada parece ligarla a los sueños que se agitan en otras partes de la ciudad.

No menos relevante es el peso de su exilio ruso. Con la llegada de la Revolución, su padre pierde su fortuna, como el resto de los rusos acaudalados, lo que contribuye a convencerla de que tanto ella como su familia pertenecen a una hermandad muy específica: la de los anticomunistas. Siente que su lugar natural se encuentra junto a la *réaction,* los círculos de extrema derecha franceses donde se cuece el acérrimo sentimiento antibolchevique.

Irène está empeñada en abrazar su nueva patria francesa, en demostrar que su corazón y su arte son todo menos apátridas: cuando estalla la Segunda Guerra Mundial, escribe loas a los valores franceses para la radio danesa, donde celebra «la magnífica moral de Francia», «su simplicidad y valor». Acaso Irène fantasea, como buena parte de los escritores de derecha, que Francia tomaría una altiva posición en la guerra, armándose para la batalla.

En su casa celebra veladas donde acuden miembros de la Croix-de-Feu, el grupo de derecha que nucleaba a católicos conservadores de ultraderecha, entre ellos algunos que provienen de Action Française, la liga *réac* fuertemente influida por Charles Maurras, intelectual nacionalista y vocal antisemita que apoyaría con vehemencia el régimen de Vichy. La Croix-de-Feu era un grupo nacionalista y particularmente xenófobo contra los algerianos, aunque también en cierta medida contra los judíos; su fundador, François de la Rocque, sin embargo, sostenía que el antisemitismo era un sentimiento antifrancés, y que como tal debía ser combatido. En 1934, existía incluso una Croix-de-Feu judía, y personajes como Edmond Bloch, a quien Maurras, abiertamente antisemita, enaltecía especialmente por tratarse de un «judío bien nacido».

En este momento, nuestra autora es, junto a Colette, la *best-seller* más celebrada de París. «Colette está promoviendo su libro *Dúo*, mientras que Irène Némirovsky está otra vez publicitando *David Golder*», escribe un periodista en mayo de 1935. *David Golder* fue un éxito ininterrumpido durante toda la década, un éxito de público llevado a las tablas y al cine. Por entonces, Colette e Irène eran las únicas mujeres que podían vivir cómodamente con lo que ganaban escribiendo.

Las veladas en la avenue Daniel Lesueur reúnen a lo más chic del mundillo *réac*, los futuros *collabos* más convencidos. «Todas las ventanas estaban abiertas y todo lo que se decía causó un escándalo en la avenue Daniel Lesueur, ¡qué batalla!», contaría tiempo después la gobernanta Cécile Michaud en un reportaje en los años sesenta. Por allí pasaron Jacques Chardonne, que participaría en 1941 de un viaje de intelectuales franceses a Alemania, invitado por Joseph Goebbels, y Paul Morand, que publicó en 1933 *France la douce,* un libro que denunciaba que el cine francés había sido invadido por «piratas, naturalizados o no, que se habían hecho camino desde la oscuridad de Europa Central hasta los Campos Elíseos»; su esposa, Hélène Soutzo, princesa rumana que había sido amiga de Marcel Proust, era orgullosamente antisemita y amiga personal de Otto Abetz, el hombre de Ribbentropp ante el mando militar alemán, entre otros hombres de letras fuertemente politizados, pero siempre dentro de la gama de formas y colores que ofrece esa mezcla entre la alta cultura, el refinamiento y la sociedad que define por entonces a la *droite française*.

En ese *cul de sac* tan altivo y refinado, uno más del circuito de la *crème de la crème* editorial de París, Irène y su marido, Michel, regaron las copas y cultivaron la amistad de personajes a los que luego rogarían por sus vidas.

* * *

Irène escribe todo el día. Se instala con su pluma favorita frente al escritorio en su balcón vidriado, desde donde puede ver el jardín. Deja que su hijita Denise juegue bajo su escritorio, con la condición de que lo haga en silencio. Su marido pasa a máquina sus manuscritos; el escritorio de Irène es el vórtice en torno al cual gira la familia.

Su ritmo es exigente y sostenido. Publica una novela por año, a las que llama «novelas alimentarias» (*nouvelles alimentaires*), además de varios cuentos recogidos por esta selección. Sólo aminora el ritmo en 1932, año en que muere su padre, y en 1937, cuando nace su segunda hija. Emplea a una gobernanta, una criada y una cocinera, y se mudan al séptimo piso de un amplio apartamento en la avenue Constant Coquelin, a la vuelta de su Daniel Lesueuer. En este momento de su vida gana incluso más que su marido, que es director del Banque des Pays du Nord. En su declaración de rentas de 1938, Michel asegura haber ganado unos 41 850 francos (unos 15 054 dólares), mientras que Irène asegura unos 137 000 francos (49 280 dólares), de los cuales más de cien mil provenían de sus cuentos y de las publicaciones serializadas en semanarios.

Irène abraza su profesionalización de escritora a toda velocidad, lo que implica maniobrar con delicada firmeza sus relaciones con sus diversos editores y sus distintos contratos. Los semanarios pagan muy bien por los cuentos, por lo que compiten con las casas editoriales con ventaja: gozan de la fuerza de la novedad, tienen un gran tiraje y se venden muchísimo a un costo de imprenta mucho más bajo.* Cuando Grasset cae en depresión, Irène debe deshacer su acuerdo con él y pasa a firmar un contrato para novelas venideras con Albin Michel, a quien luego tiene que convencer de que le permita también publicar piezas cortas en revistas. En sus cartas con los editores, Irène maneja las artes equilibristas de la autora que debe negociar y renegociar por cada una de sus creaciones, y en general obtiene lo que quiere.

Cuando Paul Morand la contacta para incluir una historia suya para la colección que dirige para la NRF (donde ha incluido un texto de Pierre Drieu La Rochelle, el amigo de Victoria Ocampo y celebérrimo colaboracionista que terminará suicidándose), Irène escribe a Albin Michel pidiéndole que haga una excepción para ella, para poder publicar ahí. Michel le responde: «Nuestra unión espiritual es muy reciente y sería muy desagradable para mí permitirte infide-

* «Los autores pueden escribir para los semanarios, que dañan tanto a los editores de libros, pero los editores, que viven sólo de las ventas de libros, no tienen esta fuente extra de ingresos», sopesa en una carta Albin Michel.

lidades cuando nuestro primogénito aún no ha nacido», aludiendo a la novela que Irène todavía no entregó. Irène retruca: «Una esposa debe lealtad a su marido. Por eso me inclino ante tu decisión y espero que tengas los mismos sentimientos hacia nuestros hijos una vez nazcan que cuando se encuentran en su etapa embriónica». Finalmente, Albin Michel cedió, y Grasset también la relevó de sus obligaciones para con él.

A esto se suma la cuidadosa armonía que debe mantener con los editores de los semanarios, como el de *Gringoire,* Horace de Corbuccia, que si bien en un principio denuncia el ascenso de Hitler, terminará por plegarse con ímpetu a la agenda racista, publicando ensayos abiertamente hostiles a la inmigración judía. A Irène, sin embargo, no parece preocuparle demasiado el contenido de las revistas en las que publica. Romain Gary, por su parte, dejó de publicar en *Gringoire* por considerarlo espantoso, a pesar de que pagaban excelentemente bien.

¿Imaginaba Irène que su situación era precaria y que debía mantener buenas relaciones con las mismas personas que publicaban panfletos antisemitas, para protegerse? ¿No percibía que era apenas tolerada por estos círculos? ¿Los cultivaba porque creía que la ayudarían, que su compañía era el mejor disfraz? ¿O estaba segura de que, por su posición económica y por su jerarquía como autora de éxito, simplemente estos discursos no la afectaban? ¿Acaso creía –y sus amistades contribuían a esta creencia– que su caso era el de una asimilación exitosa y excepcional? Y, si ése era el caso, ¿no debe uno aceptar la cultura y los prejuicios del lugar en el que habita, no era ésa la forma más íntima de pertenecer? Entre el éxito de *David Golder* y el ascenso de Hitler en Alemania pasan apenas cuatro años, que precipitan una escalada de violencia en el lenguaje.

Parece evidente que existía una forma normalizada de discurso antisemita, una especie de «antisemitismo de buen tono» del cual Némirovsky y su marido participaban de forma más o menos pasiva. Una manera normalizada de establecer que habría algunos «judíos que sí», mientras que había otros «judíos que no» (dos clases, dos maneras de ser, como sugiere el relato *Fraternidad*). El crítico literario de *Gringoire*, Jean-Pierre Maxence, escribió, por ejemplo, que «no ha sido Céline quien creó las abusivas intrusiones de los judíos en el mundo de las altas finanzas. Simplemente señala lo que ya es evidente para incluso los menos perspicaces de nosotros, lo que los mismos judíos –y tengo amigos entre ellos– deploran y rechazan». Maxence, que había sido cercano a Action Française, aun sin formar parte, había sido muy elogioso con el don literario de Irène para crear personajes, y es muy probable que pensara en ella y en su marido cuando alude a sus amigos judíos. No es descabellado aventurar que Irène y su marido funcionaban como el *token* que proyectaba cierta cuota de virtud (el baremo que aseguraba un criterio equidistante) a estos antisemitas culturales, que distinguían entre «judíos que sí», los excepcionales como los Némirovsky, y judíos que, por su situación precaria, su extracción popular, su falta de medios o por su estatus de recién llegados, no.

En esto, el París de entreguerras de Némirosvky parece resonar con nuestra época. Basta observar, en la actualidad, la circulación social de la palabra «sionista» como parteaguas entre «judíos que sí» y «judíos que no». Los discursos antisemitas actuales buscan distinguir entre «sionistas» (los que, para ellos, merecen el desprecio, el acoso, el silenciamiento, los insultos y hasta la muerte, según los casos) y los judíos que reniegan de la importancia de que exista el Estado de Israel (considerados aceptables e inofensivos, mientras no alcen la voz). Después de la masacre y los secuestros del 7 de octubre de 2023, en el aniversario exacto de la invasión de Egipto y Siria a Israel, los atacantes palestinos celebraron sobre los cuerpos mutilados, regresaron a Gaza como si fueran héroes y en todo el mundo se multiplicaron celebraciones macabras de ese baño de sangre. Hamas se había filmado matando inocentes, había dejado un tendal de más de mil muertos, la gran mayoría civiles inocentes y jóvenes que bailaban en una *rave*, habían secuestrado a niños y familias enteras, y, sin embargo, la acción de Hamas no encontró una condena social masiva, sino que repercutió en forma de celebraciones tenebrosas en distintas partes del mundo. Alumnos de Sciences Po echaron a gritos a los estudiantes judíos y les impidieron ingresar a la biblioteca; en Harvard y otras universidades de élite, los estudiantes judíos fueron acosados, asaltados e intimidados por el solo hecho de ser judíos. En Francia, los actos antisemitas no han cesado de multiplicarse, alcanzando su pico de horror y espanto en la violación en manada de una niña de doce años al grito de «sale juive» (judía sucia) en el suburbio parisino de Courbevoie. El exnovio de la víctima, un joven rubio recientemente convertido al islam, le habría tendido una trampa para llevarla a un lugar donde la golpearon, la insultaron y la violaron entre varios; la niña «habría ocultado que era judía», y ése fue su escarmiento. Leo, mientras termino de revisar estas notas, que los violadores no han mostrado signos de arrepentimiento.

Es probable que muchos colaboracionistas convencidos se hubieran estremecido con sólo imaginar las bestialidades que tuvieron lugar en los campos de concentración nazis. Que nunca, ni en sus fantasías más oscuras, hubieran alcanzado a imaginar que sus discursos encendidos eran un hilo que los unía con una realización terrorífica: la industrialización del asesinato de cuerpos destinados a eliminarse. Pero la acción de Hamas invirtió el tiempo: puso en primer plano el horror de la masacre, se autocelebró en el rol del asesino en una reacción que niega todos los pactos civilizatorios. Mientras escribo estas líneas, me llega el vídeo de una activista que vitorea, en el Congreso de España, el progromo del 7 de octubre como la «valiente iniciativa de la resistencia palestina». Ya sea mostrando las pruebas de la masacre, como hace Hamas, o escondiéndolas, como intentaron hacer los nazis, el paisaje moral se torna nuevamente difuso, los sentidos se invierten, y el llamado a la destrucción de los judíos encuentra nuevos coros, algunos rancios y otros frescos y jóvenes, y las compuertas de los monstruos interiores se abren, se liberan, como si el abismo moral de la shoah volviera a acechar en los mismos lugares donde alguna vez se alojó.

Acaso Irène creía que era su fidelidad a la nueva nación la que se jugaba también en su capacidad de participar en estos discursos. Que tanto ella como su familia formaban parte de los judíos aceptables, los asimilados, los que no reclamaban un espacio puramente judío como condición para vivir. Que estos discursos formaban parte del paisaje mental y social de su *milieu* y debía aceptarlos, así como la aceptaban a ella. Después de todo, el mundo de los reaccionarios era el mundo que le parecía propio, de los salones elegantes que frecuentaba y de los críticos que la habían celebrado, y en cuyas revistas podía publicar. Sí, había nacido judía, pero se había convertido en la dueña de una voz intachablemente francesa, con una sensibilidad tan auténtica, realista y burguesa que la prueba estaba ahí, concreta, en sus letras.

En 1940, Francia se rinde ante los alemanes y se establece el régimen de Vichy, comandado por el mariscal Pétain. Némirovsky escribe a Pétain:

> *Monsieur le maréchal*, éste es el problema. Entiendo que su gobierno ha decidido tomar medidas contra las personas apátridas. Me preocupa mucho el destino que nos aguarda. Mi esposo y yo nacimos en Rusia, y nuestros padres emigraron durante la Revolución. Nuestras hijas son francesas. Hemos vivido en Francia durante veinte años, y nunca dejamos el país. Nunca me ha interesado la política, y sólo he escrito trabajos literarios. He hecho todo lo que estaba a mi alcance para hacer que Francia sea conocida y amada. No puedo creer, señor, que no haga distinción entre los extranjeros indeseables y los honorables, ya que hemos hecho todo lo posible para merecer la bienvenida que Francia nos ha dado. Le ruego que tenga la amabilidad de incluirme a mí y a mi familia en esta última categoría, de modo que me permita seguir ejerciendo mi profesión de novelista.

Los indeseables y los honorables: dos categorías de discurso en circulación, y una mujer desesperada que quiere salvar a su familia. «Nunca dejamos el país»; le asegura a Pétain que nunca dejó Francia, como la prueba de una fidelidad amorosa. El pedido es ignorado, como también fueron ignoradas sus peticiones para obtener papeles franceses (por algún motivo, los Némirovsky no los solicitaron en la década de los años veinte, cuando el clima general hacia los inmigrantes era benigno). Su padre le suplica que viaje a Nueva York, que deje Francia, pero ella responde siempre que confía en «el carácter francés». Siente que debe demostrar que ellos no son eso que imaginan de los judíos, que son apátridas, que no creen en la nación; que debe hacerlo con toda su fe, todo su ser. El cuerpo de Némirovsky queda rehén de su idealismo nacionalista, su amor no correspondido por la nación.

* * *

Los Némirovsky abandonan París y se mudan a Issy-L'Évêque, un pueblecito en la zona ocupada por el Tercer Reich. Michel ya no puede trabajar como director del banco; la única fuente de dinero de la familia es la escritura de Irène. Albin Michel sigue enviándole remesas, algo que hará hasta el fin de la guerra; en cuanto a las revistas, como las cuentas de las personas judías han sido congeladas, Irène propone un mecanismo para que le paguen sus colaboraciones a través de Julie Dumot, la esposa de su padre, asegurando que Julie puede probar que es «aria y francesa», las condiciones para realizar operaciones financieras que impone Vichy. Los Némirovsky han dejado París, pero no viven escondidos; en el pueblo, todos los conocen. Irène ha comenzado la redacción de su proyecto más ambicioso, su propio *Guerra y paz*: las cuatro partes de lo que será su obra maestra inconclusa, *Suite française*. Está preparando una venganza.

Su voz francesa, que cinceló con filo y saña rusas, ahora dirige su escalpelo hacia la sociedad francesa. Proyecta ser la gran cronista de la guerra, con una obra en cuatro partes: Issy-L'Évêque será Bussy, el pueblo imaginario donde se instala la familia que huye de la guerra. Como ciñéndose a los requerimientos de Vichy, en *Suite française* no hay personajes judíos: están la guerra, el éxodo, la desolación, la llegada de los alemanes, incluso las personas que son arrestadas sin explicación, todo menos la palabra «judío». Ahora la ambición, la hipocresía, el espíritu traicionero y mezquino labrarán su camino en el interior de personajes de sangre puramente francesa. Cargará contra la clase media industrial y su mentirosa caridad, con la forma descarada en la que los ricos explotan a los pobres. Escribirá con filo sobre todo lo que ve, sobre lo que calló hasta ahora. «Golpea fuerte a los escritores», anota en su diario, «especialmente AC..., nunca atacamos a los autores, como AB». Acaso AB sea Abel Bonnard, miembro de la Academia Francesa que participó en el viaje infame de intelectuales organizado por Goebbels, como Chardonne... Ahora tiene un nuevo personaje: Gabriel Corte, el colaboracionista cínico que se beneficia de los favores de sus amigos de posición.

Ya no protegerá la imagen nacional. Su voz francesa se inclinará sobre sus criaturas, no quedará ningún rastro de nada más. La venganza se une al nuevo *cul de sac* en el que vive. No consigue publicar *Les feux de automne*; no sólo está prohibida ella, también sus criaturas según su nacionalidad. Irène no siente ninguna afinidad por Vichy; confía en que es una expresión temporaria del mal, y que el verdadero rostro de Francia tarde o temprano volverá a emerger.

En 1939, Irène había concluido la novela más judía de toda su producción: *Les chiens et les loups*. Es la historia de Ada Stiller, una joven pintora ucraniana que se muda a París para devenir un artista; un *alter ego* suyo, que también es una reescritura de otra novela temprana, *Un enfant prodige,* que al mirar atrás Irène declara que detesta, que es un libro que no puede ni abrir. Ada se debate entre el amor de dos hombres: Harry, el hijo riquísimo de una familia de magnates judeorusos, y Ben, un muchacho que viene del mismo *shtelt* que ella. Cuál es el hombre para ella equivale a preguntarse adónde debe pertenecer: ¿al bando de los perros, de los domesticados y asimilados, al que pertenece Harry, o al universo de lobos de Ben, mentes salvajes, con un extra de locura incomprensible para un galo, que se saben diferentes y desconfían de los franceses? Cómo integrarse, cómo ser fiel a las raíces y cómo vivir el exilio permanente cuando te echan de todas partes son los temas de este libro. Ada termina expulsada de Francia, donde encuentra la solidaridad de otras mujeres judías que la asisten cuando da a luz. Ahora es madre soltera en algún lugar de los Balcanes. La novela se vende poco; sale por capítulos en *Gringoire,* que atraviesa su etapa más furiosamente antisemita.

En junio de 1942, Irène y su marido deben coser una estrella amarilla en su ropa. Irène se hunde en la desesperanza. Una entrada de su diario, sin fecha: «Dios mío. Qué me está haciendo este país. Ya que me rechaza, pensemos en ello fríamente, observémoslo perder su honor y su vida. Y los demás ¿qué son para mí? Los imperios mueren. Nada es importante. Todo da lo mismo, ya lo miremos desde un punto de vista místico o personal. Conservemos la cabeza fría. Hay que esperar».

Irène no imagina hasta qué punto esta guerra redefine todas las guerras, ni hasta qué punto es radicalmente diferente de las otras que conoce, sobre las que leyó y escuchó hablar. Imagina el conflicto como una nueva variante de la Gran Guerra, o la de 1870, entre el Imperio austrohúngaro y Francia, cuando ésta perdió Alsacia y Lorena. Duelos colosales de ejércitos, asuntos atravesados por códigos de honor que sólo parecen afectar a la población civil gracias a la novedad de los bombardeos. No imagina que lo que se desarrolla es un combate contra la población civil inocente y desarmada, también las mujeres y los niños. Incapacitado para trabajar, Michel intenta hacerse útil y ganarse el favor de las tropas alemanas apostadas en Bussy; como domina a la perfección el alemán, los ayuda como intérprete y traductor.

Mientras escribe *Suite française*, Irène intenta publicar su biografía de Chéjov. Los judíos tienen prohibido publicar, y ella no quiere hacerlo bajo pseudónimo, se niega a que aparezca bajo otro nombre que no sea el suyo. Logra que publiquen, con su nombre, una parte en *Les oeuvres libres,* en mayo de 1940. Irène siente una afinidad especial con Chéjov, que en ese momento se convierte en un talismán, en un espejo. Como ella, Chéjov escribía para una revista cuyo director era «un reaccionario y un oportunista». ¿No era ésta una descripción perfecta del director de *Gringoire*, Horace de Corbuccia? Así describe Irène a un colaboracionista en sus cuadernos:

> Él no siente celos ni ambición equivocada, ni tampoco un deseo real de venganza. Está asustado. ¿Quién lo lastimará menos (no en el futuro, sino ahora mismo y en la forma de patadas en el culo y cachetazos)? ¿Los alemanes? ¿Los ingleses? ¿Los rusos? Los alemanes lo golpean, pero la paliza se olvida, y ahora los alemanes pueden defenderlo. Por eso está con los alemanes.

★ ★ ★

Nadie los delató. Los gendarmes tenían su dirección, porque la pareja la había proporcionado voluntariamente al Estado de Vichy. Irène fue arrestada por unos gendarmes franceses el 13 de julio, y según las anotaciones de su diario, sabía que vendrían a buscarla ese mismo día. Meses atrás, habían puesto a salvo a sus hijas, francesas y bautizadas, al cuidado de Julie Dumot, con lo cual las niñas estaban protegidas; ahora, Michel emprende la tarea de liberar a Irène. Escribe desesperado a cada uno de sus antiguos invitados de la avenue Daniel Lesueuer. Quizá la princesa Hélène, la esposa de Paul Morand, la amiga de Otto Abetz que ahora es el embajador del Führer, podrá interceder por Irène, como ya lo hizo por el marido de Colette, Maurice Goudeket (judío, se salvó). También Jean-Jacques Bernard fue liberado. Michel se convierte en escritor de cartas desesperadas, y hasta convence a los oficiales alemanes, aquellos a los que ayudó con sus traducciones en Bussy, a escribir también a su favor: «¡Camaradas! Hemos vivido cerca de la familia Epstein por un largo tiempo, y nos consta que es una familia honesta y amigable. Les rogamos que los traten de manera acorde. *Heil Hitler!*»

Michel imagina que Irène ha sido llevada a campos de trabajos forzados y que, apenas averigüe donde está exactamente, podrá ir a visitarla. La clave para sobrevivir está cifrada en la vida que llevan, piensa; en haberse inscrito en las páginas doradas del bando honorable; sus excepcionalidad está probada por el libro de sus vidas, por cada palabra que escribió Irène; es sólo cuestión de que las personas que toman decisiones lo vean, que se decidan a establecer un salvoconducto para la célebre escritora. Finalmente, Michel escribe al embajador alemán Abetz, famoso por su antisemitismo profundo. Empieza contándole la historia de ambas familias de Rusia:

> Todo esto es para reasegurarle que no encontrará en nosotros más que odio al régimen bolchevique. En Francia, ningún miembro de nuestra familia se ha involucrado en política. Soy director de un banco; en cuanto a mi esposa, es una respetada novelista. En ninguno de sus libros, que por cierto no han sido prohibidos por las autoridades de la ocupación, encontrará usted una palabra contra los alemanes, y aunque mi esposa es judía ella escribe de los judíos sin ternura alguna... También quisiera señalar que mi esposa siempre se ha mantenido alejada de cualquier partido político, y que las revistas en las que publicó sus trabajos, como *Gringoire*, cuyo editor

jefe es Horace de Corbuccia, jamás ha sido amable ni con los judíos ni con los comunistas…

Unos meses después, los gendarmes vinieron a por él. Michel partió el 6 de noviembre en el convoy 42, junto a más de novecientos hombres, mujeres y niños. El día que llegó a Auschwitz, después de la selección, fue enviado a la cámara de gas.

El 15 de julio de 1942, Irène llega al campo de Pithiviers, el paso previo antes de ser deportada a Auschwitz; ese día, se publica *Las vírgenes*, bajo el pseudónimo de Denise Mérande, en el semanario *Présent*. Un tiempo después se publica *Un hermoso matrimonio*, su primer texto póstumo, cuando aún no sabían que Irène había muerto en Auschwitz.

El convoy partió el 17 de julio. Las dos partes que le faltan para terminar *Suite française* se revelan ante ella; tenía planeado que la tercera se llamaría *Captivité*, una subnovela donde revelaría los túneles siniestros de la colaboración. Nuevos personajes: las mujeres que viajaron con ella en el tren desde Pithiviers; Chana, vendedora de Yonne; Anita, peluquera de Dijon; Thèrese, estudiante de Dijon; Rachel Pronin, pianista de París. Todas habían nacido en el extranjero, como ella. El 19 de julio llegan a Auschwitz, y el brazo de Irène es marcado con un número indeleble. No tiene su pluma favorita. No puede sentarse a describir el dolor de esa tinta sobre su cuerpo, ni los olores nauseabundos, la tela rasposa de rayas, el horror que no había imaginado y que ahora veía y la rodeaba en un infierno concreto que podía tocar. Sola con su nueva familia, la novela se desarrolla en su cabeza. El comienzo de la epidemia, ver al resto muriendo de tifus en medio del hambre y la brutalidad, una microsociedad del terror donde, sin embargo, las pujas por el poder continúan, aunque ahora los *kapos* y los oficiales ocupan el lugar de los elegidos. Los espejos y los dobles se amontonan en ese lodo donde lo humano deja de ser humano. Los párrafos se graban en su mente, las imágenes estallan sin poder salir jamás; la certeza de que no volvería a ver a sus hijas, de que no sobreviviría.

«Sí, su destino fue duro e incomprensible, pero a ella le parecía, sin saber bien por qué, que estaba en el umbral de alguna especie de iluminación, de una verdad que abruptamente traería luz sobre la injusticia», escribió Irène sobre Ada, su última heroína judía.

Pola Oloixarac

Recomiendo vivamente la lectura de la biografía de Jonathan Weiss, *Irène Némirovsky: her life and works* (Stanford University Press, 2006), que me resultó imprescindible para documentarme sobre la vida de la autora. Le doy las gracias a Olivier Rubinstein, editor póstumo de nuestra autora, y muy especialmente a Victoria Márquez Feldman.

La Niania
(1924)

Había tenido su propio nombre, como todo el mundo, pero desde hacía mucho tiempo había quedado en el olvido... La llamaban «la Niania», que significa «mi criada» en ruso, por la palabra afectuosa que tres generaciones de niños habían balbuceado uno tras otro con sus dulces voces torpes. Los había criado a todos y cuidado cuando estaban enfermos; había consolado sus penas contándoles viejas historias, cantándoles viejas canciones. Habían crecido; se habían transformado en hombres y mujeres; muchas cosas se habían borrado de sus memorias; el luminoso universo infantil se había oscurecido ante sus ojos, pero las palabras, los gestos, las leyendas y las canciones de la Niania habían permanecido vivas en sus corazones. Y, luego, unos habían muerto, otros se habían ido lejos, y algunos se habían quedado en la antigua casa familiar; se habían casado. Les tocaba a ellos; ahora, sus hijos dormían, acunados por la mano arrugada de la Niania, en las camitas que habían albergado el sueño de sus padres antes que ellos.

La Niania era muy anciana, tan anciana que ya no cambiaba desde hacía años. Parecía inmutable, como el castillo, como el parque centenario, como el estanque silencioso donde se balanceaban grandes nenúfares, muy rosas al sol poniente.

Ella pasaba entre los paisajes familiares, pequeña y delgada, encorvada sobre su bastón; sus ojos pálidos parecían gastados por todas las visiones que habían reflejado, por todas las lágrimas que habían derramado.

Se la quería justamente por los recuerdos inscritos en las arrugas de su rostro, como sobre las páginas de un libro, porque ella se acordaba de las existencias desaparecidas, porque guardaba en ella, como un antiguo cofre, la juventud y la alegría de todos esos seres que la vida había vuelto viejos y tristes.

Y parecía tan imposible ver morir a la Niania como ver desvanecerse el castillo, el parque y el estanque.

Sin embargo, un buen día, todo eso quedó destruido –siglos de grandeza, hombres buenos o malos y viejas cosas anticuadas y encantadoras–, todo el pasado. La revolución que nunca se espera, no más que la muerte, se había abatido sobre Rusia. Muchos hogares quedaron dispersados por los cuatro rincones del mundo; el castillo fue quemado; en el parque, los robles cayeron bajo el hacha de los campesinos rebeldes; cortaron los tilos, y sus ramas y sus troncos, durante el invierno, mantuvieron el fuego de las isbas, en desorden junto a las telas poco comunes y los valiosos muebles del castillo.

En el estanque, una noche, se tiraron cadáveres todavía calientes, y, entre ellos, los de dos de los hijos mayores; el agua melancólica y sombría, como un espejo desteñido, ya no reflejó más que el esqueleto ennegrecido de la casa, una planicie calcinada y una vieja barca abandonada que se pudría entre los nenúfares blancos.

Sin embargo, el resto de la familia se salvó; el padre, la madre, la tía Sonia, los hijos menores, Georges, Vassili y André, Natacha, que no tenía más que dieciséis años y que todavía reía, y la Niania escaparon de la tormenta; con ellos llevaban algunos diamantes, el samovar de plata y las imágenes religiosas. Era todo lo que les quedaba de las riquezas de antaño, pero, como habían conservado la vida, no pensaban quejarse.

Y una hermosa mañana, una mañana polvorienta y pesada de julio, desembarcaron en París.

★ ★ ★

Vivían en el quinto piso, cerca de Ternes, en un apartamento minúsculo que olía a fritanga y a estufa, en lo alto de un feo edificio gris.

Sin embargo, no eran infelices.

Es cierto, no olvidaban la Rusia lejana, las iglesias de cúpulas bulbosas rosas o verdes ni los canales estrechos de San Petersburgo donde corre, entre los puentes de granito, el negro Nevá; no olvidaban el vuelo silencioso de los murciélagos en las noches de Crimea, por encima de los blancos pueblos tártaros dormidos bajo la luna. Solamente, todo eso se borraba en sus memorias como se difumina y se decolora una imagen antigua, como la visión de las horas sangrientas de la revolución, los espectros del hambre, del frío, del miedo.

Ellos se disponían a amar su azarosa morada y la hospitalaria Francia.

El padre caminaba a lo largo de los bulevares, al anochecer, a paso vivo y alegre, y buscaba la ubicación de los viejos cafés donde, hacia el año 1900, había cenado con compañeros jocosos y hermosas mujeres. Delante de él, en la noche incipiente, corrían futuras modistas con sus grandes carpetas de dibujo bajo el brazo, y se acordaba, y sonreía, y se erguía un poco más, sintiendo en el aire el perfume de las conquistas de otros tiempos.

La madre y la tía Sonia iban a la iglesia ortodoxa de la calle Daru, y luego a conciertos de beneficencia, en casa de otros rusos que encontraban consuelo, ellos también, y tiraban por la ventana los pocos ahorros que les quedaban, con la misma gracia desenvuelta que sus millones de rublos, en épocas lejanas.

Natacha estudiaba en la Sorbona.

Georges soñaba con la isla Saint-Louis y escribía versos sobre todas las barras de todos los bares de la orilla izquierda del Sena.

Vassili se perfeccionaba en el estudio de la lengua francesa con una amable joven rubia de la calle Lepic. En cuanto a André, de doce años, alumno del liceo Janson, se parecía a los pequeños parisinos de su edad y manejaba a la perfección todas las finezas del argot; ganaba todos los premios de la clase, boxeaba, montaba a caballo y andaba en bicicleta. Ya cometía errores en ruso, al hablar.

Todos encontraban consuelo.

Sólo la anciana Niania no lo encontraba. No olvidaba nada, y no era feliz.

En la lavandería, un pequeño cuarto sombrío hacia el que subían todos los ruidos del patio, se quedaba inmóvil en su sillón, o bien remendaba medias; una lámpara de noche, encendida noche y día delante de las imágenes religiosas, brillaba en la sombra como un rubí. Suspiraba y se callaba; cuando levantaba la cabeza, veía un patio profundo y estrecho como un embudo, ventanas descoloridas y rostros extranjeros, hostiles, que se inclinaban en los balcones polvorientos adornados con flores enfermizas en macetas de barro. Por encima de ella, el cielo era inmutablemente azul; un cielo brillante, implacable de verano; y después llegaba la noche, y una luz púrpura latía allí; eran las luces de la ciudad, en las veladas, como reflejos de un incendio. Y siempre siempre el ruido de París que hacía temblar los vidrios.

La Niania decía:

«En casa, ahora, es tiempo de cosecha…».

Decía:

«En casa, cuando los cerezos estaban en flor…», pero la interrumpían alzando los hombros:

«Ya pasó todo eso, mi pobre vieja. Ya no volverá…».

Pero ella no lo podía creer. ¿Qué hacía ella en esa ciudad inmensa, entre esa gente que no hablaba su lengua, que eran inquietos y alegres, que se daban vuelta y se reían cuando ella se persignaba al pasar delante de las iglesias? Esa avalancha, ese bullicio, ese olor a petróleo y a cloaca… Se ahogaba en esas calles, repletas de gente, donde las casas amontonadas la una sobre la otra parecían disputarse el poco aire respirable. En los apartamentos, los techos eran tan bajos que daban la impresión de quedar aplastados por ellos. Afuera también se sentía la estrechez, como estar aprisionado dentro de cuatro paredes. Pensaba en su melancólico terruño, en los bosques profundos, en los horizontes sin límites y en las planicies infinitas que, durante leguas y leguas, llegan a perderse de vista; ¡ahí se entendía lo que era el espacio! Para el alma de esta humilde criada, la Europa empobrecida era demasiado pequeña.

Sin embargo, el verano iba pasando.

La Niania recordaba los inviernos de allá, del buen frío vivo y seco que azota las mejillas y congela las orejas, las calles de Moscú tan heladas, los caballos que piafan y resoplan humo por el hocico, el sol sobre los techos blancos, los faroles de gas como recubiertos de un espeso manto de huata, y la nieve que cae, que cae, que cae…

La nieve… El vuelo silencioso de los grandes copos blancos, la calma mágica del campo bajo la nieve…

Miraba el calendario que marcaba el fin de octubre; las hojas secas que crujían en el viento agrio y mojado del otoño. Ella esperaba con una impaciencia febril la primera nieve. Cuando la viese arremolinarse en el aire y cubrir las veredas con su alfombra clara…, eso le haría mal y bien al mismo tiempo… Sería de verdad un poco de la Rusia recobrada… Y todas las mañanas miraba con amistad el cielo, cada día más gris.

Pero la nieve no caía.

En cambio, llovía. Desde el alba hasta el atardecer, la lluvia se escurría a lo largo de los vidrios, golpeteaba sobre el borde de las ventanas, gorgoteaba en las canaletas, recaía con estrépito sobre los techos vecinos. Y fuera chapoteaba la gente con grandes «plaf» por los botines mojados y los taxis hacían salpicar el barro en chorros oscuros a la cara de los transeúntes, y un ejército de paraguas brillantes cubría las calles, y siempre siempre el ruido de París como una queja sorda.

–¿El invierno no llegará nunca? –murmuraba la Niania.

Octubre había pasado, y las campanas melancólicas del Día de Todos los Santos sonaban entre la niebla.

Un día que soñaba así con todo esto en voz alta, el pequeño André le dijo: «Mi pobre Nianioutchka, nunca nieva en Francia». Ella sacudió la cabeza, mirándolo por encima de los lentes redondos que tenía montados en la punta de su nariz.

–No está bien burlarse así, André.

–Pero no me burlo –protestó el chico–. Es verdad lo que te digo. Pregúntale a padre si no me crees.

–¿Nunca nieva?

–Tan poco al menos que no vale la pena hablar de eso.

La anciana levantó en el aire sus dos manos temblorosas.

–No lo creo. No lo voy a creer nunca.

El muchachito se fue riéndose, y esa misma noche le confió a su hermana su opinión: «la Niania está cambiando». Sin embargo, ella seguía esperando la nieve, y su deseo se volvía igual a una obsesión enfermiza. Cada mañana iba hasta la ventana y escrutaba por mucho tiempo los techos, pero no veía allí más que un poco de barro pegajoso, y se volvía suspirando.

Se volvía todavía más silenciosa, más pequeña; parecía como encogida. Sus ojos estaban enrojecidos de lágrimas contenidas; su boca ahondada musitaba palabras sin sentido que nadie podía entender.

El invierno, justo, ese año, era insulso, pesado, y la niebla caía sobre la ciudad como una espesa bruma amarilla. Los patrones huían tanto como podían del apartamento oscuro. Estaban siempre apurados ahora, nerviosos, febriles... La Niania, sola de la mañana a la noche, remendaba medias bajo la lámpara roja del Ícono, pero a menudo sus manos caían sobre sus rodillas y fijaba en el vacío sus ojos extraordinarios, profundos y vacuos. A menudo, también la empujaban, la maltrataban. Allí, en los palacios inmensos donde vivía todo un ejército de sirvientes, de protegidos, de parientes pobres, la vieja Niania no hubiera molestado a nadie aquí, en esas habitaciones minúsculas, se chocaban sin cesar con esa sombra de ojos tristes como un reproche. Además, su audición disminuía; había que llamarla tres veces antes de que se sobresaltara en su silla, y su mente parecía ausente o dormida. Ahora tenía la manía del orden; pasaba todo el tiempo el dedo por los muebles para sacar los rastros de polvo; cepillaba interminablemente la ropa de André, ordenaba los objetos pequeños; veía por todas partes, sobre la alfombra, sobre las tinturas, ese polvo imaginario que se acumulaba, según ella, y la atormentaba, torturaba su pobre cerebro debilitado. Los niños, nerviosos, impacientes, a veces la mandaban de vuelta a su habitación; bajaba entonces la cabeza y se alejaba sin decir palabra. Querían retenerla, pero una especie de vergüenza malsana se lo impedía; la dejaban irse, tan débil, tan pequeña, como encorvada ya hacia la tumba.

***

Llegó la Navidad. Toda la familia festejaba en casa de los amigos. Como los señores no estaban, la joven criada se apresuró, ella también, a irse volando, y la Niania se quedó sola una vez más.

En su habitación, después de una larga plegaria al pie de las imágenes religiosas, se acostó. Su sueño era ligero e inquieto. Se despertaba con frecuencia, hacía el signo de la cruz, murmuraba plegarias y volvía a dormirse. Y sus sueños, extraordinariamente claros y precisos, resucitaban el pasado, con todos sus detalles, todos sus matices, y los sabores mismos del aire de «allí». Al alba, nadie había regresado todavía.

Se levantó, dio una vuelta por el apartamento lentamente, como el perro abandonado que merodea por la casa y busca a sus amos.

Y después, salió.

Salía rara vez a la calle, y nunca sola. Pero sentía que no soportaría más la tristeza de esas miserables habitaciones desiertas.

Fuera, la niebla era tan densa que entraba en la boca con gusto a yodoformo y a pantano; se respiraba como un pez insulso; algunos faroles de gas todavía encendidos luchaban con un día triste, enfermo, que no podía decidirse a salir, se diría.

Era la hora de los pobres, de todos los precarios que se apresuran, con la espalda redondeada, en el aterido crepúsculo de las mañanas. Nadie se fijaba en la anciana que se marchaba, rozando las paredes, sin sombrero, con el chal gris que le cubría el pelo y caía en pliegues pesados alrededor de su cuerpo encorvado. Iba directa hacia delante.

Caminó mucho rato. Cruzó calles, plazas, avenidas. Hasta que se encontró cerca de los muelles. El olor del agua le recordó a San Petersburgo. Por primera vez desde hacía mucho tiempo, una sonrisa vaga empezó a flotar alrededor de su boca. Sintió que estaba cansada. Se detuvo, se acodó en el parapeto de piedra.

Y de golpe su viejo corazón se estremeció y se puso a latir más fuerte. Allí, muy lejos, le pareció ver relucir una línea blanca: era el Sena, que reflejaba una porción de cielo más clara. Pero, ante los ojos cansados de la Niania, esa evasión de luz parecía una planicie, el comienzo de una de esas grandes landas cubiertas de nieve de «allí». Se dispuso a avanzar de a pasos pequeños, y sus ojos, extraños, un poco locos, estaban fijos en esa línea que emblanquecía siempre y que siempre retrocedía...

La empujaban, la insultaban, porque caminaba como una sonámbula sin desviarse de su camino.

Pero ella no escuchaba nada. En sus oídos sonaban como campanas, y, cuando se callaban, era un silencio maravilloso, el silencio blanco de los campos enguatados de nieve; frente a sus ojos se arremolinaban llamas de todos los colores; y después se transformaron en grandes copos apretados que caían, caían...

Seguía caminando.

«... N... de D...* ¡*Eh*! ¡Allí...! ¿Está sorda, vieja?».

Seguía caminando derecho hacia delante, sin ver, sin escuchar.

* «En nombre de Dios». (*N. de la T.*)

Las llamadas desesperadas de bocinas; el chirrido de un taxi que trata en vano de frenar; el grito agudo de una mujer que pasaba y que vio... Y un cuerpo menudo, apenas más grande que el de un niño, que rueda en el barro. Cuando la recogieron, ya no respiraba. Sus ojos pálidos y vacíos parecían mirar más allá de la vida, de las cosas que vemos.

Así murió la vieja Niania, aplastada por un taxi, una mañana de niebla parisina, cerca de los muelles. Manos extranjeras cerraron sus párpados arrugados sobre sus ojos pálidos.

Y ese pequeño gesto destrozó para siempre todo lo que quedaba de toda una raza –el castillo, el parque centenario, el estanque lleno de nenúfares rosas en el crepúsculo, los rastros de los muertos y la juventud de los vivos–; todo eso que no había estado del todo muerto mientras el corazón fiel de una anciana hubiera guardado con sumo cuidado su imagen.

Así murió la Niania sin haber vuelto a ver bailar la nieve en las planicies de su país.

Un almuerzo en septiembre
(1933)

Thérèse Dallas se detuvo un instante, miró su rostro reflejado en el estrecho espejo encastrado entre dos vidrieras, suspiró, cruzó rápido la calzada. Esa mañana de septiembre, el calor era de pleno verano; bajo el sol ardiente, el maquillaje se fundía suavemente sobre la piel cansada. Sobre las mejillas, con un contorno todavía puro, pero empastadas, hinchadas por la cercanía de los cuarenta, el polvo y el rubor formaban una superficie lisa y cremosa como la de una bella porcelana fina; pero, alrededor de los ojos, de la boca en las comisuras profundamente hundidas, aparecían las primeras arrugas.

«Cuarenta años mañana...», pensó Thérèse.

Caminó más rápido. Había pocos transeúntes. Septiembre estaba en sus comienzos. Los árboles ya tenían las hojas rosas de otoño, pero el sol lucía con fuerza; el aire soplaba agobiante. Los verduleros ambulantes empujaban sus carros a lo largo de las veredas y las flores alteradas colgaban fuera de los floreros estrechos de chapa verde que las contenían. Sin embargo, el otoño se reconocía en una abundancia de uvas moscatel y peras ya pesadas y hermosas con el flanco amarillo disfrazado de rosa.

Thérèse cruzó el umbral del pequeño bar inglés donde los Dallas iban desde hacía años. De una camioneta detenida delante de la puerta, una jovencita pelirroja descargaba largos panes dorados.

Sonrió y pidió:

–¿El señor Dallas no está con usted?

–Se fue esta mañana, May –dijo Thérèse.

Entró. La pequeña y sombría sala estaba impregnada, como de costumbre, de un perfume delicioso, apenas perceptible, de fino y viejo alcohol. Un vaho azulado cubría los espejos como el polvo ligero sobre la piel oscura de las ciruelas. Era un pequeño bar inglés donde iban casi sólo extranjeros, norteamericanos e ingleses, hombres y mujeres de edad madura en su mayoría, que bebían y comían en silencio, y, como se encontraban allí regularmente dos veces por día, no intercambiaban más que breves saludos mudos de lejos. Servían huevos fritos con tocino, carne asada jugosa dispuesta a la inglesa en un plato con lentejas tiernas y arenques ahumados, dorados.

En otros tiempos, ése era el lugar secreto donde Thérèse y François Dallas se encontraban, en la época de su compromiso, veinte años atrás. Pero Thérèse desviaba de su mente esos días esfumados. Los recuerdos demasiado dulces se vuelven grises con los años, forman en el alma una suerte de depósito dulzón, como el sedimento que los vinos dulces depositan en el fondo de los vasos.

Ahora se veían allí una o dos veces por semana, a las seis de la tarde; la oficina de François estaba en la calle vecina. Thérèse se felicitó por haber venido esa mañana, por haberse escapado de un almuerzo solitario en el apartamento de verano cubierto de fundas y lleno de olor a insecticida Flytox. Se sentía cansada esas últimas semanas, sin razón. La frescura, la soledad del lugar la distendía. Miró con simpatía las imágenes inglesas de caballos, de cazadores que cubrían las paredes claras.

La persiana naranja estaba medio bajada; dejaba pasar todo un haz de rayos que parecían escaparse del piso, del empedrado caliente y que se reflejaban en un gran espejo perdido por encima de la barra, resplandeciente en la sombra como un escudo de plata.

La jovencita pelirroja se acercó a Thérèse.

–¿No almuerza de inmediato, señora?

–Al mediodía.

–¿Desea beber algo mientras tanto?

–Un zumo de naranja –dijo Thérèse.

Doris, la madre de May –el bar estaba regenteado por mujeres– vino a servirla.

–Señora Dallas –dijo sonriendo–, uno de nuestros clientes más antiguos, al que no habíamos visto desde hacía mucho tiempo, volvió ayer. Uno de sus antiguos amigos –agregó después de un momento de reflexión–. ¡Qué lástima que el señor Dallas no esté aquí!

–¿Quién es?

–El señor Cazeneuve.

–¡Raymond Cazeneuve! –murmuró Thérèse, sorprendida, con una melancolía repentina, consternada y profunda–. ¡Ay, Dios mío, qué viejo está!

Se quedó sola. Rodeó con sus manos calientes el vaso helado. Raymond... En un instante volvió a ver su rostro y, enseguida, bajó la cabeza, empezó a ordenar de manera mecánica los paquetes que había colocado alrededor de ella sobre la banqueta con un ramo de caléndulas de corazón negro. Recordó de golpe ese moño de seda que no parecía lo bastante ancho; deshizo el papel, tiró de una extremidad del moño, lo contempló, sin verlo; pensó otra vez con esfuerzo en las servilletas para té lindas, pero tan caras..., en el jabón de Marsella que no le habían entregado ayer... «Las compras, las empleadas, el dinero... La vida es aburrida. Dios mío, es extraordinario hasta qué punto una vida "tan ocupada" puede ser aburrida... ¿Por qué? Oh», se respondió mentalmente a sí misma, «las inquietudes, las enfermedades, las preocupaciones, el dinero, por encima de todo el dinero..., y todas esas cosas... Pero ¿antes, sin embargo? ¿Antes...?».

Y, de pronto, miró el pequeño bar como si buscara en la sombra la imagen de Thérèse Dallas a los veinte años y a François de joven... En esa época... Recordó de repente; encontró en el fondo de sí misma sentimientos olvidados... En esa época, una vieja adivinadora del futuro en vestido de satín negro, con un sombrero de plumas, venía aquí... Tenía un bolso en forma de red bordado de azabache en el que llevaba un juego de cartas ennegrecidas, de tarot. Thérèse nunca, desde ese entonces, había visto uno igual... En esa época, un anciano negro, que tal vez se había muerto o marchado, que había desaparecido hacía muchos años, venía a tocar por la noche. Estaba sentado en ese rincón, a la derecha... Tenía un aspecto más bien moreno que negro, como de café diluido con agua, el pelo un poco largo, plateado y un pequeño bigote blanco. Sacaba de un banjo –«¿era un banjo, era una guitarra?»– sonidos quejumbrosos y extraños como un zumbido de avispa. Lo volvía a ver. Inclinaba la cabeza de costado silbando y marcaba el compás con su pie calzado con unos crujientes zapatos de charol.

El pequeño bar inglés no estaba tranquilo, como ahora. Eran los años veinte..., los años de posguerra... Un recuerdo tumultuoso, ardiente y melancólico permanecía en el fondo del alma. Qué extraño... Volvía a verlo todo, hasta los castaños en flor en la avenida vecina cuando volvía al alba entre François y... Era extraño... Todo salvo el rostro de François, joven... Como una máscara, sobre los rasgos de François a los veinte años, en su memoria se superponía a la figura de François envejeciendo, con el delicioso François, que amaba con todo su corazón, pero... Suspiró. «Mi muerte más que una preocupación, una tristeza, un enemigo para él», pensó con fervor. «Mi muerte...». Pero... su lumbago, sus dolores de estómago, sus cortas siestas después del almuerzo... Menos que eso, un tic, una contracción del labio superior, su voz desafinada todas las mañanas cantando en el baño la misma melodía... François, en otra época, con su joven rostro ardiente levantado hacia ella... ¡Ah! Bah, era así... Todas las mujeres, todos los matrimonios son iguales. Por más que cerrara los ojos, apretara los párpados, buscara, encontrara por fin el rostro de François joven, sólo despertaba en ella un sentimiento de agradecimiento y melancolía. El amor... Pensó de nuevo: «Es así, no hay nada que hacer». Miró las burbujitas plateadas que se formaban en la superficie de su vaso, bebió distraída. En esa época no existía sólo François en su vida... Eso también, era... extraño... Amar perdidamente a un hombre, pero no pensar en gustarle sólo a él... Vestirse, maquillarse para gustarle a dos hombres, sonreír, inclinar la cabeza, hacer relucir sus dientes, sus ojos, para gustarle a dos hombres... François primero, Raymond Cazeneuve después... ¡Ah!, ése no tenía necesidad de buscar durante mucho tiempo en su memoria para ver surgir de las profundidades del pasado su seco rostro bearnés con las sienes ahuecadas, los ojos burlones y sombríos. El mejor amigo de François, en esa época, nunca había dicho una palabra, por supuesto, ni hecho un gesto... Sacudió la cabeza con una sonrisita melancólica y burlona, rápidamente reprimida. «Le queda bien ese sombrero, Thérèse, esta noche... Está especialmente encantadora esta noche...». Palabras de amor... ¿Y ella? Eso había durado dos años, durante los cuales, como suele decirse, «no había habido nada». Y después se fue… Nada… Cuando quería captar, dispersos en el fondo del pasado, los gestos, las palabras, las sonrisas, no quedaban nada más que palabras insignificantes que podían ser las de una galantería mecánica, de esa coquetería masculina mil veces más perversa y profunda que la de las mujeres… Nada… «Y yo, ¿es posible que lo haya amado…? Amado… Eso no puede compararse con el sentimiento que sentí, que siento todavía por François…». Pero no se vive hasta los cuarenta sin saber que hay muchas clases de amor. «Amar…, no sé… Pensé en él, estuve obsesionada con él… Noches enteras soñaba con él, que me amaba, que me tenía en sus brazos… Es gracioso…». Se estremeció y miró nerviosamente el umbral con un sentimiento de vergüenza y angustia. Como antes… Antes, cuando esperaba a François ahí mismo… «Nuestro amor», pensó. «No había estado tan tranquila al comienzo, tan estable… La vida no es fácil». Esperaba así y, cada vez que la puerta se abría, que sus ojos, miopes, creían reconocer, en la silueta del desconocido que entraba, la ropa, el rostro de François, su corazón palpitaba con latidos precipitados («¡qué tonta, Dios mío!») y, cuando por fin aparecía, esa paz profunda que llenaba su corazón…

–El pasado –murmuró.

Suspiró. Después, había esperado así a Raymond Cazeneuve. Cuando el matrimonio, la posesión del hombre que amaba había escatimado esa angustia, esa fiebre, había esperado también, sentada al lado de su marido, el rostro, el paso de Raymond… «Siempre tuve sed de inquietud, es curioso…».

Levantó la cabeza. Acababa de entrar. Lo reconoció enseguida, después de la primera pequeña impresión de sorpresa, de decepción. Más viejo, había engordado… Pero, casi enseguida, la figura levemente hinchada del hombre de cuarenta y cinco años que estaba de pie delante de ella, con el pelo gris, escaso en las sienes, la delgada boca fatigada, dejó aparecer otros rasgos...

Ella le tendió la mano. No parecía sorprendido de verla, ni emocionado, sino que su mirada se endulzaba con una suerte de vaga melancolía.

–Doris me había avisado de que usted seguía viniendo aquí. Estoy feliz de volver a verla.

–Yo también –dijo ella, y el sonido de su voz alterada la sorprendió.

–¿François?

–Bien... Sí, va bien –murmuró ella, y sus labios fríos formaban las palabras con esfuerzo–; justo está fuera las próximas cuarenta y ocho horas. ¡Qué lástima!

–Sí –dijo él–, y yo me voy mañana.

–¡Qué lástima! –repitió ella de manera mecánica–. ¿Sigue viviendo en América del Sur?

Se había sentado al lado de ella, con un breve «¿Me permite?» y la miraba con una atención sostenida.

–¿No se casó allí?

Él entrecerró los ojos. Ese movimiento de hastío le era familiar; parecía mirar en el fondo de su propio corazón. Tenía ojos amplios, de un marrón dorado, casi amarillo. Ahora, en su figura más regordeta, conservaban una extraña belleza que contrastaba con sus largas sienes hundidas, su nariz de delgada osamenta y la parte baja hinchada del rostro.

–No –repitió lentamente, y elevando la mirada la fijó sobre el espejo inclinado por encima de la barra–. Es una sensación extraña volver aquí después de tantos años. Y nada ha cambiado... Esa pequeña May es la imagen de Doris de joven. Pero el negro no viene más, me han dicho, es una pena...

–¿No ha vuelto a París desde hace veinte años?

–Sí, a veces… Dos semanas, diez días, de paso…

–¿Y nunca vino a vernos?

No se disculpó; se quedó en silencio. Giró lentamente entre sus manos el vaso vacío de Thérèse.

–¿Espera a alguien? –le preguntó.

–¡No, no! Pensaba almorzar aquí.

–¿Aquí?

Hizo una mueca. Entraban hombres y se instalaban en los altos taburetes de la barra.

Raymond preguntó de golpe:

–¿Quiere venir a almorzar conmigo?

–Claro que sí –dijo ella lentamente–, es muy amable… Me va a poner muy contenta…

–¿Dónde?

Ella sonrió:

–Pero donde usted quiera, amigo mío.

–Vamos entonces.

Juntó uno por uno los paquetes que estaban sobre la banqueta. Cuando ella se levantó, la envolvió por entero con una mirada profunda. Después, sin decir nada, se levantó a su vez y la siguió. Ella caminaba rápido. Fuera, desde el umbral, el calor del mediodía se precipitaba sobre los hombros.

–Odioso, ¿no? –comentó.

Su coche estaba estacionado al filo de la vereda.

–¿Quiere ir a Ville-d'Avray? Siempre hay un poco de fresco que sube del lago.

–Vamos.

Tomó el volante. Se fueron. Ella desvió los ojos de la nuca engrosada que percibía entre el cuello y el sombrero. Había…, sí…, engordado… Los años parecían fijar a los hombres y a las mujeres a la tierra, llenarlos de una especie de sustancia densa, hincharlos, atiborrarlos de carne y sangre…, volverlos pesados, atarlos con miles de lazos a esta tierra a la que iban a volver… Bajó la ventanilla, y un viento fuerte le azotó la cara. Miró de manera mecánica el campo pobre de los alrededores de París, con los prados carcomidos, amarilleados por el sol, con las casas antes rosas, ennegrecidas por el humo. Atravesaron Saint-Cloud y, justo en la bifurcación de dos rutas, cuando pasaron el viaducto y ella vio extenderse el profundo valle verde que va desde Saint-Cloud hasta Ville-d'Avray, sintió que se disipaba su extraño letargo.

–Una vez –dijo Cazeneuve sin girar la cabeza–, una vez vinimos con usted y su marido aquí, una noche.

Thérèse frunció levemente las cejas; soltó un suspiro ahogado. Una noche, con François, una mujer que ya había muerto y que se llamaba…, ¿cómo era? Solange Saint-Clair… y Raymond… Solange Saint-Clair… El recuerdo de su hermoso cuerpo frágil recostado desde hacía tantos años en la tierra, transformado en hierbas, en largas raíces sinuosas, disuelto, desaparecido, hacía parecer más largo el tiempo pasado.

Recordaba ese suspiro, ese «ah» de satisfacción que habían soltado, como con el primer sorbo de agua fresca cuando estamos alterados por el calor del verano, al pasar bajo esa bóveda sombría de árboles, la misma en la que el coche estaba entrando en ese momento. Pero hoy el polvo volaba, los coches pasaban a cada instante, todo era diferente. Entonces, el recuerdo fue de pronto tan ardiente y tan vivo que hizo un movimiento involuntario, como si, en verdad, hubiera rozado con la mano una llama. Era tarde, entonces… Habían ido a beber una botella de champán a Ville-d'Avray, era casi de mañana. El coche era descapotable. Iban extremadamente lento, bebiendo con delicia el aire fresco del alba. Su vestido blanco… Tuvo que hacer un leve esfuerzo para recordarlo, pero, de repente, en su memoria surgió la imagen de sí misma, de la mujer de esa época. Había sido tan hermosa entonces…, o, al menos, joven, radiante, triunfal, sintiendo que a su paso se elevaba la admiración amorosa de los hombres. François la tenía abrazada contra él, la había apretado contra él a lo largo de toda la ruta, acariciándola con su hermosa mano tibia y nerviosa. ¿Y el otro…? Recordaba esa excitación apasionada, esa censura silenciosa, dirigida hacia él: «Mírame. Mírame. Ámame». Esa voluntad de ser amada despertaba el deseo, el amor. ¿Ahora? ¿Tal vez, ahora, todavía…?

«Tengo cuarenta años», pensó.

Esa noche, veinte años antes, Raymond la había mirado, y no había habido nada más. No había hablado, ni reído, se había quedado en silencio y un poco sombrío. Se acordaba de su rostro vuelto hacia ella, de esa interrogación extraña, inquieta, de sus ojos. «¿Tal vez, simplemente, estábamos un poco borrachos el uno y el otro…? Él, sin duda, no pensaba en mí, no pensaba en nada… Tal vez… Pero ¿tal vez me quiso, me deseó?».

En Ville-d'Avray se habían quedado solos por un instante. Unos farolitos brillaban en los árboles. François y Solange se habían acercado al borde del agua. Se acordaba de la risa de Solange.

–Ah, por aquí, nos hundimos.

Hacía más fresco, casi frío. Estaba cansada. Se había recostado sobre su brazo desnudo en la mesa; él había tomado y levantado con dulzura su mano. Con dulzura, la había levantado y después la había dejado caer con un breve suspiro, y había rozado sus anillos un rato largo.

Y de ese contacto insignificante, que no era ni siquiera una caricia banal, había subido un calor tan inquietante que, ahora todavía, después de tantos años transcurridos, sentía su quemazón profunda. ¿Y él? ¿En qué pensaba ahora?

Con un gesto de su mano levantada, él mostraba las casas blancas: «Ville-d'Avray…».

Se detuvieron como entonces delante de una puerta estrecha de madera pintada. Un sendero conducía a una terraza cubierta de paja, una especie de larga galería donde los gabinetes particulares formaban pequeños palcos distintos, todos abiertos sobre el lago.

–Por aquí, señora –dijo el *maître*.

Ella entró. Los tabiques estaban cubiertos de paja trenzada y adornada con grandes espejos, todos marcados con punta de diamante. Era una vieja casa pasada de moda que databa de la época en la que se iba de París a Ville-d'Avray en victoria, en carruaje, y esos nombres de mujeres, muertas sin duda, o ancianas, acabadas, esas Coralie, esas Marguerite, esas Alphonsine conservaban un extraño encanto. Las fechas… Se acercó y leyó: 1886, 1889. Suspiró, pasó la mano con suavidad sobre la superficie brillante.

–¿Desea ver el menú? –dijo Raymond Cazeneuve.

El *maître*, levemente inclinado hacia delante, miraba a Raymond y a Thérèse con una atención penetrante; parecía buscar en sus rostros los rasgos distintivos que le revelarían sus gustos, sus preferencias, así como también sus edades, sus situaciones sociales, y parecía combinar todo eso con el objetivo de sacar indicaciones para los platos que debería ofrecerles.

–¿Cangrejos, señor? Les recomiendo una fuente de cangrejos para empezar.

–¿En esta época? ¿Le parece? –dijo Raymond.

Miraba alternadamente el menú y el rostro del *maître*.

–¿Qué opina, querida amiga?

Ella se dio vuelta con lentitud; se estaba sacando el sombrero delante del espejo, y los nombres, las fechas, biseladas en la superficie, iluminados por el sol, refulgían entre ella y esa imagen de mujer cansada, envejecida.

Por instinto, bajó los párpados, se dio vuelta levemente, dando a su rostro la inclinación que, antes, mejor le sentaba.

Dijo de manera mecánica, jugando con la cinta de fieltro anudada en el borde de su sombrero:

–¿Por qué no?

–Son excelentes –dijo el *maître*–. ¿Después unos *brioches* a la bohemia?

–¿Qué son?

–Son –dijo el *maître* dibujando despacio en el aire con sus dos manos delicadamente curvadas en forma de ánfora o de copa–, son *brioches* vaciados, rellenos de *mousse* de *foie gras*, trufas, champiñones picados fino, una especialidad de la casa.

–Parece rico –dijo Thérèse, a quien él interrogaba con la mirada.

Se sentía un poco adormecida; estaba sentada, había apoyado la cabeza en el respaldo de su asiento de paja. Un viento fuerte le llegaba a la cara; los espejos reflejaban las ramas mecidas de los sauces y los profundos y rápidos movimientos del agua.

–¿Y luego? ¿Pularda con finas puntas de espárrago o gallo a la *chambertin*?

–Gallo a la *chambertin*, ¿no es cierto, Thérèse? Y después, por supuesto, frutillas de la casa; su triunfo, frutillas a la fina campiña y con crema fresca.

–Una fuente de cangrejos, *brioches* a la bohemia, gallo a la *chambertin* y frutillas –repitió el *maître* a media voz.

–Y mándeme al *sommelier*.

Se quedaron solos. Por un instante, sus ojos se encontraron. Una extraña sonrisita entreabrió los labios de Raymond. Quiso hablar, dudó y giró la cabeza.

–Cuánto tiempo ha pasado –dijo al fin–. ¿Había vuelto aquí desde entonces?

–No, nunca.

–Un lugar encantador –dijo con más liviandad–, pasado de moda, pero encantador.

El *sommelier* entró, presentó la carta. Raymond la estudió con atención. Cuando se quedaba callado, una arruga delgada y rara crispaba su frente entre las cejas.

–Querida amiga, tienen un champán incomparable, un Giesler 1904. ¿Quiere almorzar con champán? Este –dijo él subrayando con la uña el nombre sobre la carta.

De nuevo, se quedaron solos. Él dijo:

–Lamentaré toda la vida haberme perdido a François.

–Pero ¿va a volver? Él también lo lamentará enormemente, estoy segura.

–Volveré dentro de tres años.

Permanecieron en silencio, buscando vagamente un tema de conversación, sin encontrarlo. «Veinte años...», pensaban los dos con un extraño escalofrío, como si, justo en ese momento, midieran los años transcurridos.

Él dijo con cierta lentitud:

–No ha cambiado, Thérèse.

–Mi pobre amigo –murmuró ella con una risita.

No terminó. Inconscientemente, llevó su cabeza hacia la sombra, ahí donde no corría el riesgo de que el sol la alcanzara, entre su pelo todavía castaño, oscuro o dorado, la multitud de líneas plateadas en las sienes.

Aparecieron los cangrejos, adornados en una fuente escarlata sobre una fuente de plata, y sirvieron el preciado viejo Giesler.

Desde el primer bocado, ella dijo entre risas:

–Dios mío, qué hambre tenía, no me había dado cuenta...

–Son pequeños, pero excelentes –dijo Raymond con satisfacción.

Crujían entre los dientes, y, por primera vez, Thérèse notó sus dientes cortos y blancos que parecían apreciar morder y triturar. Sus labios... No habían cambiado..., un poco secos y siempre como alterados, y de una forma fina y bella. De golpe, sintió un escalofrío doloroso y voluptuoso.

«Qué tonta, Señor, qué tonta», pensó ella con pena. La brusca y breve llamarada de deseo se redujo. Él había sorprendido su mirada sobre él y, por un momento, ella creyó ver pasar sobre sus labios un pequeño temblor, rápidamente reprimido, de deseo... Por un momento... ¿O era el champán helado, el champán que subía en ondas de fuego a su corazón, a sus sienes? «¿Me gustaría saber tan sólo si me quiso? Me gustaría saber... Después de veinte años, ya no tiene importancia, es verdad... ¿Qué sentido tiene saberlo? Y, sin embargo, cuántas noches pensé en él, soñé con él...». Se quedó pensando con una sorda sensación de remordimiento en sus sueños infieles. «Ha envejecido, ha cambiado... ¿Me quiso? Sería tan simple preguntarle... Todo esto está lejos, terminado, olvidado».

–¿Más champán? Es bueno, ¿no?

–Sí –murmuró ella, acercando su copa.

Bebió con rapidez.

«Pero habla, habla entonces», pensó ella de golpe con ferocidad. «¡Te amo...!».

Sostenía la copa entre sus manos temblorosas y bebía con los ojos entrecerrados. Su rostro se había ruborizado violentamente, y veía bien de cerca los ojos de Raymond, tristes y atentos. ¿En qué pensaba él? ¿En una oscura venganza? ¿Un pequeño placer refinado de venganza contra la mujer que se ha deseado (¿una noche, tal vez, una única noche...?) y que era demasiado joven, demasiado hermosa, demasiado plena para notarlo?

–Estos cangrejos queman en los labios –señaló él.

Pasó la extremidad de sus dedos finos sobre sus labios, y ella creyó sentir sobre los suyos ese gusto ardiente de pimienta y alcohol.

–Es un lugar amable, pero el clima es odioso...

Ella entendió que hablaba de América y que, sin duda, ella le había respondido.

–A ciertas horas del crepúsculo, en invierno, las ráfagas de viento helado recorren las calles. Pero me gustan la primavera y el verano. En verano, se duerme muchísimo. Es una gran felicidad. No hay más que dos felicidades en la vida: la comida y el sueño.

Ella rio sin alegría.

–¿De verdad?

–¿Y usted?

–¿Yo?

–Sí. ¿A qué se dedica? Le cuento mi vida...

–Sus viajes, no mucho más. –Levantó con delicadeza la cubierta dorada de su *brioche*–. Yo... Y bien, como, duermo, y, además, voy a probarme vestidos a lo de mi modista, compro manteles y paños de cocina en enero, en las exposiciones de ropa blanca, salgo de París tres semanas al año, en verano, leo, voy al cine... Y listo. Eso es todo.

Él levantó las cejas y sonrió:

–La felicidad se parece a las vacaciones a la orilla del mar durante un verano lluvioso, cuando sólo el último día fue bueno, y con eso basta para añorarlas.

–La felicidad... –repitió ella a media voz.

Se calló. A través de la larga bahía abierta, miró el hermoso lago engarzado de sauces. Terminó y sonrió:

–Un domingo largo…

Él quiso hablar, pero, enseguida, una expresión burlona y melancólica pasó sobre sus rasgos. Levantó de manera imperceptible los hombros, y dijo, mientras tomaba con la cuchara y el tenedor un *brioche* que se deshacía, dorado, cuya corteza abierta dejaba escapar la *mousse* perfumada:

–Uno más, son una delicia…

–Le gusta comer, ¿verdad?

–Mucho. Allí, la comida es infecta, pero he contratado a una anciana bearnesa, una cocinera excelente. Me gusta comer, y, sobre todo, beber –agregó riendo levemente; levantó la botella, del lado más pesado por el hielo–. ¿Más?

Ella bebió con avidez. Las sienes le latían; sentía un bienestar extraño, animal. «¿El amor?», pensó ella. Tuvo un movimiento cansado de hombros. «Es buen momento para…». El *maître* entró, seguido de un camarero que traía el gallo a la *chambertin*, con trufas y finas láminas de champiñones dorados; la salsa tenía un color óxido, dorado, de fuego. Raymond olfateó el aroma con una sonrisa.

–Divino…

Pero la comida y el vino lo hacían parecer más pálido. Ella lo miró más de cerca y pensó que sus mejillas palidecidas y un poco hinchadas, sus párpados gruesos y las ojeras violáceas alrededor de los ojos lo hacían parecer un enfermo cardiaco. Pero en esa figura pesada y pálida, con los ojos entrecerrados, los labios finos alterados seguían siendo los mismos, crueles y amorosos.

Eran alrededor de las tres de la tarde. El sol iluminaba el agua de una manera distinta. De una orilla a la otra, un bloque resplandeciente de luz y oro parecía atravesar el lago de lado a lado.

–Qué día tan hermoso… –murmuró Thérèse.

Rechazó su plato. Se movió un poco, puso su mano sobre la baranda de madera tibia. En el pequeño palco vecino donde se había escuchado hasta ahora el zumbido monótono de dos voces, se había instalado un silencio singular que cortó de repente un suspiro y un leve grito de mujer, como uno de esos gemidos involuntarios que suben desde el fondo de un sueño.

Ella miró de manera mecánica los brillos que se encendían en el lateral de su copa. Él no bebía; también sostenía entre sus manos la copa. Finalmente, la levantó apenas hasta sus labios, bebió con un pequeño suspiro.

–Esto vale más que el amor…

Ella levantó la cabeza, sorprendida por esa voz extraña, dura y profunda. Por un instante, se miraron a los ojos, con maldad, midiendo sus fuerzas. Una especie de fuego, de remordimiento, de bronca, pasó por los rasgos de ambos, pero él desvió el rostro y preguntó con amabilidad:

–¿Ensalada?

Ella sacudió la cabeza sin responder. Él preguntó con el mismo gesto cortés de indiferencia:

–¿François está cambiado?

–Sí –dijo ella brevemente–, él también…

Se rio con liviandad, y de nuevo por sus labios se dibujó una expresión extraña, malvada, como si pensara: «Así es, querida mía…, se acabó todo eso…».

«¡Estúpido idiota!», pensó ella de pronto, «¡nunca me quiso!».

De nuevo, a hurtadillas, lo miró, sintió una especie de odio hacia él, de irritación, el deseo de responderle de una manera hiriente y desagradable, y, al mismo tiempo, un sentimiento de amor, amargo y dulce, le llenaba el corazón.

La puerta se abrió después de un golpe ligero, discreto. El *maître* entró, empujando detrás de él, sobre una mesa rodante, las frutillas en una enorme copa de cristal, colmada hasta el borde de crema fresca, por donde corrían ríos de un antiguo y fino champán ardiente y perfumado.

–Un almuerzo de reyes –dijo Thérèse.

Él alzó con suavidad los hombros, murmuró con voz controlada:

–Estoy contento de haberla convencido de venir. Estoy contento de haberla vuelto a ver...

–Yo también, querido.

Ella se esforzó por sonreír, extendió la mano hacia él, como en otra época, tomó la copa de champán, se la llevó a los labios lentamente. Vio cómo su mirada recaía sobre esa mano que tenía una forma delicada y perfecta. «¿Lo recuerda?». Y sus salvajes palpitaciones la sorprendieron, la llenaron de temor. «¡Qué tontería...! ¿Y de qué debería acordarse, mi buen Dios? ¡Nada...! Ni siquiera una caricia... Él había rozado los anillos y no la piel...»

Pero, enseguida, volvió a ver su rostro inclinado, las dos lámparas encendidas sobre la mesa, sus pantallas de papel rosa y el calor, el perfume, el viento ligero de la noche de mayo...

Se dio vuelta, porque se le llenaban los ojos de lágrimas. Miró fijamente el lago. Las cuatro de la tarde, y ya la tarde de septiembre no tenía el brillo del verdadero verano. Ya, en un cielo más pálido, los pájaros pasaban con gritos de sorpresa; volaban rápido, se cruzaban como en las figuras de un ballet, y luego algunos se elevaban un poco más y otros se precipitaban, como una piedra, hacia el lago. Resplandeció un pez plateado, ¿o era un remolino, un reflejo del agua? Unas nubecitas grisáceas se extendieron en el horizonte ocultando el sol. «¡Mi juventud», pensó con desesperación Thérèse, «mi breve, mi estúpida, mi única juventud! ¿De qué me sirve ahora saber si me amó? ¿Para qué? Aunque ahora me dijese: "Sí, adivinó, la he amado…"». A pesar de ella, con un latido del corazón, inclinó la cabeza como para escuchar, pronunciadas en su oído, las palabras: amar, amor…, que no escucharía más… «A pesar de todo, no sería sino el pasado. Lo que yo quisiera tener todavía, no es esto, es la primavera, la noche de mayo, el rostro enamorado de François y las manos calientes y temblorosas de… el otro». Y ahora, él estaba sentado frente a ella, pesado, cansado, irónico; comía sus frutillas. «Tiene mucha razón. Beber, comer, dormir, no queda otra cosa».

Tomó la cuchara, tragó con esfuerzo una frutilla, habían macerado en el alcohol y la crema un largo rato; eran enormes, perfumadas, tiernas.

–Son excelentes, doy fe…

–¿No es cierto?

Ella bebió de nuevo, y, poco a poco, el nudo que le cerraba la garganta se relajó de manera imperceptible; otra vez se sintió invadida por un bienestar oscuro, animal, mezclado con una resignación melancólica.

Él repitió:

–Sí, mi querida amiga, nada vale como un plato delicado, una buena botella, el vaso del viejo y fino alcohol que entibiamos en el hueco de la mano, el aroma de un cigarro…

Ella lo interrumpió:

–Puede fumar, lo sabe.

–¿Y usted?

Ella tomó un cigarrillo del estuche entreabierto, inclinó su cabeza hacia atrás, miró durante un largo rato flotar y desenvolverse en el aire el humo azul que subía hacia el espejo y a través del cual aparecía:

Cora, 1885…, Lola, 1890, Ville d'Avray, en el mes de mayo.

El *maître* trajo el café, encendió con precaución la pequeña llama del hornillo, transparente, corroída por la luz diurna y de un color encantador, de un azul vivo y profundo, atravesado de iluminaciones doradas. Encendió el cigarro de Raymond, puso delante de él dos vasos de balón y los regó con delicadeza con un viejo armañac, fluido y dorado, cuyo perfume llenó el pequeño palco.

–Debería ponerse algo –le aconsejó Raymond– sobre los hombros. Está vestida ligera de ropa, y de repente hace frío.

Hacía frío. Las nubes habían ocultado el sol; un rayo tocó la cima de los árboles rojizos; un pequeño arbusto, sobre el lago, pareció totalmente rojo, de un rojo oscuro, vinoso, sanguíneo. Unos hombres bordeaban la orilla, con sus cañas de pescar al hombro.

Alguien, una voz de mujer, llamó:

–¡Jeaaanne…!

Un silencio, y la misma voz lejana:

–¡Jeaaanne…, ponte el abrigo! ¡El viento ha refrescado!

Raymond se había levantado; riendo, puso su sobretodo sobre la espalda de Thérèse.

–Se lo aseguro, se siente el otoño. Que tontería, son apenas las cinco.

–¡Ya! –dijo ella–. Ay, qué tarde es…

–¿Quiere volver?

Dudó de manera imperceptible, miró el cielo palidecido, pensó que su empleada debía estar esperándola para terminar con el orden de los placares.

–Sí, por favor, Raymond, me gustaría volver.

Él se dio vuelta, apoyó el dedo en el timbre, le dijo a media voz al *maître* que entraba:

–La cuenta.

Thérèse tomó de manera mecánica su cartera, sacó su neceser dorado chato y pequeño que contenía un *rouge*, polvo, rubor, el espejo. Tomó el espejito, suspiró, sopló levemente sobre la superficie descolorida, se miró. Vio un rostro pálido donde el rojo, sobre los pómulos, bajo el polvo borroneado formaba una mancha violenta, el pliegue inquieto de la boca, las mejillas hinchadas, los ojos cansados, las arrugas... Para otros, ella todavía era joven. Para otros, su rostro podía todavía ser atractivo, parecer delicado, fino, puro... Ella era la única –y él, sin duda– que veía los estragos.

Raymond se volvió hacia ella.

–¿No cogerá frío? Es extraordinario cómo cambió el clima... Habrá que subir las ventanillas...

Le alcanzó el sombrero; ella se lo puso con lentitud, tratando de manejar el leve temblequeo de sus manos. El espejo estaba lleno de sombra ahora; el sol había dado la vuelta; los nombres, las fechas iban desapareciendo.

–Volverá aquí –dijo Raymond–, con François...

–Pero por supuesto –dijo ella.

Salieron. El coche arrancó.

El día todavía estaba iluminado, a pesar de todo, con el sol oculto, con la sombra de los árboles extendida sobre los prados, con el pálido reflejo azulado de la ruta, se sentía el crepúsculo y el otoño.

En Saint-Cloud, el coche tuvo que detenerse, hacer la fila detrás de los demás. Unos niños ofrecían flores. Raymond tomó de una canasta que le acercaron un ramo de rosas de tallo corto, con sus frescos pétalos humedecidos.

–Thérèse...

No agregó nada.

Volvieron a arrancar. Al poco, ya habían atravesado los suburbios y llegaban a París. Le preguntó su dirección. Pronto ella reconoció la calle vecina a la suya, el cartel rojo de la farmacia, el cine, la pequeña avenida tranquila donde vivía.

–Gracias.

Él le tomó la mano, la besó; un beso extraño, más largo tal vez de lo necesario, y los labios apoyados sobre sus dedos temblaban levemente. Ella retiró su mano con lentitud, lo miró, vio cerca de ella ese rostro cargado, irónico e indiferente, y los finos labios alterados.

–Adiós –murmuró ella.

Él se estremeció, frunció las cejas con una mueca irritada y dolorosa.

–Hasta luego como máximo –dijo él por fin con liviandad–, nos volveremos a ver tal vez todavía algún día...

Le abrió la puerta. Ella pasó. La puerta se cerró a sus espaldas con un ruido sordo. Escuchó el rugido del auto que volvía a arrancar, y el ruido se alejó y se perdió en la calle vacía.

Eco
(1934)

–Yo era un niño –dijo el escritor– y, como todos los niños, el ser más desgraciado, el más débil del mundo. ¿Se imaginan (debería decir: «¿lo recuerdan?», pero ¿quién no es ingrato respecto de su infancia?), se imaginan qué intensidad de sufrimiento ciego puede alcanzar un niñito inocente que lleva desde su más tierna edad la carga del peso del conocimiento, porque creo que algunos seres nacen ancianos, lúcidos y tristes...? Lo olvidaron, pero yo lo recuerdo, es mi oficio –dijo con esa sonrisa que adoraban las mujeres.

La dejó flotar sobre sus labios por un instante y volvió la cabeza para mostrársela a cada una de las cinco mujeres, sentadas a su alrededor, y para verla él mismo, reflejada en el vidrio oscuro. (Si le gustaba tanto, esa sonrisa un poco crispada, desgraciada y maliciosa, implorando piedad y burlándose de sí mismo, era porque nada en el mundo le recordaba mejor, incluso mejor que un retrato, al niño que había sido...).

Una mujer suspiró, y las cabezas de zorros que se cruzaban sobre sus pechos se levantaron con suavidad. Otra sacudió levemente la ceniza de su cigarrillo, donde sus labios habían dejado un rastro de colorado, y buscó la mesita aledaña para apoyar la taza de café vacía. La mujer del escritor se la sacó de las manos, haciendo de manera involuntaria un gesto para recomendar silencio, como cuando preludian los violines en un salón. Había adoptado sin esfuerzo la apariencia deferente, un poco esfumada, de las esposas de los hombres famosos; se maquillaba poco, se peinaba hacia atrás su pelo encanecido, sabía caminar sin ruido por la casa y callarse.

«Ella es admirable», pensó la amante del escritor, mirándolos a ambos con ternura.

El salón estaba iluminado por un fuego en la chimenea y una lámpara azul. Una de las mujeres tocó con preocupación, y disimuladamente, con la punta de su dedo enguantado, sus mejillas, donde el calor del hogar favorecía la irrigación de la sangre.

«Es odioso, mi cara está roja, hace calor», pensó ella.

Y quiso tomar el bolsito de muaré, a su alcance, que contenía el pompón y el polvo, pero el escritor sorprendió ese movimiento y la miró, a pesar suyo, con severidad. Ella cruzó las manos sobre las rodillas y se quedó inmóvil. A él le gustaban las mujeres deferentes y silenciosas. Era tan hermoso, pensó ella mientras contemplaba ese rostro tan pálido, devastado, por la blancura sin un brillo particular de los que se inclinan, de la mañana a la noche, sobre una página en blanco y parecen conservar su reflejo sobre los rasgos. Era la primera vez que la admitían ahí, a ella, la indigna. Una confidencia le volvió a la mente: «Es un amante incomparable...».

–Nunca –decía él– le he contado esto a nadie. Es una cosita de nada, además.

Un roce leve, como el soplido del viento entre las hojas, pasó sobre los labios de las mujeres; se inclinaron todas al mismo tiempo, devotas de su palabra.

Con una expresión a la vez inquieta y meditativa, él manipulaba y abandonaba, con mano larga y blanca, un pequeño cuchillo de ébano, como si mantuviera el ritmo de un canto interior. Hablaba a media voz, con los ojos entrecerrados:

–Yo no era guapo. Era un niño enclenque, con grandes orejas transparentes, nacido y criado en la ciudad.

Se calló, no porque buscara las palabras, sino porque le llegaban en tal abundancia y cada una de ellas le era tan preciada que estaba obligado, a su pesar, a detenerse y a seleccionarlas mentalmente, como cuando se comparten piedras preciosas. (Las que conservaría para tal novela, las que dejaría ahora, las más toscas, «las piedras del Rin», como las llamaba; otras, para sus amantes; otras más, las más preciadas las conservaría para sí mismo, en el sueño interior que se continuaba noche tras noche...).

–Había entrado en la habitación de mi madre, en el campo...

Al hablar, volvía a ver con una intensidad extraordinaria esa habitación oscura, con pesadas persianas azules sobre las que se recortaba una abertura en forma de corazón, resplandeciente de sol. Había descrito tan a menudo a su madre en sus libros que ya no lograba percibirla detrás de las imágenes deformadas. Pero se acordaba de su peineta de percal, de los muebles, de un pequeño espejo colgado en la pared, de las láminas amarillas del viejo parqué, del olor frutado de un empapelado de Persia, de la roedura de los ratones en la *boiserie*; se acordaba sobre todo de sí mismo, en pantalón de cutí y delantalito rosa. Su corazón estaba lleno de amor y piedad por sí mismo.

–Era verano, uno de los primeros veranos que pasé en la tierra, y, por primera vez, veía en verdad el cielo y el jardín. Hasta ese momento, había vivido al ras del suelo, ocupado con las construcciones de arena, las piedritas, las briznas de hierba. Por primera vez, había levantado la cabeza y visto el brillo del cielo, de las rosas, había oído el tierno grito de las tórtolas. Mi corazón estaba herido de amor. Concédanmelo, era toda la poesía que se estaba despertando en mí. Caminaba ebrio, indeciso, perdido, con el alma llena de luz. Sobre un rosal, vi unas alitas palpitantes. Adelanté la mano y capturé una mariposa blanca, y me pareció que acababa de apropiarme de toda la belleza, de todo el misterio brillante del verano. Como es natural, quise hacerle una ofrenda a quien había personificado hasta entonces para mí el amor y la sabiduría, a mi madre. Entré en su habitación... Se dio vuelta hacia mí, y simplemente me dijo:

»–Tira ese horror que tienes en la mano.

»La mariposa estaba muerta. Todavía veo sus alitas inmóviles. Mi madre tomó un libro, sin ocuparse de mí. Comprendí que el mundo era ciego y cruel, y en eso, al menos, mi instinto no me había engañado. Mi corazón desbordaba de buena voluntad y nadie podía comprenderlo, captar el lenguaje misterioso que trataba de escaparse de mí. Mi madre no me comprendía. Creo que ese pequeño incidente insignificante estuvo en el origen de toda mi vida sentimental, de mi obra, en la que los hombres caminan, entre sus semejantes, sin ser comprendidos por ellos, cada uno encerrado en su prisión. El germen de una vida material, una ínfima nimiedad.

Se calló por un instante, y concluyó con una voz diferente:

–Por suerte, no todos los niños se parecen... Mi lindo Dominique es muy incapaz de tener esos sentimientos...

Mientras hablaba, miraba a su hijo, un niñito de cinco años, bello y fresco, de pelo rubio, de pie delante del amplio ventanal del estudio. Ese niñito le daba la espalda y contemplaba la calle, las luces anaranjadas que brillaban débilmente en las casas y el cielo gris del invierno. Pasaba un coche fúnebre negro. El niño lo miraba e imaginaba lo que le habían dicho, el muerto, y la noche en la tierra.

–Papá –dijo–, ¿qué es eso?

El escritor se estremeció. La idea de la muerte le era físicamente insoportable. Que pudiera morir, irse, disolverse... El niño le tocaba la herida secreta. Tabú.

Dijo con mal humor:

–Primero, no se señalan los objetos con el dedo. Después, no hay que interrumpir a tu padre. Por último, no tienes nada que hacer aquí. ¿Qué haces aquí?

Escuchó sus propias palabras con un extraño placer, como si, a través de su boca, el niño de las grandes orejas transparentes, en pantalón de cutí y delantalito rosa, estuviera hablando y vengándose de la ofensa que le habían hecho alguna vez a él. Su hijo lo miraba sin decir nada. Pensó con irritación:

«Cuando abre la boca así, este pequeño parece un cretino».

Dijo con severidad:

–Dominique, cierra la boca, respira por la nariz. ¿Cuántas veces hay que repetírtelo, mi pobre hijo?

Y dirigiéndome a su mujer:

–Dale una galleta y llévatelo, ¿me haces el favor, querida?

Domingo (1934)

La calle Les Cases estaba tranquila, como en el corazón del verano, con cada ventana abierta resguardada por una persiana amarilla. Los días bonitos estaban de vuelta; era el primer domingo de primavera. Tibio, impaciente, inquieto, empujaba a la gente fuera de las casas, fuera de las ciudades. El sol brillaba con un tierno esplendor. Se oía el canto de los pájaros en el parque Sainte-Clotilde, un suave gorjeo sorprendido y perezoso, y, en las calles calmas y sonoras, los roncos graznidos de los coches que salían hacia el campo. Ninguna otra nube en el cielo más que una pequeña cáscara blanca, delicadamente enrollada, que flotó por un instante y se fundió en el azur. Los transeúntes levantaban la cabeza con expresión maravillada y confiada, y respiraban el aire, sonrientes.

Agnès entrecerró los postigos; el sol estaba caliente, las rosas se abrían demasiado rápido y morían. La pequeña Nanette entró, corriendo, saltando de un pie a otro.

–¿Me permites salir, mamá? Hace un día precioso…

Ya estaba terminando la misa. Ya estaban pasando, en la calle Las Cases, los niños con ropa clara, con los brazos desnudos, llevando sus libros de oraciones en sus manos enguantadas de blanco, y rodeando a una pequeña comulgante, de regordetas mejillas bermellón bajo su velo; las pantorrillas desnudas, rosadas y doradas, aterciopeladas como frutas, brillaban al sol. Pero las campanas sonaban todavía, lentas y con melancolía; parecían decir: «Vayan, buena gente, lamentamos no poder conservarlos más. Los hemos albergado tanto tiempo como hemos podido, pero estamos forzadas a devolverlos al mundo y a sus preocupaciones. Vayan ahora. La misa ha sido dicha».

Cuando se acallaron, el aroma del pan caliente llenó la calle, subiendo, a bocanadas, desde la panadería abierta; se veía relucir el suelo recién lavado y los espejos estrechos encastrados en las paredes brillaban débilmente en la sombra. Luego cada uno regresó a su casa.

Agnès dijo:

–Nanette, ve a ver si papá está listo y avisa a Nadine de que el almuerzo está servido.

Guillaume entró, esparciendo a su alrededor el olor de un cigarro fino y de agua de lavanda que ella respiraba siempre con malestar. Estaba, mucho más que de costumbre, panzón, saludable y feliz.

En cuanto se sentaron a la mesa, anunció:

–Os aviso de que salgo después del almuerzo. Cuando uno se sofoca toda la semana en París, es lo menos... De verdad, ¿no os tienta?

–No me gustaría dejar a la pequeña.

Mientras sonreía, Guillaume le tiró del pelo a Nanette, sentada delante de él; la noche anterior había tenido un ataque de fiebre, pero tan leve que ni siquiera sus frescos colores se habían empalidecido.

–No está muy enferma. Tiene un apetito admirable.

–Oh, no me preocupa, gracias a Dios –dijo Agnès–. La voy a dejar salir hasta las cuatro de la tarde. ¿Adónde vas?

Guillaume se ensombreció visiblemente.

–Yo… Oh, no sé todavía… Tiene la pasión de planear todo de antemano… Por Fontainebleau o de Chartres, al azar, a la aventura… ¿Entonces? ¿Me acompañas?

«Su cara, si yo lo consintiera», pensó Agnès. La sonrisa, un poco crispada en la esquina de sus labios apretados, irritaba a Guillaume. Pero ella respondió, como siempre:

–Tengo cosas que hacer en casa.

Agnès pensaba:

«¿Quién es ella ahora?».

Las amantes de Guillaume. Su inquietud celosa, sus noches sin sueño. Qué lejos había quedado todo eso ahora. Era alto y gordo, un poco calvo, todo el cuerpo bien asentado, bien equilibrado, con la cabeza plantada sólidamente sobre un cuello largo y fuerte; tenía cuarenta y cinco años, la edad en la que el hombre es más potente, más pesado, con mucho aplomo sobre la tierra, la sangre espesa y rica. Cuando se reía, tiraba su mandíbula hacia delante y descubría todos sus dientes blancos, apenas tocados con oro.

«¿Cuál era», reflexionó Agnès «la que le dijo: "Tienes una mueca de lobo, de animal salvaje, cuando te ríes"? Debe de haberse sentido profundamente halagado. No tenía esa costumbre antes».

Ella se acordó de cómo lloraba él en sus brazos cada vez que una aventura amorosa llegaba a su fin, y el corto gemido que se le escapaba de los labios, mientras entreabría la boca como si quisiera aspirar sus lágrimas. Pobre Guillaume…

–Yo… –dijo Nadine.

Empezaba siempre sus frases así. Era imposible encontrar en sus pensamientos, ni en sus propios dichos, una palabra, una luz que no tuviera relación con ella misma, con sus atuendos, con sus amigos, con los puntos de sus medias que se saltaban, con su dinero de la mesada, con sus placeres. Estaba… triunfal. Su piel tenía la blancura de algunas flores aterciopeladas, pálidas y resplandecientes al mismo tiempo, como el jazmín, la camelia, pero se veía la sangre joven latir a través, subir a las mejillas, hinchar los labios que parecían preparados a soltar un jugo rosa y ardiente como el vino. Sus ojos verdes brillaban.

«Tiene veinte años», se dijo Agnès, que se esforzó una vez más por cerrar los ojos, no dejarse lastimar por esa belleza demasiado despampanante, demasiado ávida, esa risa sonora, ese egoísmo, ese joven ardor, esa dureza de diamante. «Tiene veinte años, no es su culpa… La vida la apagará, la suavizará, la volverá más sabia como a los demás».

–Mamá, ¿puedo usar tu chal rojo? No lo voy a perder. Y, mamá, ¿puedo volver tarde?

–¿Adónde vas, en primer lugar?

–¡Pero si lo sabes bien, mamá! ¡A Saint-Cloud, donde Chantal Aumont! Arlette va a venir a buscarme. Mamá, ¿puedo volver tarde? Es decir, ¿después de las ocho? ¿No te vas a enojar? Es para evitar la costa de Saint-Cloud, a las siete, un domingo.

–Tiene toda la razón –dijo Guillaume.

El almuerzo estaba terminando. Mariette servía con rapidez. Domingo… Desde el momento en que la vajilla quedara limpia, también saldría.

Comían crepes perfumadas a la naranja; Agnès había ayudado a Mariette a preparar la mezcla.

–Exquisitas –dijo Guillaume con sensibilidad.

Ya, a través de las ventanas abiertas, se escuchaba el tintinear de los platos, algunos suavemente, como en esa planta baja tenebrosa donde dos viejas solteronas se albergaban en la sombra; otros con más alegría, con más vivacidad. Así, en la casa de enfrente donde se veía relucir, con sus doce cubiertos, el gran mantel brillante, adamascado, con pliegues duros, adornado en el medio con una cesta de rosas blancas de las primeras comuniones.

–Yo me voy a preparar, mamá. No quiero café.

Guillaume bebía de su taza sin hablar, con apuro. Mariette empezó a recoger la mesa.

«Qué apurados están», pensó Agnès, mientras sus manos ágiles y delgadas doblaban de manera mecánica la servilleta de Nanette. «Yo, sola...».

El maravilloso domingo, para ella sola, no tenía atractivo.

«Nunca me hubiera imaginado que ella se volvería tan hogareña, tan apagada», pensó Guillaume. La miró, aspiró el aire con fuerza, infló el torso, feliz, orgulloso de sentir en él ese flujo de potencia que los días lindos parecían darle a su cuerpo. «Estoy admirablemente en forma. Me mantengo en pie de una manera sorprendente», se dijo también al recordar todas las razones, crisis, problemas de dinero... Germaine, que se aferraba, el diablo se la lleve..., los impuestos..., todo lo que habría podido legítimamente deprimirlo, entristecerlo, así como también tantas otras cosas. ¡Pero no! «¡Siempre fui así! Un rayo de sol, la perspectiva de un domingo fuera de París, en libertad, una buena botella, una hermosa mujer a mi lado, ¡y tengo veinte años! ¡Estoy vivo!», se felicitó mientras contemplaba a su mujer, y el pliegue burlón y crispado de sus labios finos. Dijo en voz alta:

–Como es natural, voy a pasar la noche en Chartres. Os llamaré. De todos modos, estaré de regreso mañana por la mañana. Pasaré por casa antes de ir a la oficina.

Agnès pensó, con una extraña y dolorosa frialdad: «Un día, el coche, con él y la mujer que acaricia, después de un almuerzo demasiado copioso, chocará contra un árbol. Una llamada telefónica de Senlis o de Auxerre. ¿Vas a sufrir?», le preguntó con curiosidad a una imagen de sí misma, invisible, muda, atenta en las sombras. Pero, silenciosa e indiferente, la imagen no respondió nada, y la fuerte silueta de Guillaume se interpuso entre ella y el espejo.

–Hasta pronto, mi amor.

–Hasta pronto, amigo mío.

Guillaume se había ido.

–¿Preparo la mesa del té en el salón, señora? –preguntó Mariette.

–No, deja. Lo haré yo. Después de que la cocina quede ordenada, te puedes retirar.

–Gracias, señora –dijo la jovencita, cuyas mejillas se ruborizaron de repente con intensidad, como si las hubiera acercado a un fuego ardiente–. Gracias, señora –repitió con una mirada lánguida que hizo a Agnès levantar los hombros, burlona.

Agnès acarició la cabecita lisa y negra de Nanette, que, cada vez, se escondía entre los pliegues de su vestido, y luego adelantaba el rostro riendo.

–Estaremos muy tranquilas las dos, querida.

Mientras tanto, Nadine, en su cuarto, se vestía con prisa, se empolvaba el cuello, los brazos desnudos, el nacimiento de los pechos, ahí donde Rémi, en la oscuridad del coche, había puesto sus labios secos y ardientes, dejado besos rápidos y encendidos como llamas. Dos horas y media... Arlette no había llegado todavía. «Con Arlette, mamá no se dará cuenta de nada». La cita estaba fijada para las tres de la tarde. «Pensar que mamá no nota nada. Y fue joven...», pensó tratando de imaginarse, sin lograrlo, la juventud, el compromiso, los primeros años de matrimonio de su madre.

«Siempre debió de ser así. El orden, la calma, los cuellos de lino blanco... "Guillaume no arruines mis rosas". Yo...».

Se estremeció, se mordió suavemente los labios, acercó su rostro al espejo. Nada le gustaba más que su cuerpo, su mirada, sus rasgos, la forma del joven cuello blanco y puro, como una columna. «Es maravilloso tener veinte años», pensó febril. ¿Todas las jóvenes saben verlo como yo, probar esta felicidad, esta pasión, este vigor, este calor en la sangre? ¿Sentirlo, como yo, de una manera tan aguda y profunda? Tener veinte años en 1934, para una mujer, es..., es formidable», se dijo recordando confusamente las noches de *camping*, el regreso al alba en el coche de Rémi (mientras los padres imaginan un paseo en grupo, en la isla Saint-Louis, para ver salir el sol sobre el Sena, inocencia) y el esquí, nadar, el aire libre, el agua fría sobre su joven cuerpo, la mano de Rémi introduciendo las uñas en su nuca, tirando con suavidad su pelo corto hacia atrás... «¡Y esos padres que no ven nada! Es verdad que en su época... Me imagino a mi madre, a mi edad, el primer baile, con los ojos hacia abajo. Rémi..., estoy enamorada», le dijo a su reflejo sonriente en el espejo. «Pero tengo que cuidarme de Rémi, tan lindo, tan engreído, consentido por las mujeres, las fiestas. Le debe gustar hacer sufrir».

–Pero ya veremos quién será el más fuerte –murmuró apretando nerviosamente los puños, sintiendo palpitar su amor, en el fondo de sí misma, como un deseo tumultuoso de lucha, de juego ardiente y cruel.

«Por momentos, me parece que estoy, sobre todo, enamorada de mí misma», pensó mientras pasaba por el cuello su collar verde, cuyas cuentas, cada una de ellas, reverberaba y reflejaba el sol. Su piel, pura, firme y lisa, tenía ese brillo, *glossiness* de los animales jóvenes, de las flores, de las plantas de mayo, un resplandor que se sentía efímero, pero que había alcanzado la perfección más extrema. «Nunca más seré tan bella».

Se perfumó, desperdiciando el perfume, esparciéndolo sobre su rostro, sus hombros: ¡todo lo que era resplandeciente, extravagante, le sentaba bien ese día! «Me gustaría tener un vestido rojo fuego, joyas de gitana». Recordó la voz de su madre, tierna y cansada: «¡Ser medida en todo, Nadine!».

–¡Esos viejos! –dijo con desprecio.

En la calle, el coche de Arlette se había detenido delante de la casa. Nadine había tomado su cartera, y el sombrero, que hundió en su cabeza a toda prisa, y gritó, al vuelo: «¡Hasta luego, mamá!», y desapareció.

* * *

–Quiero que descanses un poco en el sillón, Nanette. Has dormido muy mal esta noche. Yo voy a trabajar a tu lado –dijo Agnès–. Después, vas a salir con la señorita.

La pequeña Nanette arrugó por un momento su delantal rosa entre sus manos, se dio la vuelta y volvió a girarse, frotó su rostro contra los almohadones, bostezó y se durmió. Tenía cinco años. Como la propia Agnès, tenía piel de rubia, pálida y fresca, pelo negro y ojos oscuros.

Agnès se sentó cerca de ella, sin ruido. La casa estaba en silencio, dormida. Fuera, el aroma a café de filtro flotaba en el aire. La habitación estaba llena de una sombra amarilla, tibia y tenue. Agnès escuchó a Mariette cerrar la puerta de la cocina con cuidado y atravesar el apartamento; escuchó cómo se alejaban sus pasos en la escalera de servicio. Suspiró; una extraña, una melancólica felicidad, una paz deliciosa la invadían. El silencio, las habitaciones vacías, la certeza de que, hasta la noche, nadie la molestaría, de que ni un paso ni una voz extraña penetrarían en esa casa, ese refugio... La calle estaba tranquila y vacía. Sola, una mujer invisible tocaba el piano, protegida, detrás de sus persianas bajas. Y luego todo se quedó en silencio. A la misma hora, Mariette, apretando con sus dos manos grandes y desnudas la cartera «imitación piel de cerdo» de los domingos, se apresuraba hacia la estación Sèvres-Croix-Rouge, donde la esperaba su enamorado; y Guillaume, en los bosques de Compiègne, le decía a una mujer rubia y regordeta, sentada a su lado: «Es fácil censurarme, no soy un mal marido, sin embargo, pero mi mujer...». Nadine, en el pequeño coche verde de Arlette, volaba a lo largo de las rejas del Luxembourg. Los castaños estaban en flor. Los niños corrían, vestidos con pequeños suéteres de primavera, sin mangas. Arlette pensaba con amargura que nadie la estaba esperando; nadie la amaba. La toleraban por su preciado coche verde y por sus ojos redondos rodeados de carey que inspiraban confianza a las madres. ¡La dichosa Nadine!

Soplaba un viento fuerte; los chorros de agua de pronto inclinados a la izquierda esparcían sobre los transeúntes su polvo resplandeciente. Los árboles jóvenes en el parque Sainte-Clotilde se agitaron con suavidad.

–¡Cuánta paz! –pensaba Agnès.

Sonrió; ni su marido ni su hija mayor conocían esa lenta y rara sonrisa segura que entreabría sus labios.

Se levantó, fue en silencio a cambiar el agua de las rosas; cortó con cuidado sus tallos; se abrían con lentitud, y los pétalos parecían abrirse con pesar, con miedo y una suerte de divino pudor.

«Qué bien se está aquí», pensó Agnès.

Su casa... El refugio, la caracola cerrada y tibia, cerrada al ruido del exterior. Cuando bordeaba la calle Las Cases, islote de tinieblas en los crepúsculos invernales, y cuando reconocía en la puerta esa figura sonriente de mujer, esculpida en la puerta, ese dulce rostro familiar adornado con cintas estrechas, se sentía misteriosamente apaciguada, tranquila, sumergida en las aguas de una alegre calma. Su casa... El silencio delicioso, ese leve crujido, furtivo, de los muebles, las marqueterías delicadas que apenas brillaban en la sombra..., cómo le gustaba todo eso. Se sentó; se dejó caer en el hueco de un sillón, ella que siempre estaba tan derecha, sin doblar la espalda, sin agachar la cabeza.

–Guillaume dice que me gustan más los objetos que los seres humanos... ¡Será posible!

La rodeaban con un mudo y suave encantamiento. El péndulo adornado con carey y cobre palpitaba lenta y pasivamente en el silencio.

El tintineo musical y familiar de una taza de plata que brillaba en las sombras respondía a cada movimiento, a cada suspiro, como un amigo.

¿La felicidad? «La perseguimos, la buscamos, nos matamos en esa tarea, y no está sino hí», se dijo, «nace en el momento en el que ya no esperamos nada más, en el que ya no tenemos más esperanzas, en el que ya no le tememos más a nada. Naturalmente, la salud de las pequeñas...»; y, de manera mecánica, se inclinó, tocó con los labios la frente de Nanette. «Fresca como una flor, gracias a Dios. No esperar nada más, cuánta paz. Cómo he cambiado», pensó ella, mientras recordaba su pasado, su amor absurdo por Guillaume, ese pequeño parque en las profundidades de Passy, donde lo esperaba, las noches de primavera. Su familia, su odiosa suegra, el alboroto de sus hermanas en el triste saloncito negro. «¡Ah! Nunca voy a saciarme de este silencio». Sonrió, dijo en voz baja, como si la Agnès de antes estuviera sentada a su lado, escuchándola, incrédula, con sus trenzas negras enmarcando su rostro pálido y joven:

–Sí, te sorprende, ¿eh? ¿He cambiado?

Sacudió la cabeza. En su recuerdo le parecía que cada día del pasado había sido lluvioso y triste; cada espera, vana; cada palabra, cruel o llena de mentira.

«Ah, ¿cómo se puede lamentar el amor? Por suerte, Nadine no se parece a mí. Estas pequeñas son tan frías, tan secas. Nadine es una niña, pero, incluso más tarde, nunca podrá amar, sufrir, como yo. Mucho mejor, por otra parte, mucho mejor, Dios mío. Nanette, de seguir, será igual que su hermana».

Sonrió. Era tan extraño imaginar que esa gran mejilla rosa y lisa, esos rasgos indecisos se transformarían en un rostro de mujer. Adelantó la mano, acarició con dulzura el fino pelo negro. «Los únicos momentos en los que mi alma descansa», pensó mientras se acordaba de una amiga de su juventud que decía: «Mi alma descansa…», mientras entrecerraba los ojos y encendía un cigarrillo. Pero Agnès no fumaba. No era soñar lo que más le gustaba, sino sentarse así y continuar alguna tarea de lo más humilde, bien precisa, coser, tejer, forzar su mente a rebajarse, humillarse, a estar tranquila y silenciosa, ordenar libros, lavar con cuidado y secar, uno por uno, los vasos de Bohemia, las largas copas aflautadas con borde dorado, a la moda de antes, en las que se servía el champán en su casa. «La felicidad… Sí, a los veinte años, la felicidad me parecía diferente, más terrible, más amplia pero los deseos se vuelven maravillosamente más pequeños y más accesibles, a medida que avanzamos hacia el término de nuestros deseos», pensó apoyando sobre sus rodillas una cesta que contenía una labor ya comenzada, seda, su dedal, sus tijeras de oro. «¿Qué más le hace falta a una mujer a la que no le gusta el amor?».

* * *

–Déjame aquí, Arlette, ¿quieres? –pidió Nadine.

Eran las tres de la tarde. «Voy a caminar un poco», se dijo. «No puedo llegar la primera».

Arlette obedeció. Nadine saltó a tierra.

–Gracias, querida.

El coche se fue. Nadine subió por la calle del Odéon, obligándose a reprimir su apuro y el ardor alegre que le invadía todo el cuerpo. «Me gusta la calle», pensó mirando a su alrededor con simpatía, con gratitud. «En casa, me asfixio. No pueden entender que soy joven, que tengo veinte años, que no puedo evitar cantar, bailar, hablar fuerte, reír. Soy feliz». Sentía con delicia a través de la delgada tela de su vestido el viento soplar sobre sus piernas. Ligera, aérea, libre, alada, nada la retenía, creía ella, sobre la tierra, en ese instante. «Hay momentos en los que saldría volando sin esfuerzo», pensó, llena de esperanzas. ¡Qué bello y amable era el mundo! El torrente de sol de mediodía se iba atenuando, se transformaba en una luz pálida y tranquila; en cada esquina, había mujeres vendiendo matas de junquillos, ofrecían sus cestas a los transeúntes. En los cafés, en las terrazas, había familias tranquilamente instaladas que bebían refrescos de granadina, alrededor de una pequeña comulgante con las mejillas al rojo vivo y los ojos brillantes. Y, con lentitud, bloqueando las veredas, caminaban soldados de paseo y mujeres en vestidos negros, con grandes manos rojas y desnudas. «Linda», dijo un muchacho que pasaba, adelantando los labios con un movimiento de beso y mirando con avidez a Nadine. Ella se rio.

Por momentos, el amor mismo, la imagen misma de Rémi se borraba. Sólo quedaban la exaltación, una fiebre y una felicidad agudas casi intolerables, pero que parecían contener en sus profundidades más secretas, una angustia extraña, dulce.

«¿El amor? ¿Rémi me ama?», se preguntó de golpe en el umbral del pequeño donde debía esperarlo. «¿Y yo? Somos, ante todo, amigos, ¿y qué? ¡Bueno para los viejos, la amistad, la confianza! ¡La ternura en sí no es para nosotros! El amor es a las claras otra cosa», pensó, recordando ese aguijón doloroso que los besos y las palabras más tiernas parecían, por momentos, esconder en el fondo de sí mismos. Entró.

El café estaba vacío. El sol brillaba. Un reloj palpitaba en la pared. Un olor a vino, una frescura de cava penetraba en la pequeña sala interior en la que se sentó.

Él no estaba ahí. Sintió cómo el corazón se le cerraba lentamente en su pecho. «Las tres y cuarto, es verdad. Pero ¿no me habrá esperado?».

Pidió una bebida al azar.

Cada vez que se abría la puerta, cada vez que en el umbral aparecía una silueta de hombre, ese corazón indócil latía con alegría, y tumultuosamente, inundándola de felicidad, y, cada vez que un desconocido entraba, la miraba con algo de distracción e iba a sentarse a la sombra. Estrujó con nervios sus manos debajo de la mesa, las torció.

«Pero ¿dónde está? ¿Por qué no viene?».

Y luego bajaba la cabeza y volvía a esperar.

El reloj sonaba inexorablemente cada quince minutos. Con los ojos clavados en la aguja, esperaba, sin moverse, como si la inmovilidad completa y el silencio pudieran ralentizar la evolución del tiempo. Las tres y media. Las tres cuarenta y cinco. Eso no era nada, todavía. De un lado y de otro de la media hora hay tan poca diferencia, igual que las tres y cuarenta, pero, si se dice «las cuatro menos veinte, las cuatro menos cuarto», ¡todo está perdido, arruinado, perdido sin retorno! ¡No va a venir, se ha burlado de ella! ¿Con quién está en este momento? A quién le dice: «¿Nadine Padouan? ¡Qué bien le tomé el pelo!». Sintió unas lagrimitas, agrias y amargas, que le quemaban los ojos. ¡No, no, eso no! Las cuatro de la tarde. Sus labios temblaban. Abrió su cartera, sopló sobre su pompón; el polvo voló y la rodeó en una nube asfixiante y perfumada; veía sus rasgos en el espejito, temblorosos y deformados como en el fondo del agua. «No, no voy a llorar», pensó, apretando salvajemente los dientes. Con los dedos temblorosos, tomó su lápiz labial rojo, se frotó los labios, se empolvó ese hueco satinado, azulado, liso bajo sus ojos, ese mismo lugar en el que se formaría, más tarde, la primera arruga. «¿Por qué lo ha hecho?». Un beso, una noche, ¿era eso entonces todo lo que quería? Por un instante, la invadió una humildad desesperada. Todos los recuerdos amargos que una infancia, incluso feliz y colmada, puede contener afloraron en su alma: esa bofetada inmerecida de su padre, a los doce; ese profesor injusto; esas muchachas inglesas, en el fondo de su pasado, en el fondo del tiempo, que decían riéndose: «We won't play with you. We don't play with kids».

Ya no miraba la hora. Permanecía sentada, sin moverse. ¿Dónde ir? Ahí se sentía protegida, en su lugar. ¿Cuántas mujeres habían esperado, como ella, se habían tragado las lágrimas, como ella, habían acariciado de manera mecánica esa vieja banqueta de molesquín, caliente y suave bajo su mano, como el pelaje de un animal? Pero, de pronto, un sentimiento de fuerza orgullosa la invadió de nuevo. ¿Qué importaba? «Me duele, soy infeliz». Oh, las hermosas palabras tan novedosas: amor, desgracia, deseo. Las moldeaba con dulzura entre sus labios.

–Deseo que me ame. Soy joven. Soy guapa. Me amará, y, si no es él, otros me amarán –murmuró, apretando sus manos contra las uñas brillantes y afiladas como garras.

Las cinco de la tarde… La pequeña habitación sombría se encendió de repente, como la boca dorada de un brasero.

El sol había cambiado; alumbró el licor dorado que dejaba pringoso su vaso, iluminó la pequeña cabina telefónica, frente a ella.

«¿Una llamada telefónica?», pensó con fervor. «¿Está enfermo, tal vez?».

–Hagámoslo –dijo, levantando con furia los hombros.

Había hablado en voz alta; se estremeció. «Pero ¿qué tengo?». Lo imaginó ensangrentado, muerto, en una ruta: en el coche, va como un loco...

–¿Y si lo llamo? ¡No! –murmuró, sintiendo por primera vez la debilidad, la cobardía de su corazón.

Y, al mismo tiempo, en el fondo de sí misma, una voz parecía susurrarle misteriosamente: «Mira. Escucha. Recuerda. Nunca te olvidarás de este día. Vas a envejecer. Pero, a la hora de tu muerte, volverás a ver esta puerta abierta, las batientes en el sol. Escucharás sonar los cuartos de hora en este reloj, y el ruido, los gritos de la calle».

Se levantó, entró en la pequeña cabina telefónica que olía a polvo y a yeso; las paredes estaban cubiertas de inscripciones en lápiz. Miró con fijeza por un largo rato una figura de mujer, dibujada en un rincón. Llamó por fin a Jasmin 10-32.

–Hola –respondió una voz de mujer, una voz desconocida.

–¿El apartamento del señor Rémi Alquier? –preguntó, y el sonido de sus propias palabras la impactó: su voz temblaba.

–Sí, ¿de parte de quién?

Nadine se calló; escuchó con claridad una suave risa perezosa, un llamado:

–Rémi, una jovencita te reclama... ¿Eh? El señor Alquier no está, señorita.

Nadine, con lentitud, colgó y salió. Eran las seis de la tarde, y el brillo del sol de mayo se había velado; un atardecer triste y leve había invadido el aire. Un olor de plantas y flores recién regadas subía por el Luxembourg. Nadine tomó al azar una calle, y luego otra. Silbaba despacio mientras caminaba; se encendían las primeras lámparas en el fondo de las casas, los primeros faroles de gas en las calles todavía claras: sus fuegos deformados brillaban a través de sus lágrimas.

★ ★ ★

En la calle Las Cases, Agnès había acostado a Nanette, que se quedaba dormida, pero todavía les hablaba en un entresueño, con una voz dubitativa, suave, confiada, a ella misma, a sus juguetes, a la oscuridad. Pero en cuanto escuchaba los pasos de Agnès se callaba con prudencia.

«Ya», pensó Agnès.

Entró en el vestíbulo a oscuras; lo atravesó sin encender las lámparas y fue a acodarse en la ventana. El cielo se oscurecía. Suspiró. El día primaveral encerraba una suerte de amargura secreta que parecía exhalarse con la noche. Igual que los melocotones rosas y perfumados dejan en la boca un gusto amargo. ¿Dónde estaba Guillaume? «No volverá esta noche, seguro. Mucho mejor», se dijo imaginando la cama fresca y vacía. Tocó con la mano el cristal frío. ¿Cuántas veces había esperado así a Guillaume? Noche tras noche, escuchando el ruido del reloj en el silencio, el chirrido del ascensor que subía, subía lento, atravesaba su puerta, volvía a bajar. Noche tras noche, primero con desesperación, después resignada, y luego con una indiferencia pesada y mortal.

¿Y ahora? Levantó los hombros con tristeza.

La calle estaba vacía, y un vapor azulado parecía flotar sobre todas las cosas, como si del cielo velado una fina lluvia de cenizas hubiera empezado a caer suavemente. La estrella dorada de un farol se encendió en la oscuridad, y las torres de Sainte-Clotilde parecieron retroceder, fundirse a lo lejos. Pasó un pequeño coche repleto de flores, que volvía del campo; quedaba la cantidad justa de día como para ver los ramos de junquillos enganchados a los faros. Los conserjes, en el umbral de las puertas, sentados en sus sillas de paja, con los brazos colgando, abandonados sobre sus rodillas, se callaban. En cada ventana, brillaba débilmente una lámpara rosada.

«Antess», recordó Agnès, «cuando tenía la edad de Nadine, ya estaba esperando a Guillaume, en vano, durante largas horas». Cerró los ojos, buscando volver a verlo tal como era entonces, o al menos tal como se le aparecía. ¿Era guapo? ¿Tan encantador? Dios mío, más delgado que ahora, es cierto, con el rostro más atormentado, más seco, de labios hermosos. Sus besos… Soltó una risita triste y amarga.

«Cómo lo amaba… Idiota… Idiota infeliz… No me decía palabras de amor. Se contentaba con besarme, con besarme hasta hacer que mi corazón se derritiera de dulzura y de pena. Durante dieciocho meses, no me dijo "te amo" ni "quiero casarme contigo…". Era necesario que yo estuviera siempre ahí, para venerarlo. "A mi disposición", decía. Y yo, estúpida infeliz, sentía placer con eso. Estaba en la edad en la que la derrota embriaga. Y después soñaba: "Me va a amar. Seré su mujer. A fuerza de devoción, de amor, me va a amar"».

Rememoró con una precisión extraordinaria una noche de primavera, en el fondo del pasado. Pero no era bonita y cálida como esta noche. Era una de esas primaveras de París lluviosas o frías, en las que cae, desde el amanecer, un chaparrón pesado y glacial, que chorrea a través de los árboles cubiertos de hojas. Los castaños en flor, la jornada larga, el aire tibio parecen una cruel burla. Sentada, lo esperaba en un banco, en un parque vacío; los arbustos empapados de lluvia esparcían un olor amargo; las gotas caían en el agua del estanque, midiendo lenta y melancólicamente los minutos transcurridos sin retorno, sus lágrimas frías corrían por sus mejillas. Él no llegaba. Una mujer se había sentado a su lado, la había mirado sin decir nada, encorvando la espalda bajo el chaparrón, apretando con amargura los labios como si pensara: «Una más».

Inclinó un poco la cabeza, la apoyó de manera mecánica sobre su brazo, como antes, doblando el cuello. Una tristeza profunda crecía en ella.

«¿Qué es? Soy feliz, sin embargo, tan tranquila, tan apacible. ¿Para qué recordar esto? ¡Esto no puede despertar en mi alma sino rencor y una ira tan inútil, Dios mío!».

Pero, de golpe, le volvió a la memoria la imagen del taxi que la llevaba a través de la alameda del Bosque, negra y mojada, y le pareció encontrar otra vez el sabor y el olor de ese aire puro, frío, que traspasaba los vidrios bajos, mientras que la mano de Guillaume apretaba con dulzura, con crueldad, su pecho desnudo, como una fruta de la que se saca el jugo. Peleas, reconciliaciones, lágrimas amargas, mentiras, bajezas desmedidas, y esa brusquedad, esa dulce felicidad, cuando él le tocaba la mano, decía riendo: «¿Enojada? Me gusta hacerte sufrir».

–Ese pasado ya no volverá –dijo de golpe en voz alta, con una incomprensible desolación. De repente, sintió que un borbotón de lágrimas le saltaban a los ojos y corrían por su rostro–. Me gustaría seguir sufriendo.

«¡Sufrir, desesperarme, esperar a alguien! ¡Ya no espero nunca a nadie! Estoy vieja. Odio esta casa», pensó de golpe con fervor. «¡Esta paz y esta calma! ¿Y las pequeñas? Sí, la ilusión materna es la más tenaz y la más vana. Sí, las amo, son lo único que tengo en el mundo, pero eso no alcanza. Me gustaría recuperar los años perdidos, los sufrimientos perdidos. Ahora, el amor, sería tan repugnante, tan feo. ¡Me gustaría tener veinte años! ¡Afortunada Nadine! ¡Pero está en Saint-Cloud, jugando al golf, sin duda! ¡Se preocupa mucho por el amor! ¡Afortunada Nadine!».

Se estremeció. No había escuchado que se abría la puerta ni los pasos de Nadine sobre la alfombra. Dijo precipitadamente, limpiándose los ojos a hurtadillas:

–No enciendas la luz.

Nadine, sin responder, fue a sentarse a su lado. Ya era de noche, y cada una desviaba la mirada. No vieron nada.

Al cabo de un rato largo, Agnès preguntó:

–¿Lo has pasado bien, querida?

–Sí, mamá –dijo Nadine.

–Pero ¿qué hora es?

–Pronto serán las siete, creo.

–Has vuelto más temprano de lo que pensabas –dijo con algo de distracción Agnès.

Nadine no respondió nada, hizo tintinear unas contra otras las delgadas pulseras de oro sobre sus brazos desnudos.

«Pero qué silenciosa está», pensó Agnès, un poco sorprendida.

–¿Qué pasa, querida? ¿Estás cansada?

–Un poco.

–Te vas a acostar temprano. Ve a lavarte las manos, ahora. Comemos dentro de cinco minutos. No hagas ruido cuando atravieses el pasillo, Nanette está durmiendo.

En ese mismo instante, sonó el timbre del teléfono. Nadine levantó con rapidez la cabeza. Apareció Mariette.

–Preguntan por la señorita Nadine en el teléfono.

Con el corazón palpitándole sordamente en el pecho, Nadine atravesó despacio el salón, consciente de la mirada de su madre. Sin ruidos, cerró detrás de ella la puerta del pequeño escritorio donde se hallaba el teléfono.

–¿Nadine…? Soy yo, Rémi… Oh, qué enfadada estás… Perdóname, vamos… No seas mala… ¡Pero si te estoy pidiendo perdón! Ahí, ahí –dijo él, como si adulara a un animal rebelde–. Un poco de indulgencia, por favor, chiquilla… ¿Qué quieres? Una antigua relación, una limosna… Ah, Nadine, ¿no quieres, de todos modos, que yo me contente con las hermosas naditas que me ofreces…? ¿Eh…? ¿Eh? –repetía, y ella reconoció el eco de esa risa voluptuosa y dulce entre los labios apretados–. Tienes que perdonarme. Odio besarte cuando estás enojada y tus ojos verdes lanzan chispas. Me parece que los veo. Fulguran, ¿no es cierto? ¿Mañana? ¿Te gustaría mañana a la misma hora? ¿Eh…? No te voy a dejar plantada, te lo juro… ¿Eh? ¿No estás libre? ¡Qué graciosa! ¿Mañana? En el mismo lugar, a la misma hora. Pero si te lo juro… ¿Mañana? –repitió.

–Mañana –dijo Nadine.

Él se rio:

–*There's a good girl. Good little girlie. Bye bye.*

Nadine entró corriendo al salón. Su madre no se había movido.

–Pero ¿qué estás haciendo ahí, mamá? –exclamó, y su voz, su risa estruendosa hicieron pasar por el alma de Agnès un sentimiento confuso y amargo, similar al de la envidia–. ¡Es de noche!

Encendió todas las lámparas. Sus ojos resplandecían, todavía llenos de lágrimas; una oscura llama le había subido a las mejillas. Se acercó al espejo canturreando, se arregló el pelo, miró mientras sonreía su rostro iluminado por la felicidad, sus labios entreabiertos y temblorosos.

–Qué alegre estás de golpe –dijo Agnès.

Se esforzó por reírse, pero sólo se le escapó de los labios una risita destemplada y triste. Pensó: «¡Estaba ciega! ¡Pero esta muchacha está enamorada! Ah, es demasiado libre, yo estoy demasiado débil, eso es lo que me preocupa». Pero, en su corazón, reconocía esa amargura, ese sufrimiento; la saludaba como a una vieja amiga. «Estoy celosa, ¡lo juro!».

–¿Quién te ha llamado por teléfono? Sabes perfectamente que a tu padre no le gustan esas llamadas de desconocidos y esos misteriosos encuentros.

–No entiendo, mamá –dijo Nadine, con los ojos brillantes de inocencia, fijos sobre su madre, sin que fuese posible leer el pensamiento secreto escondido en sus profundidades: ¡la madre, la eterna enemiga, la vieja decadente, que no entiende nada, que no ve nada, que se encierra en su cascarón y no piensa más que en impedirle a la juventud vivir!–. Te aseguro que no entiendo. Simplemente, el partido de tenis que no jugamos el sábado se ha postergado para mañana. Eso es todo.

–¡Eso es todo, de verdad! –dijo Agnès, pero el sonido seco y duro de sus palabras le impactaron a ella misma.

Miró a Nadine. «Estoy loca. Son viejos recuerdos. Es una niña, todavía». Por un instante, volvió a ver en su mente la imagen de una jovencita, con largas trenzas negras, sentada en un parque perdido en la bruma y en la lluvia; la contempló con tristeza y la espantó para siempre de su memoria.

Apoyó con suavidad su mano sobre el brazo de Nadine.

–Vamos, ven –dijo.

Nadine ahogó una risa irónica. «¿Seré tan... crédula a su edad?, ¿y tan tranquila? Dichosa mamá», pensó con un dulce desprecio. «Qué bella es la inocencia y la paz del corazón».

Un amor en peligro
(1936)

La hermosa noche era cálida, como en el corazón del verano, pero el aire tenía un sabor diferente. No era ese aire de agosto que sólo contiene perfumes; era sabroso, frutado, un poco áspero. El claro de luna brillaba sobre la terraza y sobre el bar con un resplandor límpido y frío. Era una noche de final de temporada, de final de vacaciones; pocos bailarines. Los músicos parecían haber renunciado definitivamente a toda esperanza. Tocaban poco y despacio. El *maître* pasó entre las mesas vacías y apagó una tras otra las lámparas discretas con un velo rosado; un rayo de luna iluminó la pequeña tarima desierta entre los árboles, un brazalete de plata en las sombras, un enrejado delante del mar.

–Aquí mueren –dijo Colette– todos los amores de la temporada...

Eran siete. Tres parejas y Sylvie.

Sylvie miró a su amiga con una expresión divertida y un imperceptible desprecio:

–¿Es el pequeño español, el pequeño Rodez, ahora?

–Sí... Es simpático...

–¡Oh...! ¡Colette!

–¿Y qué, querida...? Tiene tan poca importancia... ¿No...? ¿Es importante para ti el amor...? Sí, lo sé... Pero tú y Hervé, un amor como el vuestro, es un destino excepcional...

–Es cierto –dijo Sylvie con dulzura.

Tenía movimientos lentos y llenos de gracia, un hermoso cuerpo, brazos blancos y suaves; el sol apenas había tocado su semblante; conservaba su color pálido y ardiente. Tenía unos hermosos ojos verdes sonrientes, pero, en contraste con esa apariencia de sensualidad y dulzura, una boca triste y voluntaria. Los hombres la admiraban. Pero ella parecía tan bien reservada a uno solo, sometida a uno solo, que experimentaban ante su presencia un sentimiento en el que no entraba el deseo, sino más bien una tristeza celosa. Por lo general, era consciente de ello; se sentía orgullosa. Cuando Hervé estaba a su lado, los hombres se transformaban a sus ojos en pálidas sombras inconsistentes, y esas mujeres tan fácilmente alteradas no le inspiraban más que una despectiva piedad.

Esta noche, Hervé estaba ausente.

Desde hacía ocho años era la amante de Hervé, y habían dejado todo para estar el uno con el otro. Pero por primera vez él tuvo que separarse de ella. Asuntos familiares lo habían llamado a Burdeos dos semanas antes, y todavía no había regresado.

Sylvie pensó con tristeza: «Un destino excepcional... Es cierto, no me arrepiento de nada... ¡Oh! Dios mío, no, no me arrepiento de nada... Lo volvería a hacer otra vez... Mil veces moriría por él... Querido, querido Hervé...».

Sin embargo, estaba triste. Miró a las mujeres que la rodeaban, ya medio atrapadas por las preocupaciones, las imágenes de París, y que probaban su capricho con una sabiduría desilusionada, un poco cínica. Pensó de manera involuntaria: «¿Un destino? ¿Una mujer lo necesita?».

Tocó suavemente el brazo de un joven que le ofrecía sonriendo su cigarrera abierta:

–Hágame bailar, Thierry...

Thierry Regnard era un pariente de Hervé, un primo de su mujer, pero había tomado partido por Hervé contra la familia en común. Pasaba los meses de verano en la pequeña casa que Hervé poseía al borde del mar. Era más joven que Hervé, un chico grande y fino de piel dorada, pulida por la sal y el aire marino, con una boca delicada y manos hermosas.

Al bailar con él, Sylvie levantó el rostro para hablarle, y sus mejillas se tocaron. Se sonrieron; ella sintió un movimiento de placer cuya vivacidad la sorprendió. Pero enseguida tuvo vergüenza; pensó:

«Estoy loca... El pequeño Thierry...».

Nunca había visto en él nada más que al amigo de Hervé. Casi involuntariamente, acercó de nuevo su mejilla contra la suya, y, de nuevo, una alegría rápida y leve recorrió su cuerpo.

Él suspiró:

–Qué deliciosa noche... ¡Qué mala suerte!

Una vez terminadas sus vacaciones, debía irse, al día siguiente. Sylvie no respondió nada. Volvieron a sus asientos. Ella tenía calor; extendió su vaso, bebió con placer el champán helado. Era tarde, una niebla turbia y azul flotaba sobre la ensenada, pero, por encima de ese vapor pálido, la luna vertía un torrente de tranquila claridad en el cielo sereno y frío de otoño.

Thierry dijo despacio:

–Me acuerdo de repente de la primera vez que la vi... Usted conocía a Hervé desde hacía algunos meses, creo... Había ido a encontrarse con él... ¿Cómo se llamaba esa pequeña ciudad costera espantosa donde pasamos todas las vacaciones?

–¿Saint-Léonard...?

–Un día, mi madre la encontró por casualidad, se la mostró a mi padre y a mí, llamándola…, le pido disculpas…, «la perdición de Hervé»… Usted estaba sola, sentada en un banco… Llevaba un vestido blanco que sigo viendo y un gran sombrero negro, y miraba fijo y con tristeza hacia delante… Nunca lo voy a olvidar…

–Me acuerdo bien de esa noche. Teníamos tanto miedo de que nos reconocieran y, sin embargo, no podíamos separarnos… Esa misma noche tomaba el tren a París… Llovía. Caminamos hasta la medianoche por las callecitas vacías, cerca de la estación…

Se quedó callada. Thierry susurró:

–Vamos, todo eso es el pasado… Están juntos ahora, y tan felices…

–Sí…

Ella entrecerró los ojos, pensó en Hervé, pero enseguida tuvo sentimientos de preocupación dolorosa, de violencia, de pasión que el recuerdo de su amante despertaba en su corazón.

Pensó: «Del amor, sólo tomé lo que tiene de serio, de profundo, de parecido a la muerte. Y tal vez sólo tenga de bueno la flor, la superficie… Desde el momento en el que el sentimiento es más profundo, provoca dolor».

Mientras tanto, Thierry señalaba la pequeña tarima:

–Vamos a bailar…

–Pero después nos vamos… Es tarde…

Los músicos parecían haber juntado sus últimas fuerzas; tocaban una música rápida y alegre. Sylvie giró con placer su rostro hacia el viento que soplaba desde el mar; sintió de repente un placer extraordinariamente vivo y tierno; susurró mientras sonreía:

–Pero qué hermosa noche…

Sus amigos se iban, sin embargo; subió al lado de Thierry en el coche descapotable. La ruta estaba iluminada por la luna. Thierry iba despacio, deteniéndose por momentos para mirar el mar, y en el momento en que el ruido del motor se acallaba se escuchaba el canto de las cigarras, con una fuerza sorprendente; de cada brizna de hierba subía esa voz ardiente, embriagada, ese clamor de alegría y de deseo, tan extraño en el campo desierto.

Sylvie había llevado su cabeza hacia atrás y había cerrado los ojos; Thierry preguntó, sin mirarla:

—¿Cansada?

Ella no respondió; parecía dormitar, pero, a través de sus pestañas, su mirada no abandonaba a Thierry. Era singular... Tenía un sentimiento de alivio un poco cruel... Es que, por un momento, no pensaba más en Hervé... La vida era deliciosa... Pensó en una frase que había leído: «Ella amaba..., su vida se había vuelto brillante y colorida...». Pero no... Cuando se amaba, la vida parecía trágica, intensa y breve. No era lo mismo...

Miraba las manos de Thierry y su boca con ternura apasionada. Le parecía ver en verdad por primera vez desde hacía ocho años otro rostro de hombre que el de Hervé. Durante ocho años, interponiéndose entre ella y el mundo visible, solo la imagen de Hervé había permanecido en su mente, sus rasgos duros, su pelo plateado en las sienes, sus largos labios afeitados, su sonrisa... Por primera vez esa noche, el recuerdo de Hervé era pálido y sin virtudes... No pensaba en él... Qué bueno era, qué relajante era no pensar más en él... ¡Oh! Amar con liviandad, con despreocupación, dar besos que no se encadenan implícitamente toda la vida, separarse sin llantos.

«Es así, si yo estuviera con Hervé, esta noche, haría el esfuerzo de adivinar qué piensa, si es feliz, si no está tentado por alguna otra mujer… Los hombres son más sabios que nosotras. Amar con pasión no les impide encontrar a otras mujeres hermosas y deseables… Pero nosotras, cuando amamos, nos construimos nosotras mismas nuestra prisión…».

–Está muy hermosa, esta noche –dijo Thierry–; ese vestido le sienta bien… Cuando me haya ido y piense en usted, la veré como ahora, en este momento, estoy seguro…

–Es cierto… Se va mañana…

Habían llegado delante de la casa de Sylvie; era pequeña, bastante pobre, construida en la cima de una colina desnuda y recibía del mar toda la luz y todo el viento. No había árboles en el magro jardín, sólo algunos frágiles tamariscos; la terraza avanzaba como la proa de un barco hacia el mar abierto. Para Thierry, la imagen de esa casa había estado ligada siempre a recuerdos de belleza, de alegría. Entraron los dos a la terraza; el mar estaba calmo esa noche, ronroneaba sordamente. Por momentos, una ola más fuerte golpeaba la pequeña protección de la villa, y luego se escurría, musical, apresurada, viva, atraída por la corriente.

Sylvie trajo bebidas heladas y vasos; bebió el vino frío que Thierry le servía. Le parecía que el vino la ayudaría a volver a encontrar en ella misma una verdad apenas vislumbrada, y luego perdida, un secreto un poco amargo, un poco cínico, pero que no deseaba dejar escapar, que tenía tal vez más valor que la vida misma.

Thierry se sentó a su lado; pareció dudar, y luego dijo de repente:

–¿Sabe que este es el último día antes de hacer un viaje más largo de lo que usted piensa…? Nadie lo sabe, ni siquiera Hervé… ¿Sabes que me voy dentro de unas semanas…? Me voy de Francia.

–¿Cómo…? ¿Por mucho tiempo?

–¡Oh! No sé nada… Sin duda, por mucho tiempo…

–Pero ¿adónde va?

–A Dakar, para empezar.

–¿Por qué, Thierry?

–Sylvie, nunca se lo he dicho… Estoy enamorado –dijo, haciendo un esfuerzo por reírse–. Mis padres querían casarme… Apenas necesito decirle que los objetos de nuestros deseos no coincidían… Usted sabe que desde hace mucho tiempo no estoy con ellos en excelentes términos… En gran parte era por…, por este proyecto… Desde que estoy aquí, intercambiamos cartas sin delicadezas. Su recurso fue el habitual; me amenazaron con dejar de darme dinero, y, como en Dakar me ofrecen un puesto conveniente, decidí irme… No me voy solo… ¿Por qué me mira así?

–¿Usted, Thierry…? Usted, con la vida tan feliz que tiene, tan segura… Deja todo esto, abandona todo esto… Pero ¿está loco, pequeño Thierry?

–¿Por qué…? ¿Usted también, y Hervé, los dos tenían una vida estable y relativamente feliz…? Pero lo que tienen hoy, eso solo, sin duda, es la felicidad…

–¿Sabe? –dijo Sylvie en voz baja–, el amor no tiene nada que ver con la felicidad.

–La felicidad no es a lo que esencialmente me aferro.

–¿Usted cree? Pero está en la naturaleza humana no desear sino la felicidad. Y, una vez más, el amor es otra cosa. Devora toda la existencia… Le da a la vida un valor terrible, pero como un alcohol demasiado fuerte que embriaga, que quema y cuyo sabor no sentimos… Esa mujer…, ¿la conozco?

Sacudió la cabeza.

–Y… ¿está seguro de no equivocarse? Le pido perdón, Thierry… ¿Está seguro de que ella es de verdad, para usted, el amor?

–Sí –dijo con dulzura–, estoy seguro...

–¿Es guapa...? Es decir, ¿cómo es ella? ¿Tiene un retrato?

Él le dio una foto sin decir nada.

–Oh –dijo ella con un suspiro–, es hermosa...

–Se parece a usted, Sylvie.

–Pero no...

–Sí. Lo ha visto bien. Además..., usted sonríe... Sí, se le parece... La forma de los ojos, la mirada, la voz... ¡Ah!, no sé... Es indefinible... Pero la amé porque se parecía a usted... No, no crea en un elogio idiota... Es otra cosa, es mucho más... Antes de conocer su historia con Hervé, nunca había visto a mi alrededor más que relaciones que favorecían los sentidos o la vanidad, o lo que llaman los matrimonios por inclinación... Y para mí mismo, para mi propia vida, sólo me imaginaba aventuras donde nadie entrega su corazón más que a medias y, después, una unión razonable. Pero eso, ese sentimiento tan fuerte, tan exclusivo, esa fidelidad apasionada, esa suerte de..., de encantamiento del uno por el otro, en fin, el amor..., no me imaginaba eso... Cuando vi que Hervé dejaba todo por usted, que se jugaba toda su vida así por usted, por una mujer, lo admiré, creo, pero sin entenderlo, y después vi que usted también estaba enamorada de él hasta el punto de dejar todo, de sacrificar todo, y con tanta alegría, con tanta liviandad... Usted es para mí..., no sé cómo decirlo..., la prueba de que la felicidad existe...

–Está creando una leyenda, pequeño Thierry –dijo Sylvie haciendo un esfuerzo por reírse, pero su voz se había atenuado de manera imperceptible; se levantó; había estado sentada al lado de Thierry, apretada contra él en el sillón estrecho, casi en sus brazos. Se alejó de él.

–Pero... ¿la otra...? ¿Esa mujer? ¿No es, sin embargo, por mi culpa que se va con una mujer?

–Esa mujer… La conocí el invierno pasado… No quería encariñarme con ella. Pensaba «el amor no es para todo el mundo…, y tal vez sea mejor así…». Se transformó en mi amante. Al principio, no quería confesar que estaba enamorado de ella. Había conservado una antigua relación, no me resistía nunca a un capricho. Pero tuve que comprender que era eso lo que había esperado, deseado, temido… La amo, Sylvie, la amo apasionadamente… Y, sin embargo, estoy triste… Extraño mi corazón libre y liviano… Cuando estoy lejos de ella… Porque, cuando ella está aquí…

Se quedó callado. Sylvie alzó despacio los hombros:

–¿Qué quieres que le diga?

–¿No te arrepientes de nada…? ¿Has sido feliz…? Y, sin embargo, no, lo sé… La tristeza es inseparable de cualquier sentimiento muy fuerte… Pero no cambiaré lo que sigo sintiendo todavía por nada en el mundo… Pero ¿una mujer? ¿Las mujeres? Me parece que se cansan más rápido que nosotros de la fidelidad, de la pasión. Una mujer es tan débil, tan cobarde…

–Pero no –dijo Sylvie con un imperceptible acento de ironía–. ¿Sabe bien que acordamos reconocernos la exclusividad, si me animo a decirlo, de los sentimientos violentos y profundos?

–Y… ¿no nos engañamos?

–Es que no lo sé… Sólo puedo juzgar según mi propia experiencia…

Thierry se acercó a ella y la tomó de la mano.

–Sylvie…

Despacio, besó los dedos que ella le entregaba. Imaginaba a su amante con deseo, con amor, pero los sentimientos amorosos evocados con imprudencia habían despertado en su corazón una emoción turbada y tierna.

Sylvie pensó:

«Si le dijera, sin embargo, que no es ningún tonto y que yo misma..., y que el corazón humano es demasiado pequeño, tal vez, para contener la pasión tal como la imagina, tal como yo la imaginé... Un beso y... En el momento de morir, ¿lamentaré más mi amor por Hervé, la ansiedad dolorosa del amor, o esto...? ¿Un momento de placer?».

Sin embargo, casi de manera involuntaria, ella retiró la mano; le parecía que, si se entregaba esa noche a su deseo, arruinaría a sus ojos su imagen de sí misma, artificial, tal vez, pero más bella que la realidad. Dijo con voz cordial y fría:

–Mi querido Thierry, le deseo toda la felicidad posible. Siento mucha amistad por usted.

Él ahogó un suspiro, miró con melancolía a la joven de pie a su lado:

–Yo también, Sylvie, siento mucha amistad por usted...

El día empezaba a despuntar; su rayo borraba el brillo de la luna; una luz blanca cegadora iluminaba la mitad del cielo. Sylvie pasó lentamente las manos por su rostro, como si despertara de un sueño.

–Es horriblemente tarde, Thierry...

Él alzó los hombros con impaciencia:

–Pero no...

–Pero sí... Y se va dentro de unas horas... Vamos, déjeme... Vaya a dormir...

–¿Y usted también?

–¿Yo...? Sí, también subo... Vaya... Pero váyase ya –repitió ella con bastante dureza.

De nuevo, él se acercó a ella; le besó la mano, pidiendo con dulzura:

–Déjeme besarla..., agradecerle por existir...

–¡Oh! Thierry...

Le acercó la mejilla y la retiró en el momento que sintió la forma de sus labios.

Él repitió con voz alterada:

–Su afecto es muy preciado para mí…

Ella le sonrió y le dijo en voz baja:

–Usted es mi amigo…

Ella dudó un instante y agregó al fin, con un oscuro arrepentimiento, como si borrara entre ellos una luz turbia:

–Hervé lo quiere tanto…

Ella había entrado a la casa. Como cada noche, cerró los postigos, tomó la lámpara, saludó con un apretón de manos a Thierry y subió a su casa. Él la seguía sin decir nada. En el umbral, se separaron.

Fraternidad
(1937)

Entró un instante en la sala de espera desierta de la primera clase; los calefactores estaban encendidos, pero el frío aliento de la tierra se filtraba a través de las delgadas láminas del parqué. Salió. La estación era muy pequeña, rodeada de campos desnudos. Era un día de octubre helado, rosa todavía, resplandeciente pero breve, ya que el horario de invierno estaba en vigor desde el día anterior. Caminó hasta un banco al abrigo, bajo el alero; dudó, se sentó. Lamentaba ahora no haber escuchado a Florent, el chófer, y no haber pasado la noche en la ciudad. El hotel no estaba tan sucio... Esperar en ese andén desierto, deambular hasta la noche en algún infame local retorcido... Llegaría a donde los Sestres pasadas las ocho de la noche. El coche estaba inutilizable, hecho trizas contra un poste. Ya no podía seguir conduciendo. Estaba cansado. Tenía malos reflejos. Un milagro haber salido de eso sin heridas. No había tenido tiempo de ver el peligro, la muerte. Luego, se había tensionado tanto para esconder a Florent el miedo, sentía tanta vergüenza que había logrado controlar toda manifestación externa de sus nervios. ¡Al menos eso esperaba! Ahora estaba temblando..., tal vez de frío. Le tenía miedo al aire libre, al viento. Era un hombre delgado, frágil, encorvado, con el rostro estrecho tirando al amarillo, la piel árida, como privada de nutrientes, el pelo grisáceo; su nariz era excesivamente larga y aguda; sus labios, siempre secos, parecían marchitos por una sed milenaria, una fiebre transmitida de generación en generación. «Mi nariz, mi boca, son los únicos rasgos específicamente judíos que he conservado». Apretó suavemente con la mano sus orejas transparentes, finas, temblorosas como las de un gato; particularmente sensibles al frío. Cerró con más estrechez el cuello de su sobretodo de admirable lana inglesa, oscuro, espeso y suave. No se movía, sin embargo. Ese andén desierto de la estación, esas luces a lo largo de los rieles, pálidas todavía, apenas visibles sobre el fondo brillante y rojizo de la tarde, esa soledad y esa tristeza tenían para él un encanto inexpresable. Era de esos hombres que aprecian con una profunda y perversa aplicación la melancolía, la pena, la amargura, demasiado lúcida –«Self-conscious», se dijo– para creer en la felicidad. Miró la hora con impaciencia. Apenas las cinco… Tocó la cigarrera sobre su pecho, y enseguida bajó la mano: fumaba demasiado; tenía palpitaciones, insomnios. Suspiró. Muy pocas veces enfermaba, pero sus sentidos, agudizados, maravillosamente adaptados al dolor, estaban al acecho del más mínimo malestar, de cada movimiento de su cuerpo, de su flujo sanguíneo. Enfermaba pocas veces, pero de garganta frágil, con el hígado delicado, el corazón fatigado, una mala circulación. ¿Por qué? Siempre había sido sobrio, prudente, medido en todas las cosas. ¡Ah!, tan prudente, incluso en su juventud, incluso en su periodo de ceguera, de inolvidable locura… No se arrepentía de su juventud. Había sido fácil, sin embargo. No había sufrido en aquel entonces más que los sufrimientos naturales, inherentes a la condición humana, la muerte de sus padres, las decepciones amorosas o las de la carrera. Nada comparable al dolor causado por la muerte de su mujer, diez años antes. Sabía que sus allegados se sorprendían de esa persistente tristeza. Y, de hecho, se había casado con Blanche sin amor, y su unión había sido tranquila y tibia, pero él era de la raza de los hombres fieles: una casa, su calor, la luz de la lámpara, esa sensación de estabilidad, de paz, en él y a su alrededor; eso es lo que había buscado, eso es lo que había querido, eso es lo que había perdido al perder a Blanche. Nunca habría otra mujer. No era una presa fácil para el amor; demasiado reticente, demasiado sombrío, demasiado tímido. «Cobarde», pensó. Vivía como si todo conspirara para robarle la vida, la felicidad. Corazón contrito, humillado, perpetuamente tembloroso, corazón de liebre... En fin, una hora antes, en ruta, un instante de más, y hubiera sido para él el fin de toda inquietud. «Siempre dije que el coche no valía nada. Y el almuerzo ha sido pesado. Estaba somnoliento, sin ánimo, los nervios entumecidos». ¿Qué había comido exactamente? Faisán, una tortilla de champiñones..., ¿qué más? Un poco de brie... «Es demasiado pesado para mí. Los huevos me sientan mal. ¡Ah! ¡Esta existencia sedentaria, a mi edad! Tengo cincuenta años. De un extremo del año al otro, apenas un mes de aire libre, y el resto del tiempo el banco, la casa, el círculo». Pensó una vez más que, desde el momento en que pudiera, dejaría sus negocios, viviría más en el campo. La jardinería, el golf... ¿El golf? Creyó sentir el aire penetrante del viento sobre sus mejillas, en una jornada como ésta, en un campo de golf... ¡Sabía bien que detestaba eso! Sabía bien que detestaba asimismo los paseos al aire libre, el deporte, la equitación, el coche, la caza... No era feliz más que en su casa, solo o con sus hijos, al amparo de un techo, al amparo de los seres humanos. No le gustaban los hombres. No le gustaba el mundo. Sin embargo, siempre había sido bien recibido en todas partes, lo recibían con afecto, con bondad. En su juventud, lo habían amado mujeres encantadoras. ¿Por qué?, entonces, ¿por qué? Siempre le parecía que no le demostraban el suficiente afecto, la suficiente ternura. ¡Cómo la había hecho sufrir a Blanche al inicio de su matrimonio! «¿Eres feliz aquí? ¿No sólo con tu corazón, sino con tus sentidos? ¿Te hago feliz?, ¿completamente?, ¿únicamente?». Corazón tembloroso, insatisfecho. Y lo más extraño era que a los ojos del mundo parecía tan frío, tan tranquilo. Soñaba a veces que sólo la extraordinaria belleza, la gloria o el genio lo hubieran podido contentar, apaciguar esa sed de amor. Pero no tenía dones excepcionales. No obstante, era rico, bien asentado en la vida, feliz. ¿Feliz? Pero ¿cómo ser feliz sin la tranquilidad absoluta? ¿Y quién podía estar tranquilo hoy? El mundo era demasiado inestable. Mañana podía conocer el desastre, la ruina, la pobreza. Nunca había sido pobre. Su padre había sido un hombre acomodado; él mismo era rico. Nunca había conocido la necesidad, ni el miedo al mañana. Sin embargo, ese miedo, esa angustia había vivido siempre en él, siempre, siempre, tomando las formas más singulares, más... grotescas. Se despertaba en medio de la noche, temblando, con la aprehensión de que algo iba a suceder, había sucedido, que le sería extirpado, que la vida era tan inestable como un decorado vacilante, dispuesto a desplomarse para dejar ver no sabía qué abismo.

Cuando la guerra comenzó, había pensado que era eso lo que había esperado, presentido. Había sido soldado, un soldado concienzudo, cumpliendo su deber con puntualidad y paciencia. Lo habían enviado a la retaguardia: su corazón era frágil. Después de la guerra, la vida había sido sencilla, y los negocios, muy buenos. Pero siempre esa aprehensión, esa inquietud latente que envenenaba su vida. Esa angustia. La mala salud, primero, y después, los niños. ¡Ah!, los niños. Su hija mayor estaba casada. ¿Era feliz? No lo sabía. Nunca le decían nada. Y la crisis, los impuestos siempre crecientes, los negocios difíciles, ¿sin duda pronto desastrosos? La incertidumbre política... Era de esos que, en cada discurso de tal o cual dictador, veía la guerra no para el mes siguiente o el año siguiente, sino para mañana, de inmediato. Sin embargo, en palabras, nunca se entregaba al pánico, como lo hacen los burgueses ricos, sus hermanos. Pero, otra vez más, era extraño: los demás, aunque profetizaban los peores desastres, conservaban la apariencia de la salud, del buen humor, no perdían ni una hora de sueño ni el buen apetito. Sólo él se consumía internamente, se comía la sangre, como decía la gente. Solo él parecía creer que la desgracia podía alcanzarlo, de forma personal, mientras que, para los demás, la desgracia no era más que un fantasma sin consistencia, una sombra. Ellos lo evocaban sin cesar, pero no creían en eso. ¡Sólo él! Y a su alrededor decían: «¿Christian Rabinovitch? El hombre con el sentido más asentado, más tranquilo».

El viento era helado por momentos. Esa partida de caza, en donde los Sestres, le era odiosa, por supuesto. Pero tenía que..., tenía que ver con sus propios ojos a su hijo, Jean-Claude, y a la pequeña de los Sestres. Suspiró profundamente. Era un rasgo de su carácter no reconocer de inmediato el verdadero mal, la herida real. Así, durante sus largos insomnios, cuando un asunto lo preocupaba, se quedaba despierto durante horas, con el corazón palpitante, pensando en tal o cual encuentro desagradable, tal viaje tedioso. Detestaba las estaciones, los puertos, los barcos. No moverse, vivir y morir en el mismo lugar de la tierra. Después, hacia la mañana, por fin, una invisible barrera en el fondo de su corazón parecía romperse, y el verdadero torrente de angustia reventaba, subía a la superficie, lo ahogaba. Así... ahora...

Todo provenía de su hijo. Y todo volvía a él. ¡Cómo lo quería! Quería a sus dos hijas; a la mayor, casada, madre, a la más joven, todavía con vestido corto. Pero ese hijo... Y, sin embargo, le había dado más penas que alegrías: tan ligero, inquieto, insatisfecho; estudios brillantes pero pronto abandonados. ¿Frívolo? No. Insatisfecho, era eso..., insatisfecho. Ahora estaba enamorado. Quería casarse con la hija del conde de Sestres. ¡Ah!, era difícil. Su raza... «No será feliz, lo presiento, no será feliz». Y, sobre todo, ¿Sestres lo consentiría? ¿Un desprecio a su Jean-Claude, a él mismo? ¡Su corazón ya estaba sangrando y, sin embargo, se cortaría las dos manos para evitar el matrimonio! No serían felices Jean-Claude y esa pequeña. No se entenderían nunca de verdad. Serían dos en un solo cuerpo, pero cada uno conservaría para sí un corazón solitario, insatisfecho. Pero ¿él qué podía hacer? Sabía con toda claridad que no lo escucharían. Sus hijos lo consideraban como un ser de otra época, un vejestorio. Era del tipo de hombres que envejecen rápido. No, que nacen maduros antes de tiempo, cargados de experiencia. Ah, ¿por qué Jean-Claude quería casarse? ¿No era feliz? ¡Ni un instante de paz sobre esta tierra!

Miró la hora. Había pensado tanto, soñado, y, sin embargo, sólo habían pasado veinte minutos, triste otoño, triste tarde... Entonces vio, por primera vez, a un hombre sentado a su lado, sobre el mismo banco un hombre vestido pobremente, flaco, mal afeitado, con las manos sucias. Vigilaba a un niño. El niño se adelantaba a cada instante hacia los rieles, fascinado por ellos. Llevaba un desdichado abrigo gastado, un gorro, y se veían, a cada lado de su cabeza, dos grandes orejas con pabellones de cuerno; las mangas demasiado cortas colgaban de las muñecas y de las manos coloradas. Los movimientos del niño eran enérgicos. Giraba la cabeza hacia el banco;

sus ojos, muy grandes, de un negro líquido, que se comían el rostro delgado, parecían saltar de un objeto a otro. Dio un paso hacia delante y, aunque la vía estuviera perfectamente libre, el hombre que lo miraba con ansiedad saltó de su lugar, lo tomó en sus brazos y volvió a sentarse, sosteniéndolo bien apretado contra su corazón. Vio que los ojos de su vecino, ricamente vestido, se detenían en el niño, y de inmediato sonrió con timidez.

–¿Podría preguntarle la hora?

Hablaba con un acento extranjero, ronco, que deformaba sus palabras.

Rabinovitch, sin decir nada, le mostró el cuadrante por encima de sus cabezas.

–¡Ah, sí! Perdón… ¿Son sólo las cinco y veinte? ¡Dios mío, Dios mío! El tren pasa a las seis y treinta y ocho. Perdóneme… ¿Usted también espera el tren de París?

–No.

Christian se levantó; el hombre, de inmediato, murmuró:

–Señor, si pudiera ser bueno… Es por el niño. Acaba de salir de una enfermedad, y la sala de espera de tercera clase no tiene calefacción. Permítame que lo sigamos a la sala de primera clase. Si entramos con usted, nos dejarán esperar.

Hablaba con una mímica excesivamente rápida, casi simiesca. No sólo sus labios se movían, sino sus manos, los pliegues de su rostro, sus hombros. Sus ojos negros, febriles, brillaban como los del niño, parecían correr de un objeto al otro, desviarse, buscar con inquietud algo que no veían, que no verían nunca.

–Si usted quiere… –dijo Rabinovitch con esfuerzo.

–¡Oh! Gracias, señor, gracias… Ven, Iacha. –Tomó al niño con una mano y con la otra el bolso de Christian, aunque éste se opuso, molesto.

–Deje entonces, veamos.

–No, señor, ¿qué me cuesta?

Entraron en la sala de espera de primera clase, donde estaba encendida una lámpara de tres picos que irradiaba una extraña y pálida luz. Christian se sentó en uno de los sillones de terciopelo, y el hombre, con temor, sobre el borde de una banqueta. Seguía con el niño sobre las rodillas.

Un pequeño timbre melancólico y tintineante sonó de manera interminable en el silencio.

–¿Su hijo ha estado enfermo? –preguntó por fin Christian distraídamente.

–Es mi nieto, señor –dijo el hombre, mirando al niño–. Mi hijo acaba de irse. Lo acompañé hasta el barco. Se va a vivir a Inglaterra, a Liverpool. Le prometieron un puesto, pero mientras tanto me dejó al pequeño.

Dio un profundo suspiro.

–Vivía en Alemania. Después, durante cuatro años, lo pude tener conmigo, en París. Ahora, de nuevo, la separación...

–Inglaterra –dijo Christian sonriendo– no está lejos.

–Para el resto de nosotros, señor, Inglaterra, España o América es lo mismo. Hay que tener dinero para el viaje, hay que tener pasaporte, visado, permiso de trabajo. Es una larga separación.

Se quedó callado, pero era visible que las palabras subrayaban su pena. Retomó de inmediato:

–¿Me preguntaba si el niño ha estado enfermo? ¡Oh! Es fuerte, pero se resfría con facilidad y, entonces, la tos le dura durante meses. Pero es fuerte. Todos los Rabinovitch somos fuertes...

Christian hizo un movimiento.

–¿Cómo se llama usted?

–Rabinovitch, señor.

Christian dijo en voz baja, a su pesar:

–Me llamo igual que usted…

–¡Ah…! *Kid*? –dijo con lentitud el hombre.

Agregó otras palabras en yidis. Christian se había recompuesto. Murmuró con sequedad:

–No entiendo.

El hombre levantó despacio los hombros con una inimitable expresión de incredulidad, de burla, pero afectuosa, casi tierna, como si pensara: «Si quiere fanfarronear, a su antojo… ¡Llamarse Rabinovitch, y no entender el yidis!».

–¿Un judío? –repitió en francés–. ¿Cuándo se fue?

–¿Se fue?

–¡Sí! ¿De Rusia?, ¿de Crimea?, ¿de Ucrania?

–Nací aquí.

–¡Ah! Entonces, ¿era su padre?

–Mi padre era francés.

–Fue entonces antes de su padre. Todos los Rabinovitch vienen de allí.

–Es posible –dijo Christian con frialdad.

La breve emoción que había sentido al escuchar su apellido pronunciado por ese hombre se había borrado. Tuvo un sentimiento penoso. ¿Qué tenían en común ese pobre judío y él?

–¿Conoce Inglaterra, señor? Sí, por supuesto. ¿Y esa ciudad donde mis hijos van a vivir, Liverpool?

–He pasado por ahí.

–¿El clima es bueno?

–Claro que sí.

El hombre suspiró; un largo suspiro modulado que se terminó en un *oi-oi-oi*… quejoso. Abrazó al niño entre sus rodillas.

Christian lo miró con una atención más profunda. ¿Qué edad tenía? Entre cuarenta y sesenta años, ¡era todo lo que se podía decir! Seguro que no más de cincuenta años, como él mismo. Su pecho parecía comprimido, hundido por un pesado e invisible peso que le había encorvado y empujado hacia delante los hombros. Por momentos, ante un ruido inesperado, se empequeñecía, borraba su cuerpo contra el banco; y, sin embargo, tan frágil, tan delgado, parecía dotado de una vitalidad inextinguible. Como una vela encendida en el viento, apenas protegida por el vidrio de una linterna. La llama golpea el vidrio, la luz tiembla, palidece, lista para apagarse, pero el viento se apacigua, y brilla de nuevo, humilde y tenaz.

–Me preocupo tanto… –dijo despacio el hombre–. Nos pasamos la vida preocupándonos. Tuve siete hijos, cinco han muerto. Nacen muy fuertes, pero tienen un punto débil: el pecho. Crie a dos. Dos varones. Los quería como a mis dos ojos. ¿Tiene hijos, señor? ¿Sí? ¡Ah!, mire, lo miro y no puedo evitar compararme con usted. Y, en cierto sentido, es un consuelo. Usted es rico, ¡debe de tener un buen negocio, pero, si tiene hijos, me entenderá! Les damos todo, pero nunca están contentos. Está en la naturaleza del judío. Mi hijo menor… A los quince años, empezó: «Papá, no quiero ser sastre… Papá, quiero ser estudiante». ¡Piense si eso era fácil en esa época en Rusia! «Papá, me quiero ir». «¿Y qué más quieres, desgracia de mi vida?». «Papá, quiero ir a Palestina. Sólo allí está la patria del judío». «¡Eh!», le dije, «Salomón, te respeto, has estudiado, eres más instruido que tu padre. Ve, pero aquí puedes tener un oficio propio, un oficio de señor, puedes ser dentista o comerciante, algún día. Allí, quitarás la maleza de la tierra como un campesino. En Palestina, no podrán tomar todos los arenques que se han dispersado en el océano», le dije, «y devolverlos al vientre de su madre. El día en que se pueda hacer eso, entonces Palestina podrá llamarse la patria del judío. Hasta entonces... Pero ve, ve..., si crees que así serás feliz». Al final, se marchó, se casó. «Papá, envíame dinero para la boda... Papá, envíame dinero para el nacimiento del niño... Papá, envíame dinero para pagar al médico, las deudas, el alquiler». Un día, empezó a escupir sangre. El trabajo era demasiado duro. Y luego se murió. Ahora me queda el mayor, el padre de éste. Él también, apenas tuvo la edad de un hombre, me abandonó. Se fue a Constantinopla, y después a Alemania. Empezó a ganarse la vida. Era fotógrafo. ¡Y llegó Hitler! Yo me había ido de Rusia, porque, en la revolución –¡ésta es la dicha del judío!–, por primera vez en mi vida, había ganado algo de dinero. Tuve miedo. Me fui. La vida vale más que la fortuna. Desde hace quince años, vivo en París. Durará lo que tenga que durar... ¡Y ahora mi hijo en Inglaterra! ¿Adónde no lanza Dios al judío? ¡Mi Señor, si sólo pudiéramos estar tranquilos! ¡Pero nunca nunca estamos tranquilos! ¡Apenas hemos ganado, con el sudor de nuestra frente, un poco de pan duro, cuatro paredes, un techo para nuestras cabezas, que llega una guerra, una revolución, un progromo u otra cosa, y adiós! «Recojan sus bártulos, huyan. Vayan a vivir a otra ciudad, a otro país. Aprendan una nueva lengua. A su edad, no están desanimados, ¿eh?». No, pero estamos cansados. Algunas veces me digo: «Descansarás cuando estés muerto. ¡Hasta ese entonces, vive tu vida de perro! Después descansarás». En fin, ¡Dios es el amo!

–¿Cuál es su oficio?

–¿Mi oficio? Un poco de todo, por supuesto. Por el momento, trabajo en la sombrerería. Mientras tenga un permiso de trabajo, ¿no es cierto? Cuando me lo quiten, volveré a vender. Vender esto, vender aquello, peletería al por mayor, aparatos automáticos, lo que se presente. Vivo porque vendo con muy poco beneficio. Felices los que han nacido aquí. Mire, al verlo, ¡a qué riqueza se puede llegar! Y, sin duda, su abuelo venía de Odessa, o de Berditchev, como yo. Era un hombre pobre… Los ricos, los felices no se iban, ¿se imagina? Sí, era un hombre pobre. Y usted… Un día, tal vez, este…

Miró con ternura al niño, que escuchaba sin decir nada, con el rostro atravesado de tics nerviosos y los ojos brillantes.

Christian dijo con malestar:

–Creo que escucho mi tren.

El hombre se levantó de inmediato.

–Sí, señor. Permítame ayudarlo. No llame a un mozo. ¡Para qué! ¡Pero, señor, si no es nada! Ven, Iacha. ¡No te alejes! ¡Es un azogue este niño! Hay que cruzar la vía.

El tren llegó unos diez minutos después. Christian caminaba en silencio a lo largo del andén; el hombre iba detrás de él, con el equipaje en la mano. Estaban callados, pero, a pesar de todo, Christian y el judío se miraban al pasar bajo los faroles, y Christian pensaba, con un sentimiento extraño y penoso, que así era como mejor se entendían. Sí, así…, sin palabras, pero con una mirada, y además con un movimiento de hombros, una mueca nerviosa de los labios. Por fin, resonó el ruido del tren.

–Suba tranquilo, señor. No se preocupe por la maleta. Se la voy a pasar por la ventanilla –dijo el judío levantando el fusil inglés dentro de su funda de ante.

Christian le deslizó en la mano una moneda de veinte francos. El hombre la puso en su bolsillo con una rapidez avergonzada, saludó, tomó al niño de la mano. El tren salía. Christian se dio vuelta de inmediato, entró en su compartimento vacío; con un suspiro, tiró el bolso y el fusil en la red, se sentó. Fuera, la noche era negra. La pequeña lámpara del techo apenas iluminaba; era incapaz de leer. El tren corría ahora por el campo sombrío; el cielo estaba frío, casi invernal. Llegaría a casa de los Sestres alrededor de las ocho. Pensó en el viejo judío, de pie, con el niño de la mano en ese andén helado de la estación. ¡Criatura miserable! ¿Era posible que él tuviera la misma sangre que ese hombre? De nuevo, pensó: «¿Qué tenemos en común él y yo? ¡No hay más parecido entre ese judío y yo que entre Sestres y los lacayos que lo sirven! ¡Lo contrario es imposible, grotesco! ¡Un abismo, un precipicio! Me conmueve porque es pintoresco, un testigo de los tiempos pasados. Sí, es así cómo y por qué me conmueve, porque está lejos, tan lejos de mí... Ningún punto de contacto, nada».

Repitió a media voz, como si quisiera persuadir a un interlocutor invisible:

–Nada, ¿no es cierto? Nada...

Ahora sentía un asombro indignado. En efecto, no había nada en común entre él y ese..., ese Rabinovitch. (A pesar de todo, hizo un gesto irritado).

«Por mi educación, por mi cultura, estoy más cerca de un hombre como Sestres; por mis costumbres, mis gustos, mi vida, estoy más alejado de ese judío que de un comerciante de anteojos oriental. Han pasado tres, cuatro generaciones. Soy otro hombre. No sólo en lo moral, sino en lo físico. Mi nariz, mi boca, eso no es nada. ¡Sólo el alma importa!».

No se daba cuenta, pero, con un movimiento lento y extraño, hundido en su ensoñación, se balanceaba suavemente, de delante hacia atrás, al ritmo del vagón; su cuerpo encontraba así, en los momentos de cansancio o de malestar, la oscilación que había acunado antes que él a generaciones de rabinos encorvados sobre el libro santo, a cambistas sobre pilas de monedas de oro, a sastres sobre sus mesas de trabajo.

Levantó la mirada y se vio en el espejo. Suspiró, se pasó despacio la mano sobre la frente. Un destello, y pensó: «Esto es por lo que sufro... Esto es por lo que pago en mi cuerpo, en mi espíritu. Siglos de miseria, de enfermedad, de opresión... Miles de pobres huesos frágiles, cansados, forjaron los míos».

Se acordó de golpe de tal o cual de sus amigos, que, a la edad de jubilarse, del golf y de la vida en el campo, se morían, no se sabía bien por qué. No se sentían cómodos en la riqueza, en el descanso. El viejo germen de inquietudes fermentaba en su sangre y lo envenenaba. Sí, se había liberado, él, momentáneamente al menos, del exilio, de la pobreza, de la necesidad, pero la marca permanecía, indeleble. ¡Y, sin embargo, no, no! Era infame, imposible... ¡Él era un rico burgués francés, no otra cosa! ¿Y sus hijos? ¡Ah!, sus hijos... «Serán más felices que yo», se dijo con una profunda, ardiente esperanza, «¡serán felices!».

Oía las ruedas chocar sordamente el campo adormecido. Poco a poco, se iba quedando dormido. Al fin, llegó.

El tren se detuvo en la pequeña estación de Texin, que era la parada del castillo de Sestres. Había mandado una misiva con su chófer para anunciar su llegada. Tres de sus amigos estaban allí; Louis Geoffroy, Robert de Sestres y Jean Sicard. Lo rodearon.

–¡Mi pobre viejo! ¡Pero es espantoso! ¡Podría haberse matado!

Caminaba entre ellos, les respondía sonriendo; hablaban el mismo lenguaje, estaban vestidos de la misma forma, tenían las mismas costumbres, los mismos gustos. A medida que avanzaba, enmarcado por ellos, hacia el coche que los esperaba, se sentía más confiado, más feliz. La impresión dolorosa que le había provocado el encuentro con ese judío se iba borrando. Sólo su cuerpo, que temblaba de frío a pesar de la abrigada ropa inglesa, sus nervios doloridos, reconocían la antigua herencia.

Robert de Sestres respiró profundamente.

–¡Qué magnífico tiempo!

–¿No es cierto? –dijo Christian Rabinovitch–, ¿no es cierto? Un poco frío, pero tan sano…

Se apretó furtivamente con la mano las orejas heladas y subió al coche.

Nacimiento de una revolución. Escenas vistas por una niña pequeña (1938)

¿Cuál es el momento exacto en el que nace una revolución?

Quisiera encontrar en mi memoria ese día de invierno de 1917, cuando de golpe se hizo visible, no sólo para los iniciados, para los hombres en el poder, sino para la gente, para los niños, para mí.

El día anterior, «revolución» era una palabra salida de las páginas de la historia de Francia o de las novelas de Dumas padre. Esto es lo que los adultos decían (sin creérselo todavía):

–Corremos hacia una revolución... ¡Van a ver, todo esto acabará en una revolución!

¿Cómo es que la vida dejó de ser cotidiana de repente? ¿Cuándo la política, desertando de los diarios, se instaló en nuestra existencia? ¿Cuándo sintieron que las expresiones «tiempos históricos» y «hacer historia» no eran vocablos reservados únicamente a las generaciones precedentes, sino que podían aplicarse a nosotros, a mi gobernanta, la señorita Rose, al *dvornik** Iván, a mi profesor de literatura, que era socialista revolucionario, a mí?

* El conserje.

Hubo un momento, sin embargo, en el que la niña que yo era entendió «que pasaba algo», algo espantoso, excitante, extraño, que era la revolución, un giro para toda la vida.

Creo que en ese momento fue cuando, en una calle concurrida, no lejos del centro de la ciudad, me crucé con un cortejo únicamente compuesto por mujeres, obreras de fábrica. Arrastraban a sus hijos detrás de ellas. Me acuerdo de una joven que pasó muy cerca de mí; llevaba sobre su pelo un chal de lana tosca y, en el paño del chal, en el hueco de su brazo, un niño dormido. Yo miraba al niño, y, como me parecía lindo, lo dije bien fuerte. La madre sonrió a medias, con esa sonrisa casi involuntaria que toca apenas la esquina de los labios e ilumina los ojos, sonrisa a la vez orgullosa y tímida que tienen todas las mujeres cuando delante de ellas, en la calle, alguien admira a su pequeño.

Esas mujeres no cantaban, no gritaban. Empujaban a los niños colgados a sus faldas, los retaban o reían con ellos. Algunas charlaban entre ellas. Luego, de repente, se detenían: sus filas parecían estremecerse, y, como un coro sobre un escenario obedece a una consigna que no se percibe en la sala, ellas hacían brotar de sus bocas abiertas un clamor, una queja salvaje y sorda que subía, subía, y luego volvía a caer y se detenía, cortada en seco.

Yo preguntaba en vano a los adultos que me acompañaban:

–¿Ellas qué quieren? ¿Qué dicen?

Al fin, creí entender que pedían pan.

Lo que resultaba aterrador era la cantidad. Por más que me pusiera de puntillas y mirara a lo lejos, no veía más que mujeres con pañuelos en la cabeza, mujeres con faldas grises, mujeres sosteniendo a niños sobre los hombros, caminando a paso lento y acompasado.

No vimos el final del cortejo. La policía abrió un pasaje a los coches y volvimos a casa. Después no me acuerdo de nada hasta el momento en que, tres o cuatro meses más tarde, sola en el salón, estudiaba en mi piano. Escuché en la calle gritos y silbidos, y, al correr hacia la ventana, contenta por dejar por un instante el odiado piano, vi a unos campesinos pelearse, me pareció, en la puerta de una panadería. De repente, se empezaron a reír y a aplaudir. Enfrente de nuestra casa, se levantaba un cuartel. En lo alto del muro, aparecieron uno, dos, tres, diez soldados armados, que, a los gritos, con burlas, saltaron a la calle, la cruzaron y desaparecieron. Así vi los primeros soldados rebeldes. ¿Cómo se habían escapado? ¿Qué les había pasado a los oficiales? Esto nadie lo sabía en ese entonces, sino que todo parecía simple, apacible, ni extraño ni aterrador todavía.

Luego llegó la noche. La habitación estaba tan tranquila con sus paredes rosas, sus muebles laqueados, su pequeña lámpara de porcelana encendida... Mañana todo sería como hoy. Todas esas cosas existían en todos los tiempos y seguirían existiendo, así como la tierra no dejaría de girar.

De repente, en esa calidez, en esa paz del entresueño, escuché un sonido entonces tan nuevo para mí que sentí menos temor que sorpresa: el ruido de un disparo.

Lo habían tirado lejos de casa, «del otro lado del Nevá», dijo mi gobernanta. Le respondió un segundo disparo; luego sonó otro, más cerca; después otro, más lejos este último. Escondí la cabeza bajo la manta para no escuchar, pero, a mi pesar, imaginaba la bruma en la orilla del río, las tinieblas, las pequeñas llamas pálidas en las calles y esos hombres que se peleaban. Hacia la medianoche, todo se calló. Dos días más, y la ciudad estaba embanderada de rojo.

Era la revolución triunfal, la que no había vertido sangre todavía, o tan poca, cuyo hermoso rostro orgulloso e irritado va a ser alterado, degradado tan rápido por las espantosas pasiones de los hombres. El sol brillaba; se vendían flores de papel rojo en las calles y los tranvías se adornaban con banderolas escarlatas. El pueblo estaba alegre, magnánimo, lleno de esperanza. Después las cosas se estropearon…, y es en ese entonces cuando se sitúa el episodio que quiero contar y cuyo recuerdo, no sé por qué, estos días, me obsesiona.

Es sabido que los policías trataron de defender el antiguo régimen.

Habían instalado, unos días antes, sobre los techos de las casas, ametralladoras, y todas juntas se pusieron a disparar contra la gente, esa gente perezosa que andaba por las calles, hacían de la semana un domingo, peroraban en los cruces de las calles, aclamaban los retratos de Kerensky, comían pipas de girasol, inflaban globos de caucho. Escuché por primera vez los gritos de pavor, no de dolor (no hirieron a nadie entonces, al menos en nuestra calle), pero de la muchedumbre brotó ese largo alarido que pide sangre, ese grito inolvidable que ya no contiene nada humano, ese clamor sombrío de odio y de locura. Todos se precipitaron a las casas, al ataque de los últimos pisos, de los altillos, de los techos, donde suponían que los policías estaban escondidos. Cuando descubrían a uno, se lanzaban sobre él, le arrancaban la ropa, le escupían en la cara, lo hacían bajar, empujados de brazo en brazo, lanzado de hombre a hombre, y, de golpe, entre miles de rostros, esa cara pálida, ensangrentada, desaparecía.

Ahora bien, el conserje de nuestra casa, Iván, el *dvornik*, tenía como yerno a un policía. De siempre, los *dvorniks* habían actuado en connivencia con la policía, a la que servían a menudo como soplones, y eran temidos e injuriados. De pronto, escuchamos, en la escalera, entre las paredes mismas del edificio, el jaleo de la muchedumbre subiendo al ataque.

–¡Está aquí! ¡Está aquí! ¡Encontraron al perro!

El policía se había escondido en la habitación de su suegro, debajo de la cama. Corrió la suerte de otros cautivos y no sé qué le sucedió, pero entonces una pequeña tropa de soldados hizo salir al *dvornik*, culpable de haberle dado asilo, y lo empujó al patio.

Desde mi ventana, yo veía el patio.

–¡No mires! ¡No mires! –gritaba mi madre.

¡No mirar! Primero, hubiera necesitado tener la fuerza de retroceder, de dar un paso, de cerrar los ojos. Me parecía que mis pies habían echado raíces en el suelo y que mis ojos no volverían a cerrarse nunca más, que nunca volvería a ser capaz de hacer un movimiento, ni de gritar...

Ese patio... Esa casa alta gris, ese cielo brillante. Nunca los olvidaré, ni a ese viejo hombre calvo que caminaba, sin saber adónde lo llevaban, hasta que lo pusieron contra la pared.

Los soldados se colocaron en fila frente a él. El que los dirigía dijo:

–Di adiós a tus hijos.

Estaban ahí, cuatro o cinco pequeños, no me acuerdo bien. Pero vuelvo a ver sus vestidos de algodón rosa desteñido, sus redondas piernecitas desnudas en el polvo. Los niños lloraban. El hombre los besó. Uno de los soldados tomó al más pequeño, un bebé todavía, y se lo puso en los brazos; después, cuando el padre lo había abrazado contra él, el soldado le quitó al niño, lo volvió a dejar en el suelo y le acarició el pelo.

Luego, le dijo al *dvornik*:

–Recita tus plegarias.

El hombre grandote se arrodilló. Los niños lo rodearon; el más pequeño, queriendo imitarlos, resbaló en el polvo y se quedó ahí, acostado, moviendo las piernas y riendo. Los otros recitaron el padrenuestro. Después el *dvornik* se levantó; con un paso bastante firme, fue él mismo a apoyarse contra la pared. Le vendaron los ojos. Escuché un disparo y vi... El hombre no estaba muerto. Sólo habían querido darle miedo, castigarlo. Los soldados habían errado a propósito. El hombre estaba sentado en el suelo; se había sacado la venda y miraba a su alrededor, aturdido. Estaba herido, sin embargo. ¿Una bala lo había rozado o se había hecho ese corte en la frente por la caída? No sé. Pero el caso es que vi, cinco minutos después, a los soldados rodear a Iván; uno de ellos, el que había dirigido el disparo, le curaba de manera paternal la herida, la rodeaba con una gran compresa de algodón y la fijaba con el pañuelo que había servido para vendarle los ojos al condenado. E Iván, todavía pálido como un muerto, con la sangre corriéndole por la cara, sonreía con esa sonrisa maravillada y confusa de los hombres que vuelven a la vida después de un desmayo o de una operación, mientras los soldados hacían bromas y le daban palmadas en la espalda. Los niños volvieron a sus juegos.

–Estos rusos están locos –dijo la señorita Rose.

Y, en efecto, todo eso parecía tener la incoherencia y la gratuidad de los actos de los locos. ¿Por qué esa crueldad? ¿Cómo es que los hombres pueden infligir semejante suplicio a otro hombre, a su plena conveniencia? ¿Decirle: «Vamos, se terminó. Enseguida no serás sino un cadáver», y eso delante de sus hijos, y luego reír con él, curarlo?

Sólo más tarde lo entendí. Fue ese día, fue en ese instante cuando vi nacer la revolución. Había visto el momento en que el hombre no se había despojado todavía de las costumbres y la piedad humana, en que todavía no está habitado por el demonio, sino cuando éste ya se acerca a él y altera su alma. ¿Qué demonio? Todos los que han visto de cerca la guerra o la rebelión lo conocen; cada uno le da un nombre diferente, pero siempre tiene el mismo rostro azorado y loco, y los que lo han visto una vez no lo olvidarán nunca.

Magia
(1938)

En Finlandia, durante la revolución de 1918, algunos muchachos y muchachas nos divertíamos, al caer la noche, dando vueltas por las mesas. Vivíamos en pleno bosque, y era invierno; allí, el verano sólo dura tres meses. Ahora bien, desde el momento en que el crepúsculo caía, los senderos del bosque se volvían peligrosos: los rebeldes fugitivos se escondían detrás de los árboles, en los barrancos repletos de nieve, y los soldados del ejército contrario los perseguían, acosándolos de monte en monte. Se intercambiaban disparos, y, si una bala perdida le tocaba a un viajero ruso que se había refugiado en ese país, lejos de su propia revolución..., ¡claro!, no teníamos cónsul para defendernos o advertir a nuestra familia de un fallecimiento prematuro.

En ese pueblo, formábamos una pequeña colonia rusa que vivía, bien que mal, en una vieja casa de madera, una pensión de familia, antigua, en ruinas, formada por habitaciones amplias y negras y grandes salones vacíos. Uno de ellos había sido destinado a los jóvenes; nuestros padres jugaban al *bridge* o al *whist* en los cuartos aledaños.

La electricidad se había cortado desde el mes de noviembre; nos daban seis velas por noche: cuatro iluminaban las mesas de los jugadores; dos, la nuestra. Imagínense un cuarto inmenso, de techo bajo, con ventanas en forma de cestas, sin cortinas ni postigos, con los vidrios cubiertos de hielo; había un piano en un rincón, bajo una funda de cutí gris, un espejo en la pared en un gran marco de madera, un armario donde algunos tomos desparejados de Balzac convivían con potes de mermelada, por desgracia vacíos en su gran mayoría, y, finalmente, en el medio del cuarto, una mesita de noche.

Nos sentábamos alrededor de esa mesa; las dos velas estaban enganchadas en botellas. ¿Cómo describir el silencio de esas noches del norte, sin un soplo de viento, sin un gemir de ruedas, sin un grito alegre en el camino, sin una llamada, sin una risa? A veces, sólo el seco y ligero chasquido de un disparo en el bosque o el llanto de un niño que se había despertado en las habitaciones de arriba. Entonces, se escuchaba a la madre tirar las cartas, correr por la escalera, y el ruido de su largo vestido perderse en los corredores. Como de costumbre, nos arreglábamos para subir a nuestras habitaciones todos juntos, todos a la vez; las atravesábamos en grupo, riendo, cantando, con el corazón oprimido de espanto.

No sé si el estado nervioso en el que nos encontrábamos era la causa, o si fue la obra de unos malos bromistas, pero nunca vi mesas más livianas, más fácilmente encabritadas por nuestras manos, lanzadas de una pared a la otra, tambaleando como una barca bajo el viento de tormenta, haciendo así tanto barullo que nuestros padres venían a suplicarnos que encontráramos otro entretenimiento. Decían que los golpes de aquella maldita mesa y el ruido de los disparos eran de verdad más de lo que podían soportar y que la vejez merecía consideraciones.

Por lo tanto, al cabo de algún tiempo, habíamos modificado y perfeccionado nuestro método. Así era como procedíamos: transcribíamos el alfabeto sobre una hoja de papel;

colocábamos en el centro un platillo al revés, marcado con una raya de lápiz; apoyábamos muy levemente la extremidad de los dedos sobre el borde de ese platillo, y éste iba de una letra a otra, formando palabras y frases a una velocidad prodigiosa.

Ninguno de nosotros –ya que teníamos entre quince y veinte años, la edad del escepticismo–, nadie creía en una manifestación sobrenatural, pero pensábamos con razón que la oscuridad, el silencio y, sin duda, también el peligro, al que empezábamos a acostumbrarnos, pero que, desde hacía meses, nos tenía en vilo, pensábamos que todo eso bastaba para hacer jugar las fuerzas inconscientes de nuestras almas y nos permitía percibir con más fuerza y sutilidad que de costumbre nuestros deseos, nuestras inclinaciones secretas, nuestros sueños. En efecto, se pueden imaginar que no era cuestión de amor, e, incansablemente, el platillo mágico develaba, comentaba, precisaba nuestras esperanzas y nuestros placeres.

Ahora bien, esa noche era el 6 de enero. En Rusia, es la noche en que las jovencitas salen al umbral de sus puertas y preguntan el nombre a las transeúntes, y ese nombre es el de su prometido todavía desconocido. Otras tiran cera caliente en el agua fría y tratan de adivinar, según la forma que tome al solidificarse de golpe, cuál será su destino. A veces, retiran del agua imágenes toscas de cruces, anillos o coronas. Hay muchos otros juegos, pero todos preferíamos el que ya nos retenía desde hacía tantas noches en ese salón helado.

Entonces, uno de ellos –lo llamaremos Sacha–, un joven de veinte años, preguntó:

–Espíritu, dime cuál es el nombre de la mujer que me está destinada.

Sacha cortejaba a una joven rubia y robusta que se llamaba Nina. Todos pensábamos entonces que el espíritu, con docilidad, iba a escribir ese nombre, pero el platillo giró muy rápido bajo nuestros dedos y leímos: Doris.

Ese nombre, bastante común en inglés, no existía en ruso.

Nina dijo, con cierto nerviosismo:

–¿Es una broma? Os he oído reíros.

Me señalaba, así como también a mi vecina. Apelamos a nuestra buena fe.

–Volvamos a empezar. ¡Que el espíritu repita el nombre!

–D.O.R.I.S –leyó Sacha muy bajo.

–El apellido –reclamamos.

El platillo dio las letras:

«W.I.L.L.I.A.M.S.»

Nina exclamó, alzando los hombros:

–¡Habéis elegido ese nombre de una novela inglesa! ¡Es estúpido! ¿Admitís que es una broma…?

Nada pudo sacarla del error. Empujó con violencia su silla.

–¡Es una idiotez! ¡Encontrad otra cosa! ¿Qué hacemos?

Propuse, con bastante timidez, porque era la más joven y sólo me toleraban:

–¿Los espejos?

Ésta también es una distracción para la noche del 6 de enero. La persona se queda sola, en un cuarto a oscuras. Se colocan dos velas delante de un gran espejo y dos cristales más pequeños, uno a la derecha y el otro a la izquierda de la cabeza. Se espera. Se espera a que suene la medianoche. Las llamas de las velas forman un largo camino, sinuoso y oscuro, en el espejo. Al cabo de un tiempo, dejamos de percibir nuestro propio rostro, pálido y ansioso. Desde el fondo del espejo surgen sombras, y les damos la forma de nuestros sueños.

Así se hizo. Cada uno de nosotros, uno tras otro, se quedó solo frente a su imagen; los demás esperaban en la oscuridad del pasillo, apretándose contra la puerta y contando por lo bajo historias de fantasmas, para aumentar todavía más, si era posible, el tono de la velada.

Cuando fue el turno de Sacha de salir del cuarto, parecía estupefacto e impactado. Dijo:

–Os lo juro, no me burlo de vosotros, pero he visto la figura de una mujer. Sonreía. Llevaba un sombrerito negro con rosas y hacía el gesto de sacarse el velo o de levantar un tul, no sé qué…

–¿Le viste la cara?

–Sólo un instante, y después todo se esfumó…

–¿Era guapa, al menos?

Parecía tan absorto que no respondió. Les dejo imaginar las burlas que siguieron y que Nina soportó con más impaciencia todavía que él.

Y después…, pasó el tiempo. Mucho tiempo. Años. De esos rusos, algunos volvieron a su país y desaparecieron luego como lanzados al fondo del agua. Otros vinieron a París, y entre ellos Sacha y Nina, que se habían casado unos meses después de ese 6 de enero, en Helsingfors.

Los veía a menudo. No parecían infelices. Tampoco felices, debo decirlo. Pero un emigrado ruso, atrapado en la preocupación de conseguir trabajo, las deudas por pagar y el documento de identidad por renovar, apenas tiene tiempo de pensar en la felicidad conyugal. Viven juntos porque así se empieza, un buen día, y los años pasan poco a poco, bien que mal.

Un día, en casa de unos amigos en común, me encontré con Sacha. Por la noche, me acompañó a mi casa. Era otoño, y me dijo:

–¿A que no sabes qué? Me encontré con Doris Williams.

No hizo falta que me diera más explicaciones. Recordé de golpe, con una precisión extraordinaria, el salón oscuro y desnudo, el espejo colgado en la pared y la vieja mesa de pino amarillo...

–¿Dónde?

–En...

Me nombró a unos rusos que yo conocía.

–Entré –dijo–. Había una mujer ahí, y llevaba un sombrero negro con rosas. Cogía un cigarrillo cuando entré, y para encenderlo, levantó un corto velo negro. Pensé: «¿Dónde la he visto antes?». No lograba encontrar ese recuerdo... Me enteré de que era una periodista inglesa; ya no era muy joven, debía de tener unos cuarenta años. Nos dijo que había viajado mucho, y en cada uno de los países que ella conocía, yo había estado o lo había cruzado en mis peregrinaciones, durante o después de la revolución, pero nunca al mismo tiempo que ella. Yo estaba en Persia en 1919, y ella en 1921. Estuve en Bournemouth ocho días, hace tres años, y ella en abril de este año. En fin, no nos cruzamos por cuarenta y ocho horas en Salzburgo, hace cuatro años. Como ella se levantaba para irse, de repente, recordé aquella noche en Finlandia, y dije: «Usted se llama Doris Williams, ¿no es cierto?». Pareció sorprendida: «Era mi nombre de soltera. Ahora estoy casada». Se fue. Dejé que se fuera.

–Doris Williams es un nombre muy común –dije para consolarlo.

Hizo un esfuerzo por sonreír.

–Sí, ¿no es cierto?

–Y, sin embargo –dije–, si...

Respondió, alzando los hombros:

–Estoy casado. Tengo hijos. ¡Al diablo el destino! ¡Se pronunció demasiado tarde!

–Bah, si de verdad está escrito que debes estar con esa mujer y ella contigo, volveréis a encontraros...

–¡Dios me guarde! –murmuró–. Mi vida ya es bastante dura y bastante difícil como para mezclar en ella sentimientos y pasiones.

–La volverás a ver –dije.

Y, sin embargo, él tenía razón. Leí esta mañana que habían encontrado en Londres, en su apartamento, el cuerpo de una mujer joven, una periodista de profesión, Doris Milne-Williams, que se había suicidado. Se decía que sufría penas íntimas y que vivía separada de su marido. Debe de haber habido en alguna parte, en los hilos que tejen el destino para nosotros, un error, un eslabón perdido.

La noche en el vagón (1939)

Era la primera noche de la guerra. En las guerras y las revoluciones, nada más extravagante que esos instantes donde nos precipitan de una vida a otra, con el aliento entrecortado, como caeríamos vestidos de lo alto de un puente a un río profundo, sin entender lo que nos sucede, conservando en el corazón una absurda esperanza.

El tren se dirigía a París. Transportaba a los movilizados y a las mujeres que volvían a toda prisa para abrazar al que iba a partir al día siguiente, para buscar a los niños y a los viejos y llevarlos a algún lugar seguro, para trabajar, para servir.

Todos estaban tranquilos y pálidos e intercambiaban palabras de lo más razonables, ¡pero qué desconcierto en el fondo de sí mismos! Cada cual se sentía dividido, múltiple, habitado por dos almas diferentes: la de ayer, la del futuro incierto, que ya no se reconocían, que hacían un vano y doloroso esfuerzo por unirse, pero era imposible, y la mujer que acababa de decir:

–Mi marido se fue la semana pasada. No tengo noticias de él. Sé que está en el este, pero…

Esa misma mujer, sentada en un rincón del vagón, levantaba los ojos, miraba el cielo lleno de estrellas y pensaba:

«¡Ah! Está bonito… En fin, septiembre es bonito. Por suerte empieza, porque mi marido mañana toma sus vacaciones».

Porque no habíamos entendido todavía por completo lo que estaba comenzando. El movilizado, en ruta hacia la línea Maginot, le confiaba a su vecina:

–Si quiere comer bien y barato, conozco un pequeño restaurante por aquí. Justo, el domingo, mi mujer y yo pensamos…

Y se quedaba callado de golpe. Se había acordado. No, decididamente, había que esperar una noche más, una sola noche, antes de acostumbrarse… Mañana todo estaría claro, definido, duro. Esta noche se dudaba, se avanzaba a tientas, poco despiertos, en una región indeterminada, en una suerte de *no man's land*, entre la paz y la guerra. Todo parecería más fácil cuando por fin entendiéramos. Había que despojarse de los proyectos inútiles primero: ese apartamento nuevo que se debía amueblar, esos quince días de vacaciones a fines de septiembre que debían tomarse, ese sillón en la habitación de los niños que debía cubrirse. El primer enemigo que convenía combatir era uno mismo, su propio pasado. Sí, era el comienzo de la guerra. Parece lejano ahora.

El tren avanzaba por un campo negro. Las ciudades, las aldeas, las estaciones habían apagado o camuflado sus luces. En el vagón, una pequeña lámpara azul se balanceaba en el techo; según el movimiento del tren, a veces se confundía casi con las tinieblas, a veces hacía brillar un destello de azur. Pero, sobre toda esa sombra, reinaba un cielo resplandeciente, lleno de estrellas apretadas las unas contra las otras. Ese cielo tan amplio parecía demasiado pequeño para contenerlas a todas; se descubrían todo el tiempo nuevas, blancas y centelleantes, y, con su luz, se veía de forma distinta cada granja en el valle, cada campanario en la montaña y las olas sobre el mar.

¡Esa primera noche de la guerra cuántas veces la habíamos imaginado! Los civiles aplastándose dentro de los trenes, los aviones alemanes bombardeando las estaciones, los coches colisionando en las carreteras, la gente enloquecida huyendo de las ciudades para refugiarse en los bosques, como en los tiempos de las grandes invasiones... Y, sin embargo, todo parecía tranquilo, normal. Sin lágrimas, sin gritos, sin multitudes escandalosas. Mucha gente en el tren; pero no más que el día anterior, al comienzo de clases en octubre o las fiestas del 15 de agosto. Es verdad que íbamos hacia París. La agitación debía ser en sentido inverso, pero no había ningún desorden visible. Todo parecía tranquilo de nuevo. Los rostros estaban serios; no mostraban ningún rastro de miedo o de angustia; sólo sorprendía ese murmullo incesante de conversaciones, consejos, confidencias, esa corriente ininterrumpida de palabras de un extremo al otro del vagón, de un desconocido a otro.

En tiempos de paz, ¡qué silencio en un vagón de ferrocarril! ¡Qué voluntad bien definida la de ignorar al vecino, la de proteger de él su lugar, sus bienes, sus pensamientos...! «No te conozco. No quiero conocerte. Puedo ayudarte a colocar esa maleta, pedirte permiso para fumar, bajar la ventanilla. Puedo intercambiar contigo algunas observaciones banales sobre el clima y la hora probable de llegada, pero eso es todo. No vayas más lejos. ¡No trates de conocerme!». Pero esa noche todo era distinto. Esa gente que no se había encontrado nunca, que mañana se separaría, esos franceses, púdicos y burlones, hablaban de sí mismos, de su oficio, de su casa, de su mujer, sin pasión, sin emoción histérica, pero con un abandono singular, un acento humano, tierno y cálido, como si, por fin, el hombre hubiera cesado de desconfiar de su semejante y deseara ser comprendido por él y comprenderlo.

En ese vagón, había campesinos y burgueses. Con el nerviosismo de la partida, no se habían preocupado por la clase en la que iban a viajar, y un muchacho con gorra, de manos regordetas y morenas, estaba sentado al lado de un jovencito delgado que llevaba una hermosa maleta de cuero rojizo muy nueva y traje bien cortado. Enfrente, una mujer sin edad contaba que iba a buscar su ropa de cama a París:

–¿Lo entienden? No puedo dejar mis sábanas. Hay algunas que heredé de mi madre. Me instalo en Nièvre, en casa de mi hermana, bueno, está claro, pero necesito mis sábanas. El tiempo de hacer las maletas y me voy. No voy a eternizarme en París, no, se lo prometí a mi hija, pero necesito mis sábanas.

–¿Podrá volver a irse con facilidad con equipaje? ¿En plena movilización?

–Pero, veamos, tengo que hacerlo. No van a obligarme a dejar mis sábanas, de todos modos –dijo la mujer con un acento de resolución implacable, casi inhumana.

Se adivinaba que había atravesado el fuego, caminado sobre el mar. Era una criatura delgada, de labios apretados. Después, su mirada se suavizó. Repitió:

–¡Hay algunas que heredé de mi madre, con un doble calado de Venecia y fundas haciendo juego! ¿Se imaginan?

–¡Se imaginan! –suspiraron de manera mecánica las mujeres.

Una de ellas, «movilizada en el Correo», era viuda de guerra; otra, después de un instante de silencio, contó cómo había dado a luz a un hijo «durante los gothas».* Ahora, ese hijo único se había ido también. Era pequeña y rellena, de

* Los bombardeos de los Gotha G, biplanos alemanes, en los años 1916-1917. Inspiraron a Dranem para un famoso foxtrot: *Bajo los Gothas* (1918). *(N. del E.).*

piel suave; ordenaba su bolso de viaje con movimientos leves y hábiles.

–Seguro que es triste, pero no podía durar... Nada funcionaba. El comercio estaba parado, habríamos terminado por morir de miseria.

Un hombre acababa de dejar a su mujer y a un hijo de diez meses. Mostró sus fotos; el niño era hermoso. Se felicitó al padre, que se puso colorado de placer.

El tren cruzaba Les Landes. A través de las puertas bajas, venía un suave perfume a pinos; se respiraba con alegría, pero daba todavía más calor; si el sol tuviera un aroma, sería ése, cálido y embriagador. Una joven mayor y rubia, con el pelo anudado con un pañuelo verde, cerró los ojos ojerosos, se apoyó contra el hombro de su vecina y pareció quedarse dormida. Pero el sueño era imposible. A cada segundo, levantaba los párpados, se estremecía, y luego ella tampoco pudo aguantarse y mezcló su voz con todas esas voces. En su caso, se iba un hermano. La miraron con envidia. De todos modos, un hermano valía más que un marido o un novio.

Alguien dijo:

–Pero ¿qué saben ustedes? ¿Hay un novio también, tal vez? –dijo el muchacho bien vestido, que estaba casado. Tenía una piel lisa de nadador, de campista. Llevaba un grueso anillo de plata antigua en el dedo. Aquella mañana aún se había bañado en el mar, se había secado al sol. Se había enterado de la movilización general por la radio, durante el almuerzo.

–¡Como yo! ¡No podía seguir comiendo, no me pasaba!

–Yo no sabía nada. No había encendido la radio. Ya no podía estar todo el tiempo, desde hacía ocho días, inclinado sobre ese desgraciado aparato; me decía: «Lo sabré siempre demasiado pronto». Lo supe, sí. Las campanas empezaron a sonar.

–Mis pequeñas hijas, que estaban jugando en el jardín, me preguntaron «si era una fiesta».

–¿Su mujer no lo acompañó hasta París?

–No –dijo el muchacho con el anillo de plata–; se quedó con su familia. Me vuelvo mañana por la mañana por la *gare de l'Est*; no será sino una separación más.

La mujer-de-las-sábanas preguntó de repente, con una piedad torpe:

–¿Lloraba?

–No.

Él se quedó callado, y agregó por lo bajo:

–Llora ahora, sin duda.

Luego abrió el diario e hizo como si leyera. El tren se detuvo un poco después, en campo abierto. Las cigarras cantaban. Alguien suspiró con estupor:

–Nadie diría que hay guerra.

–Díganme –dijo de pronto la mujer-de-las-sábanas–, ¿no creen que habrá un bombardeo en París cuando lleguemos?

Pero la gente permanecía en calma, un poco escéptica.

–Yo no abandoné París en 1914.

–A mí me da lo mismo –murmuró una mujer mayor, con serenidad.

–¿Qué? No nos matarán a todos –dijo otra, alzando los hombros.

La anciana que iba a París a buscar su ropa de cama reflexionó con dureza:

–No me llevaré los manteles ni las servilletas –dijo por fin, como si estuviera cerrando un pacto con el enemigo–; de ese modo, sólo tendré una única maleta y podré salir de París dos días después.

Eso la tranquilizó por completo, y sacó su termo y unas frutas del bolso que tenía sobre las rodillas.

Todos la imitaron, y compartieron huevos duros, café, jamón y melocotones, con esa admirable fraternidad de los gestos que, conservados en tiempos de paz, alcanzaría para la felicidad del mundo.

Pero nos ahogábamos. Fui al pasillo. El tren volvía a ponerse en marcha por fin. Ya habíamos pasado Burdeos. En la noche maravillosa, aparecieron los viñedos.

Alguien dijo, a mi lado:

–¡El vino será bueno, como en 1914!

Un voz de mujer soltó: «¡Ah!», con ese acento incierto que se pone cuando nos hablan de acontecimientos lejanos, externos a nuestra vida consciente, y entendí que la mujer era joven.

Me di vuelta hacia ella, y en la luz débil, creí reconocerla. Estaba segura de que la había visto en la playa. La carpa de mis padres no estaba lejos de la suya. ¡Era gente de Pau! Tenían un coche bastante bonito; todo indicaba que eran burgueses de buen vivir. La hija se llamaba Marthe. Había oído su nombre, una noche, sobre el dique. Me acordaba de una pequeña figura delgada, de hombros frágiles, de aspecto «bien educado», borrado, que no combinaba con el traje de baño corto y la espalda desnuda reglamentaria. Entendía ahora por qué me había parecido fea hasta ahora. Había nacido para llevar falda larga que le cubriera los tobillos, blusas azules cerradas, de cuello alto, como sus abuelas antes que ella, el peinado de Eugénie Grandet, y no los *shorts* y los bucles a la Garbo de una dactilógrafa norteamericana. En traje sastre negro, con sombrero negro, sin polvo ni *rouge*, era bella y conmovedora. Pregunté:

–¿Va a París, señorita?

Ella también me reconoció.

–Sí, señora.

–¿Sus padres están con usted?

No respondió. Parecía extenuada. Estaba de pie, y oscilaba a cada traqueteo del tren. Le ofrecí entrar en mi compartimento. Había mucha gente, pero, si nos apretábamos un poco más... Era tan delgada... Aceptó. El sortilegio seguía. Nos apretujamos sin un susurro para hacer un lugar a la recién llegada. Se quitó el sombrero y dejó caer su cabeza hacia atrás. ¿Cómo me podía haber parecido fea? Sus rasgos eran perfectos, pálidos y nobles. ¿Los padres? Pesados, regordetes; eso era de lo que me podía acordar. La madre, una morena fuerte, con acento de Burdeos. ¿Tal vez era el cansancio y la ansiedad lo que cambiaba ese joven rostro? La fatiga desgasta a los ancianos, pero afina y endurece a una muchacha de veinte años. Apenas tenía unos años más. No traía maleta con ella; en la mano, llevaba un bolso de playa de tela blanca, bordado con personajes rojos.

–¿No tiene equipaje?

–No, nada.

–¿Tiene provisiones?

Sacudió la cabeza.

–A partir de la medianoche, es un régimen de guerra –dijo uno de los hombres, un joven campesino de mejillas morenas y rosas manchadas como la piel de un griñón–. ¡Nos pueden poner a un costado, sobre la vía, para dejar pasar a las tropas, y llegar a París quién sabe cuándo!

–¡No tengo hambre, señor!

Después de un instante de duda, ella preguntó:

–¿Cree de verdad que el viaje será tan largo?

Nadie sabía nada. Nadie, en el fondo, tenía prisa por llegar. Esa noche era un descanso en el umbral de una dura tarea.

–¡Tal vez estemos en París a la hora...! ¡Tal vez mañana por la noche sólo...!

–¡Oh! No, no es posible –murmuró la muchacha.

Cruzó y descruzó las manos febrilmente.

–¿Tiene una cita en París, tal vez?

–Sí, una cita –dijo en voz baja.

–¿Alguien que va a marcharse?

–Sí.

–¡Todos tenemos a alguien que va a marcharse, si no es que ya se ha ido! Hay que ser valiente, señorita –dijo con dulzura la empleada del Correo.

Mientras tanto, en cada pequeña estación (y ese tren no se ahorraba ninguna), en la pálida luz azul, se veía a un soldado que besaba a una mujer antes de subir al vagón. A veces, uno o dos niños se colgaban de la falda de la campesina; a veces, un solo niño dormía en sus brazos. Qué dignidad en esos adioses (un beso en la mejilla, la mujer se da vuelta para secarse una lágrima y encuentra la fuerza de sonreír agitando el pañuelo). Sí, ese cromo, esa parte superior del péndulo: «La partida del militar», ¡de qué sentido profundo, de qué amarga belleza se cargaba bajo nuestra mirada!

La muchacha, poco a poco, parecía más segura, más tranquila. Se arregló el pelo, que se le había desordenado, volvió a ponerse el sombrero y dijo de manera mecánica:

–Hace calor. Me escapé de casa.

Hablaba en un tono neutro, tranquilo; cedía, como las demás, a esa extraña necesidad de confidencia, de ternura, que se había infiltrado en cada uno de nosotros, uno tras otro. Nadie pareció escandalizarse. La mirábamos con piedad, pero sin desaprobación. Esa noche no se parecía a ninguna otra, les dije. Desde hacía unas horas, la gente no tenía ganas de juzgar a su semejante, habían perdido el gusto por despedazarse, por odiar. Hablaban con dulzura. Parecían de verdad comprenderlo todo. Sus propias figuras parecían cambiadas. ¿Era esa sombra azul lo que las aliviaba, las despojaba de los colores groseros? Esos soldados, esas mujeres tenían un aspecto más lúcido, más inteligente, mejor que antes (que ayer). ¿O, tal vez, nuestros ojos eran más penetrantes que de costumbre?

–¡Ah!, la juventud –suspiró la mujer-de-las-sábanas–, por un sí, por un no, está bien eso... ¿Se pelearon en su casa?

–¡No, oh, no!

–¿Es por encontrarse con alguien?

–Nos conocíamos desde hacía tres años –murmuró ella–. Nos encontramos allí.

Hizo un gesto incierto, mostrando por encima de su hombro la región que había quedado atrás, más allá de los viñedos, más allá de los pinos, al borde del mar.

–Es bonito aquello, ¿no es cierto?

Ella se dirigía a mí, que conocía «la región» y sus encantos, los veranos cálidos, los septiembres suaves, la playa y el dique afelpado de arena que ahoga los pasos, y ese viento de España que huele a pimiento, y esos fuegos en la montaña.

–Vamos allí todos los años desde que nací. Mis padres son de Pau. A mí me habían puesto como aya en Burdeos. Mis padres eran hoteleros; están jubilados ahora.

–Por fuerza, no podían conservarla con ellos. Yo también soy trabajadora –dijo la mujer-de-las-sábanas–, y, si tuviera los medios, hubiera puesto aya para mi hija, pero es tan caro... Cuando se quiere ayudar a su marido en la caja, en el negocio, no se tiene tiempo para vigilar a una muchacha. Y, en un hotel, es todavía más delicado. ¿Le gustaba Burdeos?

–¡Oh! No, no me gustaba Burdeos –exclamó la muchacha–; me aburría como aya. Me gustaba mucho Pau, pero sobre todo me gustaba el verano. ¡Oh!, ¡cómo me gustaba! –murmuró, como si las mismas estaciones hubieran quedado abolidas desde ese instante–. Me hacía sentir tan feliz, libre.

El joven del anillo de plata levantó la mirada:

–Sí. A mí me gusta nadar por encima de todo lo demás. Uno se sumerge en el agua y se siente el sol brillar. Uno se olvida de todo.

–Teníamos una pequeña villa –dijo la muchacha–. ¿Tal vez se acuerda, señora? ¿La última de todas las villas, al final del dique, ahí donde ya no hay casas, nada más que arena y pasto?

–Creo que sí. El viento debe ser muy fuerte.

–Sí... Pero me gustaba mucho eso. Mis padres se quejaban. Decían que sólo iban ahí por mí, para que yo me divirtiera, pero...

Se interrumpió. Ahora me acordaba. La madre estaba siempre ahí: regordeta, el pelo negro, imperiosa, pesada, y siempre se la escuchaba:

–¿Marthe? ¿Dónde ha ido Marthe?

Una voz dulce respondía:

–Estoy aquí, mamá.

–Marthe, arregla la tumbona, Marthe, corre a casa, he olvidado mi bordado. ¿Vienes, Marthe? ¿Con quién hablas, Marthe?

–Era feliz, pero no me divertía en el sentido que mis padres querían. No lograba hacer amigas y, más que quedarme al lado de las mujeres que no hablaban más que del precio de las verduras y de los nuevos puntos de tejido, prefería dejarlas e irme a leer un poco apartada. Pero mi madre me reprochaba que estuviera molesta: «Hacemos todo para contentarte, pero nunca estás contenta». Pero yo estaba contenta y muy agradecida... Sólo mis padres no entienden una felicidad tranquila, una felicidad un poco triste –dijo muy bajo, mirándonos, haciendo un esfuerzo por sonreír, como si tratara de burlarse de sí misma; las comisuras de su boca temblaron y descendieron (tenía una boca extraordinariamente fina y sensible)–. Si me hubieran dejado tranquila, hubiera pasado el tiempo a mi manera, saliendo de paseo, metiéndome en el mar, leyendo... No era siempre posible, pero, a pesar de todo, era feliz... En fin, hace tres años...

–¿Él fue?

–Sí –dijo ella con el mismo tono serio, tranquilo–; no tengo hermanos. Desde que dejé de ser pupila, no tengo amigas de mi edad, y él era joven.

La rubia del pañuelo verde se inclinó de repente hacia delante, como cuando se oye, entre una multitud, en el extranjero, una palabra pronunciada en la lengua natal:

–Joven...

A partir de ese instante, la muchacha dejó de hablar a las demás; se dirigió sólo a la rubia, que la escuchaba con una atención profunda y ansiosa.

–Mis padres no eran más jóvenes cuando se casaron. Son prudentes. Mi padre esperaba una situación, y mi madre, una herencia. No tenían más que viejos amigos. Al hotel, sólo iba gente mayor. Un día, llegaron unos parisinos y, al entrar al salón de lectura, dijeron a viva voz: «¡Qué cementerio!».

La rubia preguntó de nuevo, con impaciencia:

–¿Él fue?

–Sí. En la villa conservábamos la planta baja para nosotros, y alquilábamos las tres habitaciones de arriba..., con una pequeña terraza. Hace tres años, vino una joven pareja de París, y en septiembre, el hermano de la joven. Sí, era septiembre, como ahora.

–Hace tres años –dijo la empleada del Correo–, mi hijo estaba conmigo, y llovía durante todo el día, y hoy, miren esto –agregó señalando el admirable cielo.

–Pero no llovía desde hacía tres años, no en nuestra casa –dijo la muchacha con violencia, como si hubiera defendido a un ser querido contra una acusación vil y estúpida–. ¡Nunca había visto un mes de septiembre tan bonito! ¡Nunca!

La rubia preguntó:

–¿Por qué no se casaron de inmediato?

–¿Por qué? ¡Ah! ¿Por qué? Le dije que mis padres son prudentes. Me quieren, eso es seguro. Querían, ante todo, mi bienestar. Me lo repetían sin cesar. Lo creo, no he dejado de creerlo, pero cuando pienso...

Dijo más bajo:

–Cuando pienso que hubiéramos podido ser marido y mujer desde hace tres años... Pero «él era demasiado joven» y «hay crisis...».

–Hay que esperar a que esté en condiciones de asegurar tu existencia –murmuró la rubia, sin burlarse, pero como se repite de manera mecánica una frase a menudo escuchada.

–Esperaban, esperaban, y el tiempo pasaba y él se cansaba de esperar. Dos, tres años, para los padres, ¿qué es? Unos meses pasan tan rápido... Pero ¿para nosotros? Y después, se sentía venir...

El tren disminuía de nuevo la velocidad. Dos soldados custodiaban la vía; sus cascos, sus cinturones, los cañones de sus fusiles propagaban una sorda claridad azul.

–Se sentía venir esto... –dijo ella.

Todas las voces se unieron en un coro grave y en calma:

–Seguro que esto se sentía venir...

–El último septiembre, cuando supimos que no habría guerra, todos decían: ¡dentro de seis meses, la postergarán!

–Y no impedía las discusiones, ni los celos, Dios mío –suspiró una mujer.

–No, no impedía nada.

–Se cansó de esperar –repitió la muchacha–. Otra, una parisina, una mujer casada, estaba de vacaciones en nuestra casa.

Nunca creeré que quisiera engañarme a propósito. No, era por hastío, por despecho. Me reprochaba el ser demasiado paciente. Cuando vi que cortejaba a esa mujer, me puse triste, pero no estaba desesperada. Lo conocía, creo, mejor de lo que él mismo se conocía; vivo, cascarrabias, pero de buen corazón. Lo habría esperado, lo habría perdonado, pero, cuando mis padres se enteraron… Es curioso… Suspiraban siempre porque era difícil encontrar un marido para una muchacha, porque yo era tan insignificante, tan gris, «un verdadero ratón», por lo que no encontraría nunca con quién casarme. Deberían haber estado contentos. ¡Pero no! Estaban al acecho, con una suerte de placer hacia todo lo que podía romper nuestro compromiso, arruinar nuestro acuerdo. Me repetían: «Se burla de ti. Pero ¿no ves que sólo tiene ojos para esa mujer?». ¡Como si yo no lo viera!

Se interrumpió de golpe, se mordió el dorso de la mano con un movimiento brusco y orgulloso para evitar que se le saltaran las lágrimas.

–Todo eso no tenía ninguna importancia –dijo ella con valentía–. Nada tiene importancia cuando se es joven y cuando hay buen entendimiento. Mi padre, un día (no sé lo que había sorprendido o creído sorprender), le hizo reproches… a mi prometido. «No admitiré que el prometido de mi hija…». Pero no había consentido hasta entonces nuestro compromiso, y hacía escenas cada vez que él venía a casa.

Llegamos a Poitiers. Los niños esperaban el tren entre las maletas.

–Los chiquillos evacuados de París –dijo alguien.

–No. Vienen del este.

Pasaban enfermeras llevando boles de caldo y de café. Los *scouts*, niños de doce años de mejillas rosadas, ayudaban a las mujeres y a los ancianos. Una exploradora de falda azul sostenía en sus brazos a dos bebés dormidos.

Los viajeros, inclinados en la puerta, miraban en silencio a esa multitud agitada. Y la gente, levantando la cabeza, nos observaba a su vez, a nosotros, que íbamos a París. Al fin, volvimos a arrancar.

Después de Poitiers, el día empezaba a despuntar. El cielo estaba cubierto, pero no eran más que las nubes del amanecer; el sol estaba tan radiante como el día anterior, el aire tan azul. Apagaron la inútil luz.

La joven muchacha terminaba en voz baja su relato:

–Se pelearon, mi padre y él. Se fue. Yo pensaba que todo había terminado. Y entonces, hace ocho días, cuando todo empezó a estar tan mal, recibí una carta.

La recitó, con los ojos cerrados:

–Si de verdad esto sucediera, nunca me lo perdonaría, nunca te perdonaría por no haber tenido la constancia, el coraje, el orgullo necesarios para obtener, cueste lo que cueste, nuestra parte de felicidad. No me hago el bravucón, no fanfarroneo, Marthe, pero, como todo el mundo, estoy tranquilo y confiado. Sólo los otros tendrán una mujer, su mujer con ellos, hasta el último instante.

–Es peor –murmuró alguien–. No sabe lo que dice. Cuando estamos entre hombres, por fin, después de haberles dicho adiós, nos sentimos mucho mejor que en el momento de dejarlas. Tenemos compañeros. Hacemos chistes, nos reímos, incluso ante los golpes más duros. No pensamos en nada.

Pero todas las mujeres exclamaron a coro:

–Sí, pero saber que los están esperando, que los aman, que los van a mimar al regresar, que les harán olvidar sus miserias... Vamos, vamos, pueden hablar mal de las mujeres, pero, cuando están enfermos o aburridos, o demasiado cansados, siempre vuelven a nosotras.

–Sí, no digo que no. Pero las mujeres no es su asunto ahora. Cada cosa a su tiempo. Ahora, hay que hacer la guerra.

–Sí, pero la guerra se terminará, por suerte, y nosotras permaneceremos. La guerra no impide que la vida siga una vez que se ha terminado de luchar. Y ésa es nuestra área.

–En fin, no nos sueltan tan fácil, ¿no? –dijo una voz masculina.

Nos reímos. Desde que el sol había salido, la gente parecía otra. Era extraño; la confianza y la ternura se iban borrando poco a poco, con la sombra. Cada cual volvía a ocupar su lugar y sus distancias. Las mujeres se pasaban agua de colonia por el rostro, se empolvaban, se acomodaban las medias, arreglaban sus faldas. Los hombres fueron a fumar al pasillo. Marthe, la rubia con el pañuelo verde y la empleada del Correo siguieron con su conversación. Escuché:

–Se va el segundo día. Pensé que podría estar con él al cabo de veinticuatro horas. Había un tren a las nueve de la mañana. Dije que me bajaba en la ciudad para buscar los diarios. Me fui.

–Van a estar preocupados.

–Les dejé una carta antes de irme.

–Pero ¿y al regresar? ¿Qué te van a decir?

–¿Al regresar?

A todas luces, no lo había pensado.

–¡Oh!, es mañana –dijo ella.

–Es breve, son veinticuatro horas –dijo la empleada del Correo.

Las dos muchachas protestaron:

–¿Breve? En tiempos normales, sí. ¡Pero en la guerra! Por supuesto, en tiempos de paz, nos levantamos, comemos, paseamos, nos acostamos, y el día se termina como si nunca hubiese existido. Pero ahora...

La empleada del Correo sacó un melocotón de su bolso y empezó a pelarlo con cuidado.

–Veinticuatro horas –dijo– me bastaron en 1914 para volverme viuda y para traer al mundo a mi hijo. Sí, el mismo día en que murió, el otro nacía. La mujer que era el día anterior y en la que me transformé después son como el agua y el aceite, como suele decirse.

–A veces –dijo la rubia–, incluso en tiempos de paz, una noche, una sola, puede estar tan llena de esperanzas, de felicidad, de...

–Veinticuatro horas –murmuró Marthe–. Pasear juntos, almorzar juntos. Nunca estuvimos solos él y yo. En el fondo, ¿me conoce? Nunca me ha visto en peligro, en la tristeza, en el cansancio... ¿Y yo? Adivinaba bien que él era valiente, pero no sabía... Y, además, tendremos recuerdos.

–Y, en el caso de que bombardeen París mañana, ¡corren peligro de muerte!

Las dos muchachas se empezaron a reír.

–¿Qué importancia tiene? Todo el mundo corre peligro de muerte. Y, además, no pasará nada. Y él volverá. Y esas veinticuatro horas serán tal vez las más felices de toda la vida que nos queda.

Las mujeres maduras que se habían quedado en el compartimiento no podían, evidentemente, comprenderlas. Las miraban con indulgencia, piedad y un poco de celos burlones.

–Todo esto por un novio –dijo una de ellas, bajando la cabeza.

Sonrió con una orgullosa compasión.

–No vale un hijo.

–Por supuesto, un hijo –murmuraron las muchachas.

Y después, muy bajo:

–Pero lo tuvo para usted durante veinte, veinticinco años, a su hijo. ¡Nosotras sólo pedimos veinticuatro horas!

–¿Y si la olvida después? ¿Si se queda sola con su vergüenza?

–Pero no tengo intenciones de estar... No pienso en eso en un momento como éste –dijo Marthe.

Se había puesto muy roja. Lanzó una mirada de desafío a las señoras mayores.

–Sólo quiero que el último día que pase aquí, sus últimos recuerdos de paz, de comodidad, de alegría sean para mí, estén relacionados conmigo. Cuando piense en la paz, en el pasado, me verá a mí. Llegaré a tiempo para prepararle un buen desayuno, le serviré café, hirviendo como a él le gusta. Le cepillaré la ropa. ¿Y su maleta? No va a saber hacerla como es debido. Todo debe de estar desordenado en su casa. Un muchacho joven y huérfano, ¡imagínense, entonces! Su hermana no está con él. Esperaba un bebé, está en la provincia. Por la tarde irá a hacer las compras, y yo lo esperaré. Pondré el apartamento en orden para más tarde. Cuando él regrese, escucharé el ruido de la llave en la cerradura.

Se calló de golpe. Cruzó las manos sobre sus rodillas. Dentro de una hora, estaríamos en París. El tren, a veces, se detenía en pleno campo. A cada lado de la vía, los árboles cargados de frutos parecían esperar, ellos también, que vinieran a aligerar su peso. Los campos estaban vacíos.

–Es lamentable ver cómo se pierde todo eso –dijo la mujer-de-las-sábanas.

–¿Perderlos? ¡Imagínense! ¡Las mujeres van a hacerlo!

Pero esa mañana las mujeres todavía no habían empezado su trabajo. Se veían pequeños grupos en los andenes de las estaciones, en los umbrales de las granjas. Las campesinas nos miraban pasar, agitando sus pañuelos cuando veían uniformes, y cada una de ellas apretujaba bien fuerte a los niños contra su falda. Un poco más lejos, sobre la plaza de un pequeño pueblo, vimos irse a los caballos. Se oyó un gran ruido de cascos que hizo suspirar a la empleada del Correo:

–¡Los caballos! ¡Pobres animales! ¡Oh!, cómo me recuerda a la otra guerra...

Las muchachas, a su vez, se quedaban calladas. Las señoras mayores hablaban bien bajo. Pasados los primeros instantes, habían vuelto a encontrar sus almas, sus costumbres, sus recuerdos del 14, como se vuelve a usar una ropa vieja olvidada en el armario (y nos sorprendemos de que todavía nos quede...).

–Yo, cuando tuve a mi hijo, el cañón no paraba. ¡Pero, y qué, salimos adelante igual!

–Yo, toda mi familia es del norte. Cuando esto empezó...

–Para los jóvenes es peor, no saben.

–Van a aprender, pobres...

–Ya estamos cerca –dijo alguien.

Apenas podíamos creerlo. Pero sí, era París.

–Austerlitz. El tren no va más lejos.

En unos minutos, todos estuvieron listos. Se llevaron las maletas a lo largo del pasillo. De repente, parecía que la gente ya no se conocía. Era el fin de la noche, el fin de una tregua. Se peleaban por los pocos maleteros. En el andén, los parisinos esperaban la hora de salida para el oeste y las provincias del centro. Una mujer maquillada, cubierta de joyas –sin duda, sólo se sentía segura de conservarlas si las llevaba puestas, sobre sus dedos, sobre su cuello–, estaba sentada sobre su maleta y apretujaba las otras cuatro alrededor de ella como una madre protege a sus hijos. No había podido decidirse a confiar sus pieles al equipaje. A pesar del calor, llevaba un abrigo de visón sobre sus hombros, y en su brazo una capa de zorro. Más lejos, dos niñitas sostenían sobre sus corazones una cesta en la que maullaba un gato. Los viajeros se habían separado sin decir palabra. Sólo el joven del anillo de plata y Marthe se dijeron adiós. Dudaron; el joven levantó su sombrero; la joven le tendió la mano.

–¡Buena suerte!

–¡Buena suerte para usted también! –dijo ella.

Como niños grandes
(1939)

Julio, frío y lluvioso, quedaba lejos. ¡Por fin el sol brillaba sobre el mar! Un verano en llamas estaba empezando a mediados de agosto.

«Hoy hubiera podido ser feliz», pensó Annick.

El ruido de la tormenta y la lluvia que no había dejado de caer hasta ese momento eran más fáciles de soportar que esa alegría universal, ese aire libre y feliz. ¡Cuánta gente en la playa! A Annick le parecía que todos lo sabían. Se acostó en la arena, cerró los ojos y, enseguida, se levantó con impaciencia, porque una voz decía detrás de ella:

–¿Cómo anda, querida señora?

¿Nunca la dejarían en paz?

La voz, afectada y preciosa, la de una vecina de carpa, continuó:

–Justamente vi a su marido ayer en Biarritz.

Debía hacer un esfuerzo por sonreír, por «guardar las apariencias», por responder con liviandad:

–¡Claro que sí, no tenía ganas de acompañarlo!

¿Para qué? Todos sabían que Francis y otra mujer…

Murmuró con vaguedad y cansancio:

–Así es…

La amiga, por suerte, ya se iba, después de haber disparado su flecha envenenada. Y ese andar mismo, pensaba Annick, el deslizamiento de los pies desnudos por la arena, la rapidez, el silencio de esa fuga, parecían pérfidos y salvajes.

«Lo terrible», siguió pensando Annick, «es que el universo entero me parece odioso por la traición de uno solo. Por todas partes, no veo más que cobardía, engaño. Es como una especie de enfermedad... Pero de eso también Francis es el responsable».

Quiso calmarse; se prodigó, en la mente, sabios y vanos consejos:

«Sufrir por una causa tan común..., un marido que te engaña después de nueve años de matrimonio... ¡Es irritante, mezquino, grotesco! Como si muriéramos de una picadura de mosquito. Porque, en fin, no tengo quince años. Sé que el hombre nació infiel. Yo sé que él olvidará a ésta, como seguro que se olvidó de las otras. Pero, de las otras..., no sabía..., y, además, esta es muy bella y yo me he puesto más fea, me he adelgazado demasiado este invierno, y en fin, es más grave, porque ya no nos entendemos como antes».

Sí, su matrimonio ya no era lo que había sido. Se habían amado con pasión durante tres años. Ahora, ya no se entendían. Por eso, la traición de Francis había adquirido un carácter fatal, irremediable. Así algunas enfermedades sólo se vuelven mortales si atacan a un organismo débil, y su amor conyugal se había vuelto muy débil, muy lánguido. Apenas tenía aliento. No eran de los que se recriminan, de los que gritan, de los que golpean puertas. Felices las parejas que pueden «montar escándalos». Todo es fácil al final de una verdadera pelea, jadeante, llena de lágrimas. Pero Francis y ella hacían uso sobre todo de la ironía hiriente, de la frialdad, del silencio, de la ausencia, que son armas duras; tan duras para el vencedor como para la víctima.

* * *

El pensamiento mismo de su hija no consolaba a Annick ese día. A pesar de todo, ella sentía tanto deseo de ternura que llamó a Jacqueline, aunque tuvo vergüenza de molestarla en sus juegos.

Jacqueline, rubia, robusta, bronceada, en traje de baño rojo, con su magnífico pelo dorado cayéndole sobre los hombros, se acercó corriendo.

–¿Te diviertes, querida? –dijo la madre, sonriendo y abrazándola.

Jacqueline respondió con una sonrisa al beso, pero todo su cuerpecito se estremecía, agitado por el deseo de jugar, de correr. A pesar de todo, se tensionaba, se escapaba de los brazos maternos. Así, el joven animal más sumiso al hombre, el más amoroso, no soporta ser acariciado a la hora elegida por él para divertirse o pelearse con los suyos, los de su clan.

–Mamá, déjame, mamaíta querida, ¡ahí está Marie-Pierre!

–¡Ah! ¡Si Marie-Pierre está aquí!

Era su amiga del corazón, la amiga más querida. Un traje de baño azul, pelo corto liso y negro, ojos verdes. En un segundo, traje azul y traje rojo se unieron. Se abrazaron y se separaron; por unos instantes, dieron unos giros en la arena, en una especie de danza salvaje. Un eco débil de palabras rápidas, risas, gritos de alegría llegaron a oídos de Annick. Después, las niñitas, tomándose de la mano, corrieron hacia el mar.

La anciana niñera de Marie-Pierre, de pelo blanco y en la cara un rosa vivo, «un verdadero rabanito», pensó Annick, «llegaba con una silla plegable».

–¿Las niñas están en el agua?

–Sí. Jacqueline no quería ir al agua sin Marie-Pierre.

Ellas ya no podían vivir la una sin la otra. Se conocían desde hacía quince días. Una era alta y fuerte; la otra, menuda y ágil; las dos hermosas, radiantes, felices. Como hijas únicas que habían vivido hasta ahora sin compañeros, ya que ambas comenzarían el colegio justo el siguiente invierno, estaban descubriendo la amistad. ¡Y no la amistad por encargo, como la que experimentamos para los primitos o para los hijos de los «amigos de la familia»! No, era la amistad a primera vista, la que nace del azar (¿no se habían conocido bailando de alegría en la misma ola, el día de su primer baño?); una amistad por elección, una fraternidad por elección (había otras niñas en la playa; de común acuerdo, las despreciaban); una amistad cimentada en los sacrificios cotidianos («Como Marie-Pierre come una banana de merienda, también quiero una aunque las odio. Como Jacqueline toma lecciones de piano dos veces por semana, yo voy a estudiar inglés»).

–Son encantadoras –murmuró Annick, mirándolas salir a las dos del mar.

Sus mejillas eran bermellón; se tiraban agua la una a la otra entre risas, saltos, gritos. Mientras tanto, el cielo se había cubierto y, casi de inmediato, sopló un viento frío, un verdadero viento de otoño, aunque no era más que la segunda quincena de agosto.

Alguien exclamó:

–¡Y bien, el buen tiempo no ha durado mucho! ¡Qué vacaciones más asquerosas!

Sí, no eran buenas las vacaciones de 1939.

Annick fue a buscar dentro de la carpa el jersey de Jacqueline; la llamó, pero no vio más que a Marie-Pierre, sola, de pie en un promontorio de arena, contemplando el horizonte como un pequeño centinela desolado.

–¿Dónde está Jacqueline?

–No lo sé, señora.

El traje de baño rojo, a unos metros de allí, cavaba con aplicación un túnel estrecho en la arena.

–Cúbrete, Jacqueline, el viento está refrescando.

–Sí, mamá.

Annick retomó su lugar en la entrada de la carpa, con un libro en la mano, que no leía. Se sentía débil, enferma, sin fuerzas. Tenía uno de esos rostros pálidos, de rasgos menudos, en los que la más mínima emoción se marca con leves arrugas y provoca envejecimiento. Cuando se miraba al espejo, era aquello lo que veía, esa alteración, ese cambio, y desatendía entonces eso que, en ella, continuaba igual a ella misma: el dibujo perfecto de la boca y los párpados, el color azul oscuro de los ojos, «tus ojos color aciano», decía Francis, antes, con la expresión atenta y dulce.

–Mamá –dijo de golpe Jacqueline delante de ella.

Jacqueline, adelantándose así, sin ruido, sin correr ni gritar. Era anormal, en efecto. Annick la miró, sorprendida.

–¿No estás enferma?

–No, mamá.

–Entonces, ¿por qué no vas a jugar?

–No tengo ganas –murmuró Jacqueline en un tono deplorable.

–¿Te has peleado con Marie-Pierre?

Un silencio.

–¡Responde, vamos! Os habéis peleado, ¿no es cierto?

Las lágrimas empezaban a correr, y, al mismo tiempo, un río de palabras.

–Me dijo... Respondí... Era mi castillo, un castillo tan bonito... Me llamó «mala». Demolió el puente levadizo como el del palacio de la Bella Durmiente en el libro. Y ayer le presté mi pala, y además, es muy mala. No quiero nunca nunca más verla. Dime, mamá, ¿cuándo volvemos a París?

Annick puso sus manos sobre sus orejas:

–¡Basta, basta, Jacqueline! ¡No te hagas la tonta! ¡A ver! Explícame con tranquilidad lo que ha pasado.

–¡Pero te lo estoy explicando, mamá!

Esta historia de pala, de castillo, de puente demolido, parecía luminosa para Jacqueline, quien claramente se irritaba por la incomprensión de su madre. Annick sonrió. ¡Esas pequeñas eran demasiado graciosas! Jacqueline sorprendió esa sonrisa, y una expresión de mujer se le dibujó en el rostro de grandes mejillas llenas de infancia, una expresión de mujer y de palabras de mujer sobre esos labios embadurnados de mermelada que enternecieron a Annick.

–Si ni siquiera tú me entiendes, entonces…

Los hombritos se levantaron en un gesto que significaba: «¡Es para desesperarse por todo!».

Annick puso a su hija sobre sus rodillas, la mimó, la calmó, trató de que entrara en razón:

–A ver, querida, ¡no es muy grave! ¿Os habéis peleado? Pues ahora os reconciliáis. Lloras, y Marie-Pierre pone una pobre carita de arrepentida. Ve rápido a abrazarla y que se termine esto.

–No, mamá.

Annick trató de hacerle pasar vergüenza:

–No te creía tan tonta, mi amor. Una niña mayor de ocho años…

Le hablaba y, al mismo tiempo, hacía un esfuerzo por comprender lo que implicaba realmente esa pelea. Para los niños, la sola apariencia de los sentimientos no es habitual y desconcierta a los adultos, pero el fondo del corazón es banal, por desgracia, tanto a los ocho como a los treinta años.

Celos, amor propio, despecho, cariño decepcionado, orgullo... Cuando queremos tomarnos la molestia, vemos en el alma de nuestros hijos la nuestra, como en un espejo.

* * *

Jacqueline, de repente, se estiró en todo su largo sobre la arena y se quedó inmóvil. Marie-Pierre le daba la espalda. Annick empezaba a tener hacia ellas un sentimiento de piedad y de particular irritación. ¡Son de verdad muy tontas! ¿Cómo podían arruinar así un día, un solo día de esas cortas y preciadas vacaciones? Se levantó, fue a buscar a Marie-Pierre y la hizo sentarse a su lado.

–Escuchad las dos –dijo, dirigiéndose a las niñas–: ¿no os parece que es una lástima perder el tiempo así? Pensad un poco... Las vacaciones ya están en la mitad. Sí, parecían muy largas, pero se van a terminar rápido. Vais a estar en París. Ya no vais a ver esta hermosa arena que os divierte tanto. Ya no tendréis la libertad, la alegría de las vacaciones. ¿Y vais a arruinar todo esto? Os habéis peleado y estáis enfadadas. ¿No os parece una lástima?

Al hablarles, se sentía molesta, como siempre se sienten los adultos ante los niños.

«Creen que les doy un sermón», pensaba. «¡Si supieran cómo pienso en verdad, pero de verdad, lo que les digo! ¡Qué pecado desperdiciar un solo día feliz! ¡Pero es así! Son pequeñas, no conocen el precio de lo real, el valor exacto (inconmensurable, además) de la felicidad. Pero ¿nosotros mismos...?, ¿los grandes?». Pensó en Francis y en ella misma. ¡Cuántos días desperdiciados! ¡Cuántos placeres perdidos! ¡Cuántos instantes malgastados! Y qué preciados e irreemplazables esos instantes tan breves. Pero no, con toda lógica, no era lo mismo. Se quedó callada, suspiró, y empezó a hablar otra vez con dulzura, persuasión, más a ella misma que a las niñas.

–¡Es tan poco habitual un día de felicidad! Os daréis cuenta con el tiempo… Habrá días de lluvia en los que no vais a poder salir, en los que vais a extrañar este hermoso verano, en los que pensaréis: «¡Qué bonito sería estar juntas todavía en la playa!». Pero será demasiado tarde. ¿Entendéis lo que os digo? ¿No creéis, en el fondo de vuestro corazón, que es la verdad? No digáis nada. No busquéis quién está equivocada y quién tiene razón. Tomaos de la mano e id a jugar. Aprovechad los días bonitos.

Pero las niñas se quedaban calladas y bajaban la mirada. Entonces, la niñera de Marie-Pierre las miró y dijo con frialdad:

–No habrá pícnic mañana. Las dos estáis castigadas.

–¡Pero, niñera!

Se habían sobresaltado; miraban entre la súplica y la angustia a Annick y a la inglesa. Esta última, impasible, tejía. Jacqueline no pudo contenerse. Se acercó a Marie-Pierre y le susurró al oído:

–¡No es posible…! Háblale. Dará su permiso.

–¿Ella? No la conoces –respondió Marie-Pierre con el mismo tono–. Cuando dice que no…

Consternadas, seguían inmóviles. Annick las escuchó susurrar por un rato largo, lamentándose. Después, como se habían olvidado de su pelea ante esa calamidad que las golpeaba a ambas con igual injusticia, se tomaron de la mano y se alejaron con tristeza hacia el mar.

–¡Pobrecitas! –dijo Annick.

–Hubieran seguido peleándose hasta mañana, señora. Así van a hacer las paces en medio de la bronca que tendrán juntas contra mí.

–¿Conoce bien a los niños?

–Sí.

–Pero ¿mañana les quitará el castigo?

–No, señora. Me parecen muy incómodos esos pícnics en la playa. La arena entra en la comida. No me parece limpio. Y, a las cinco, el té está frío.

«¡Qué vieja egoísta!», se dijo Annick, dividida entre la risa y la indignación. «Pero, a pesar de todo…, allí donde mis razonamientos fracasaron, a ella le ha ido bien. ¿Quién de nosotras, niña o adulta, nunca escuchó la voz de la razón?».

La niñera levantó la cabeza.

–Ahí está el señor –dijo ella.

–¿Mi marido?

–Sí, mire, la está buscando.

«Ha vuelto ya de Biarritz, entonces», se dijo Annick. Un furioso escalofrío de alegría, de duda, de esperanza la invadió de repente. Y luego tuvo miedo: el rostro de Francis parecía…, nada habitual…, inquieto. ¡No! Parecía endurecido. Sí, era eso, la única palabra que le convenía. Un rostro en calma y duro.

«¡Dios mío! ¡Se quiere divorciar, me quiere dejar!».

Se acercó a ella, le tocó ligeramente el hombro con un gesto familiar.

–¿Estás de vuelta? –dijo ella.

–Sí. Esas noticias…

–¿Qué noticias?

–¿Cómo? ¿No sabes nada?

–No… ¿Qué ha pasado?

–¡Oh! Son noticias políticas –dijo él en un tono de leve ironía que todo francés de menos de cuarenta años le da a esas palabras–. Pero, esta vez, son de gran importancia.

–¿Es decir?

–Los rusos y los alemanes han firmado un pacto entre ellos. Esto significa tal vez..., sin duda..., probablemente..., la guerra.

Pregunta, después de un silencio, con voz débil y tranquila:

–¿Cuándo vas a irte?

–El primer día.

Se quedaron callados.

Ella dijo de golpe:

–¡Estaba estúpidamente celosa!

–Estuve –dijo él– tan irritable y superficial...

Sentados en la arena, uno al lado del otro, con la cabeza gacha, como dos niños que una mano injusta e inexorable acaba de castigar y que olvidan bajo los golpes sus peleas pasadas, con dulzura, con humildad, entrelazaron sus dedos.

El espectador
(1939)

Habían almorzado bien. Esas *quenelles* aceitosas contenían el rico y oscuro perfume de la trufa. No se imponía con insolencia; se disimulaba en la tierna carne del pescado y la crema virginal como las profundas sonoridades del violonchelo que el piano, sin cesar, ocultaba y evadía en ese encantador concierto que escucharon el día anterior. Era posible –pensaba Hugo Grayer– extraer así un máximo de goce, de placeres inocentes, a condición de variar gracias a la imaginación y la experiencia. Después del sabor exquisito y complicado de las *quenelles*, el gusto del *château-briand* con manzanas era de una simpleza austera que recordaba a la de las grandes órdenes clásicas. Habían bebido poco vino; Hugo tenía el hígado frágil, pero era un *château-auson* de 1924. ¡Qué suerte haber descubierto ese vino magnífico en un restaurante de apariencia modesta en los muelles parisinos! Magda dijo con una risita:

–*You are a marvel, Hugo dear!* ¡Eres una maravilla!

Lo tomó del brazo. Él era de estatura pequeña, muy delgado, y parecía haber sido moldeado con una delicadeza particular y pintado con una gran economía de colores: gris para el traje, el pelo, los ojos; un poco de ocre pálido para el rostro y los guantes; algunas pinceladas de blanco sobre el cuello duro y las sienes, y chispas doradas en la boca. Su compañera, más alta que él, maciza y colorada, con bucles plateados bajo el coqueto sombrerito inclinado sobre lo alto de su cabeza, a la moda de la temporada, como un pájaro sobre una rama, caminaba a su lado con largos y resueltos pasos que resonaban sobre los viejos adoquines.

Era un día de agosto. En París, a orillas del Sena, en el muelle de Orléans, Hugo no podía felicitarse lo suficiente por haber retrasado ese año su partida hacia Deauville; el clima era fresco, y Magda, bastante divertida. No le gustaba comer con chicas guapas: a su edad, le convenía ponerse serio con esos divertimentos. Para un almuerzo como aquél, Magda, vieja norteamericana terca y cínica, que comía bien y bebía con discernimiento, era lo que le hacía falta. Ella lo admiraba, pero eso le era indiferente: siempre lo habían admirado por su gusto, su riqueza, su colección de espléndidas porcelanas, su conocimiento sobre autores griegos antiguos, su generosidad, su inteligencia. La admiración del otro no le era necesaria, pero Magda lo divertía. Era menos común y mejor ser divertido que ser admirado... Menos común y mejor ser divertido que ser amado.

–Egoísta...

Una vez, una mujer, llorando, lo había llamado así. Sus lágrimas todavía le caían voluptuosamente sobre el corazón. En ese entonces, ella era tan hermosa y joven, y él también era joven. Egoísta... Le podría haber respondido que los únicos seres inofensivos, aquí abajo, en este mundo compuesto de verdugos locos y víctimas estúpidas, eran egoístas como él. No conmovían a nadie. Todas las desgracias sobre las que se funda el género humano se desencadenan –pensaba Hugo– por los que aman a otro más que a ellos mismos y desean que ese amor sea reconocido. Él trataba de vivir feliz y tranquilo, eso era todo. El secreto era fácil. Tenía que considerar el mundo como un espectáculo muy curioso y que lograr ser elogiado en los más mínimos detalles de su puesta en escena, y todo entonces tenía una gran belleza. Le mostró a Magda una callecita húmeda entre dos hoteles antiguos. Una niña estaba de pie contra una reja; sostenía contra su corazón un pan dorado. Hugo la miró con simpatía; con la ayuda de elementos simples –una niña anémica, un pan rubio, piedras viejas–, el azar formaba un cuadro gracioso, conmovedor, que a Hugo Grayer le gustaba.

–Tuve mi cuota de tristeza, como todo el mundo –le dijo a Magda–. El viejo Fontenelle aseguraba que ninguna pena, por más cruel que fuera, podría resistir una hora de lectura.* A mí, un libro o una obra de arte no me consuela, pero sí la contemplación del viejo universo imperfecto.

–Fontenelle debe de haber tenido, como usted, una existencia apacible –dijo Magda entre risas.

Su risa era la única cosa de ella que disgustaba a Hugo; se reía como relincha un caballo.

–No tan apacible –respondió él.

No sabía por qué, estaba a la vez orgulloso y descontento cuando insinuaban que era más feliz que los demás. Igual que un perro de lujo tira a veces de su cadena y desea el alimento de los animales vulgares.

–Tuve mi parte humana –dijo, pensando en la muerte de su madre; se habían peleado a menudo. Ella tenía un carácter odioso, sin embargo, los últimos instantes y la reconciliación sobre el lecho de muerte habían sido breves, sin lá-

* Se trata en realidad de una reflexión de Montesquieu sacada de su *Retrato por sí mismo*: «El estudio ha sido para mí el soberano remedio contra los disgustos de la vida, por eso nunca tuve penas que una hora de lectura no pudieran disipar». *(N. del E.)*

grimas ni gritos, y, por la mesura de ambos, por su sentido de las convenciones y cierta cualidad estética, todo se había borrado. Pensó en su divorcio, veinte años antes, en los De Beers que acababan de bajar cien puntos. En fin, un hombre como él sabía de las preocupaciones de orden espiritual que la multitud grosera no podía concebir. Había sufrido, sufrido de verdad, por algunos libros, viajes arruinados, mujeres tontas, sueños, presentimientos funestos. Una noche, en una habitación de hotel sombría y fea, se llenó de tristeza. Una alfombra chillona, en un lugar de paso donde un resfriado lo había obligado a permanecer acostado durante ocho días, había sido el origen de una melancolía persistente, migrañas, especulaciones sobre la existencia futura. E incluso ahora ese comentario de Magda lo había molestado: se portaba demasiado bien para comprenderlo.

Pero Magda se había detenido en esa plaza de los muelles donde el Sena gira despacio a la derecha, Hugo pensó que las palabras tan usuales como «el codo del río» eran feas, angulosas, evocaban la idea de una anciana indigente levantando el brazo para protegerse de una bofetada. Y, en realidad, era un movimiento de una gracia y de una distinción exquisitas. El Sena enlazaba París como una mujer pone sus brazos en el cuello de un hombre amado; pero era una mujer muy joven, tierna y ruborizada, pensó Hugo mirando brillar el agua. Cómo le gustaban sus remolinos, su color pálido… Muy cerca había un parque tranquilo.

–¡Qué belleza! –comentó Hugo en voz baja–. Europa tiene el encanto de los seres que van a morir –añadió, volviéndose a poner en marcha, acariciando el parapeto gris–. Es su seducción más grande. Hace ya varios años que me siento particularmente atraído hacia las ciudades amenazadas: París, Londres, Roma… Cada vez que las abandono, se me caen las lágrimas, como si me despidiera de un amigo enfermo, condenado... Así, Salzburgo antes del *Anschluss*... ¡Dios! Qué emocionante era escuchar la música de Mozart durante esas noches frías de verano y pensar en Hitler a unos kilómetros de ahí, atormentado de insomnio y de envidia. Asistíamos al final de una civilización. Veíamos palpitar y morir a un país mientras cantaba, como sentiríamos bajo nuestra mano latir el corazón de un ruiseñor herido. Pobre, encantadora Austria... Y todo esto –dijo, señalando Notre-Dame– destruido por bombardeos aéreos, en ruinas, en llamas, en cenizas. ¡Qué horror! Y sin embargo...

Se sentía un poco sofocado. No podía seguir a Magda, que caminaba demasiado rápido, pero no lo confesaba por un dejo de coquetería. (Magda, además, era más grande que él, y mucho más robusta).

«Las mujeres son indestructibles», pensó.

Le propuso sentarse en un banco del parque; el clima era demasiado apacible para encerrarse en un coche.

–¿Cree usted en esta guerra? –le preguntó ella mientras se miraba en el espejito de su bolso y se arreglaba los bucles, que parecían de plata cincelada y maciza, como adornos sobre una sopera de la época victoriana.

Un niñito del populacho, fascinado por tanto brillo, se detuvo delante de ella y se quedó contemplándola. Ella sonrió.

–¿Cree usted en esta guerra? –repitió.

–Querida mía –dijo Hugo con fuerza–, ¿cree en la bala que sale de un revólver cargado cuando aprietan el gatillo?

Miraron Notre-Dame con compasión.

–Magda, el destino de estas viejas piedras me conmueve más que el de los humanos.

El chiquillo seguía plantado delante de ellos. Hugo Grayer sacó unas monedas de su bolsillo.

–¡Toma, ve a comprarte un bastón de caramelo, chiquillo!

El niño, sorprendido, bajó la cabeza, dudó, pero terminó por tomar el dinero y se alejó.

–¡Y sí! Después de todo se necesitaron siglos para edificar una catedral irreemplazable, y no bastan sino unos instantes para crear a un hombre, semejante a todos los hombres, porque son intercambiables, por desgracia, con sus pasiones vulgares, sus alegrías comunes, su densa estupidez.

–Sí –dijo Magda–, durante la guerra de España, cuando me sentaba a la mesa y pensaba en los Greco que podían ser destruidos, no lograba tragar ni un solo bocado. En realidad, escuchaba una voz que me repetía en el oído: «¡Los Greco, los Greco que no volverás a ver!».

–Algunas visiones de la guerra de España, en el cine, valían los Greco –suspiró Hugo.

Magda alzó los ojos al cielo y fingió que pensaba en la guerra de España. En realidad, se preguntaba si su banquero habría logrado vender a tiempo sus acciones de la Mexican Eagle. El querido Hugo tenía el espíritu más desprendido de las cosas de este mundo; no era sorprendente, poseía una de las más grandes fortunas de Uruguay. Pensó además en los dos grandes salones del primer piso de su casa, en Nueva York, y soñó por un instante en un ensamble alegre de colores: ¿púrpura y rosa, tal vez? Podía ser divertido, con unos espejos a la italiana, pintados con pájaros y flores... Hugo sonreía a la claridad del día. Aunque estuvieran en el corazón del verano, la luz no era demasiado potente, sino suave y liviana. Él iría al Louvre para volver a ver *El hombre con un vaso de vino*, uno de sus cuadros preferidos, antes de volver a vestirse para la cena; estaba invitado a cenar fuera de París, en casa de una amiga brasileña, en Versalles. Sí, era extraño mirar así ese viejo mundo que se hundía como un navío que hacía agua por todas partes, que naufragaba en esas profundidades terribles donde clama sin cesar la voz de Dios. En algunos meses, en algunas semanas, ¿las torres bombardeadas de Notre-Dame iban a estallar y lanzar al cielo sus antiguas piedras supliciadas? Y todas esas hermosas y viejas casas... ¡Qué lástima! Sentía piedad, y a la vez una indignación conveniente y esa confortable quietud que se experimenta al contemplar un drama en escena. Mucha sangre, muchas lágrimas, pero que corren lejos de nosotros, que no nos alcanzarán nunca. Era neutral, él, «ciudadano de *no man's land*», decía de sí mismo sonriendo. Así, existían un puñado de seres sobre la tierra (Magda era una de ellos) que, por su nacimiento, su ascendente, sus contactos, por un capricho del azar, mezclaban en ellos tantas sangres diferentes que ningún país podía reconocerlos como suyos. El padre de Hugo era de origen nórdico; su madre, italiana. Él mismo había nacido en Estados Unidos, pero había adquirido la nacionalidad de una pequeña república sudamericana donde poseía bienes.

Unos muchachos y unas muchachas caminaban lentamente, agarradas por la cintura. ¿Qué sentirían todos si un día...? ¡Qué curiosos conflictos de sentimientos, de deberes! ¡Y esos pobres cuerpos hechos para la alegría! Pero no, el cuerpo humano no había sido creado en absoluto para la alegría, pensaba Hugo, poniéndose la mano sobre los ojos, porque, de golpe, el sol resplandecía entre dos nubes sombrías que surgían de quién sabe dónde; el hombre estaba hecho para soportar el hambre, el frío, el cansancio, y su corazón para llenarlo de un río de violentas pasiones primitivas: el miedo, la esperanza, el odio.

Miró a los transeúntes con benevolencia. Ignoraban la riqueza que habitaba en ellos y que el organismo humano puede sufrir casi todo. Ésa era la convicción profunda de

Hugo Grayer. A pesar de todo, en los días que vivimos, había que tener coraje para venir a Europa todos los años, como él hacía. Él podía, el inocente Hugo Grayer, estar atrapado en esas naciones en llamas como una pobre rata en una casa incendiada. Bah, bah, se iría a tiempo. Se despegó con dificultad de su ensoñación para responder a Magda, que le pedía consejo sobre esa casa que acababa de comprar en Nueva Jersey. Se levantaron y caminaron hasta el bulevar Saint-Germain, donde un coche los estaba esperando. Después cenaron en Versalles, y Hugo volvió a acostarse. Todavía estaba durmiendo a la hora en que los franceses, desplegando el diario de la mañana, leían en la primera plana, en mayúsculas:

22 DE AGOSTO DE 1939, LA AGENCIA OFICIAL DNB
COMUNICA: EL GOBIERNO DEL REICH
Y EL GOBIERNO SOVIÉTICO HAN DECIDIDO
FIRMAR ENTRE ELLOS
UN PACTO DE NO AGRESIÓN.

Algunos pensaban:

«Esto se va a arreglar otra vez más».

Otros:

«Nada que hacer, esta vez se acabó. Hay que irse».

Como se escucha, de noche, un golpe dado en la puerta para advertirnos que el descanso se ha terminado, que hay que retomar la ruta, y el corazón, por un instante, parece dejar de latir. Las mujeres miraban al marido o al hijo en edad de ir a la guerra y rezaban a Dios: «¡Eso no! ¡Piedad! ¡Aleja este golpe de mí, Señor!».

Esa misma mañana, en las iglesias, miles de cirios se encenderían «por la paz». En la calle, la gente se detenía delante de los quioscos de diarios y los desconocidos se hablaban los unos a los otros; los rostros estaban tranquilos, pero muy sombríos. Hugo había vivido lo bastante en Europa como para saber interpretar esas señales y otras similares. Pidió la cuenta. Estaba afligido por tener que marcharse. Pero, como es natural, no tenía nada que hacer ahí. Dio generosas propinas.

–¿El señor se va? –dijo la camarera–. Los acontecimientos, ¿no es verdad? Todo el mundo quiere regresar a su país. Es natural, en cierto sentido.

¿Dónde iría Hugo? ¡Bien! Primero a América, donde le habían indicado una venta de marfil antiguo; empezaba a estar un poco cansado de la porcelana. Y después ya vería. Era desolador pensar que no iría a Cannes este año.

–¡Ah!, me quedaría con gusto –dijo–, pero los bombardeos aéreos...

Al ver a todos esos hombres fuertes y hermosos amenazados de muerte, experimentaba una suerte de ternura irónica por él mismo, por sus huesos frágiles, su contextura delgada, sus largas manos pálidas que nunca habían realizado trabajos rudos ni vulgares desde que existían, que nunca habían tocado una pala ni un arma, pero que sabían acariciar libros viejos, cuidar las flores, frotar con suavidad con aceite de lino caliente algún mueble preciado de la época isabelina.

Sin embargo, el clima era tan apacible que decidió posponer su viaje para el día siguiente, y después siguió esperando. La guerra se declaró en una admirable jornada de septiembre. Ese día, sobre el puente Alexandre-III, Hugo se cruzó con unos burgueses de paseo: el padre, la madre, el hijo, joven todavía, en edad de irse pronto al ejército. El padre sacó su reloj y dijo:

–Desde hace veinte minutos, estamos en guerra.

«La resignación de los europeos es notable», pensó Hugo Grayer. Las palomas levantaron vuelo con gritos de felicidad.

Hugo se iría al día siguiente. Suspiró. Empezaba a creer que París no sería bombardeado..., no de inmediato..., pero la posible incomodidad, el racionamiento de combustible, los mejores restaurantes cerrados... Sin embargo, ¡qué curioso hubiera sido ver el comienzo de esa guerra! ¿Qué experimentaría toda esa gente? ¡Qué revuelo se notaba ellos! ¿Qué iría a surgir de ese profundo malestar? ¿El heroísmo? ¿Un deseo de goce? ¿El odio? ¿Y cómo se viviría eso? ¿Esos hombres se volverían mejores? ¿Más inteligentes? ¿Peores? ¡Apasionante, todo eso parecía apasionante! Cada rostro humano ocultaba un misterio que, hasta ahora, había sido el privilegio de las obras maestras. Pero, por encima de todo, sentía una piedad fría, la que puede sentir un dios que, desde lo alto del empíreo, contempla las vanas agitaciones de los mortales. ¡Pobre gente! ¡Pobres locos! ¡Bah! El cuerpo humano está hecho para sufrir, morir. ¿Y, tal vez, esas vidas monótonas y grises iban a quedar coloreadas, reconfortadas por el entusiasmo, la pasión, las nuevas impresiones? Como todos los hombres inteligentes y felices, Hugo tenía inclinación por mostrarse pesimista sobre sí mismo y optimista en lo que tenía que ver con el otro. Pero lo más claro de todo era que no podía ayudarlos en nada, que sería una locura quedarse.

Dejó Francia junto con Magda. Su barco era neutral, por supuesto. Flotaba con serenidad sobre un mar azul. Se alejaban de Europa. Pronto, ya no pensarían más en ella. Sería como un escenario cuando se deja el teatro, como un drama shakespeariano chorreando sangre en el momento en que el telón cae y las luces del escenario se apagan. Era de un horror irreal, y al mismo tiempo en su recuerdo conservaba cierta belleza. A veces, en el bar o sobre el puente, durante una noche tibia, evocaban con una pizca de fervor guerrero esos instantes históricos:

–Yo, cuando me enteré que empezaba, quise ver cómo reaccionaba el pueblo francés y fui a Fouquet's.

–Yo me di una vuelta por París, ese París cargado de historia; me detuve en todos los cafés de Montparnasse. ¡Era tan conmovedor! ¡Y, como estaba muy oscuro, nos besábamos en todos los rincones!

Pero era la segunda noche, y ya Europa había quedado en el olvido.

En su camarote, Hugo se desvestía. Sobre una bandeja, cerca de la cama, habían dejado una fuente llena de frutas, entre un té helado y un libro. Hugo tenía muchas ganas de dormir. Era de esos hombres que, hasta su muerte, conservan algunos rasgos de la infancia, los más felices: un sueño apacible, el gusto por los pastelitos, muy finos, con un poco de crema y mucha azúcar, y frutas excelentes. Extrañaba a su empleado doméstico francés, que había tenido que dejar París, en las primeras horas de la guerra. El pobre diablo había sido movilizado. Casi habían llorado al separarse el uno del otro.

«Me robó tanto que había terminado por apegarse a mí como el campesino al buey que le permite vivir, que abona y trabaja su campo. Pobre Marcel... Le enviaría con gusto algunos dulces, pero, para cuando le lleguen, habrá muerto. Tenía mala salud y, después de ocho años de servicio en casa, estaba terriblemente consentido. Marcel viviendo una aventura de guerra, qué gracioso», pensó mientras elegía un melocotón con cuidado.

Habitualmente, se quedaba dormido así, medio desvestido, con una mano sobre su libro, la otra apretando con placer una fruta fresca, como si fuera un pecho de mujer. Se despertaba quince o veinte minutos después, se ponía el pijama, cortaba en dos una naranja o un pomelo, bebía unos sorbos de zumo helado, perfumado, espolvoreado con azúcar, tiraba el libro y se quedaba dormido hasta la mañana siguiente. Pero esta vez un largo y profundo alarido lo sacó del sueño. Escuchó, incrédulo primero, pensando que soñaba con París, que se imaginaba, gracias a los sueños, que se había transformado en uno de los desgraciados parisinos que, esa noche, sin duda, escuchaban en sus camas las sirenas. ¡Pero él, Hugo Grayer, neutral, sobre un barco neutral, sobre el mar que no le pertenece a nadie! Desde el fondo de ese mar, de las profundidades del cielo, llegaba hasta Hugo el sonido de las sirenas como un eco de las mismas que resonaban en ese instante en Europa, sobre una tierra bañada en lágrimas: una voz ronca e inhumana palpitaba de angustia y de solicitud, le gritaba a los mortales: «¡Ten cuidado! ¡Protégete! ¡Lo único que puedo hacer por ti es prevenirte!».

Se abalanzó fuera de la cama y empezó a vestirse. ¿Era un naufragio? Imposible: el mar estaba tan tranquilo… ¿Fuego? ¿Un ataque submarino? Las puertas golpeaban. Corrían por los pasillos. Se puso un pantalón, medias, un jersey. Su mente nunca había estado tan viva y tan calmado al mismo tiempo.

Sin embargo, no podía ponerse la chaqueta: no lograba encontrar la manga. ¡Pero, bah! Hacía calor, y «la vida vale más que una prenda»; él mismo tuvo un instante de estupor pensando en eso. ¿De dónde, de qué recuerdos abolidos salían estas viejas frases? En mangas de camisa, con el cinturón de salvamento correctamente puesto, pero el alma llena de dudas, de ira (no era justo, era neutral; no se mezclaba en nada con sus querellas; ¿por qué lo habían molestado?), Hugo Grayer llegó a la cubierta de paseo. No tenía miedo. ¿Tal vez un hombre muy inteligente y bien educado no puede conocer el terror animal, primitivo, el pánico? Estaba furioso. Le parecía que había alguien con el que se debía pelear, que no había hecho todo lo que tenía que hacer; ¿el comandante del barco tal vez, o la compañía a la que pertenecía? Sentía de una manera aguda lo ridículo de la situación. Era vulgar, odioso, pasearse en mangas de camisa y cinturón de salvamento sobre la cubierta de un barco torpedeado.

Porque ahora lo sabía. Había oído a los pasajeros hablar entre ellos mientras corrían: habían sido atacados por unos submarinos. «Un error que ya no cometerán», había dicho Hugo Grayer el día anterior en el bar, olvidándose de que la naturaleza humana es falible, y la memoria del hombre, breve.

Se sentía rebajado al rango de los salvajes. Como si, de golpe, lo hubieran obligado a bailar, tatuado y con un anillo en la nariz. ¡Él era un hombre civilizado! Y, por momentos, le parecía que seguía soñando. Sí, todo eso era incoherente, la rapidez brutal, la desmesura de las pesadillas y hasta esos colores que sólo se ven en sueños: tinta violeta de las tinieblas, lívidas claridades de las linternas, reflejos, remolinos, destellos cegadores. Los pasajeros esperaban, divididos en pequeños grupos, en el lugar donde sus botes de salvamento debían descender de la cubierta superior. Hugo vio brillar en las sombras diamantes sobre manos desnudas. Ahí estaban los de su clan, y se unió a ellos. Las mujeres se habían puesto los abrigos de piel sobre las camisas, y también sus joyas, sintiéndolas más seguras así, sobre ellas, sobre su piel, que en los cofres que podían lanzar al saltar al mar.

Hugo se acomodó de manera mecánica el chaleco salvavidas y miró el agua negra. Los primeros botes estaban bajando cuando repercutió el primer cañonazo. Bajo las narices sorprendidas de Hugo pasó el olor a pólvora que nunca había olido y que, sin embargo, algo en él reconoció: un olor violento y grosero, pero que inspiraba menos terror que una excitación sorda. Un escalofrío lo recorrió por completo desde sus pies estrechos hasta sus manos pálidas, y le pareció que la muerte se acercaba a él para tocarlo, soplaba en su boca y lo agarraba del pelo. Resonaron gritos de dolor y de espanto muy cerca de él. Un segundo cañonazo, un tercero.

Una mano invisible amasaba, sacudía y mezclaba todo a la vez a ese grupo de personas hasta ahora distintas, como se agitan los diferentes alcoholes en una coctelera. Pasajeros de lujo y de tercera clase, mujeres en abrigo de visón, niñitos judeo-alemanes que una asociación estadounidense quería establecer en un orfanato de Uruguay, todos juntos, ahora, corrían, se chocaban, se lanzaban a los botes, mientras éstos bajaban lentamente al mar. Un obús pasó cerca de Hugo. No lo tocó, pero alguien cayó y lo arrastró en la caída.

En ese instante, como cuando un escenario se ilumina con los focos de un proyector, igual, con un resplandor horrible y teatral, se elevó la luna. Hugo vio en el suelo a una mujer cortada en dos. Una cabeza de pelo negro, con argollas de plata en las orejas, y el tronco estaban intactos; las piernas, arrancadas. Se escucharon gritos: «¡El torpedo!», y la muchedumbre se abalanzó por estribor, el lado opuesto al choque esperado. Parecía formar un solo ser, tembloroso como un animal bajo la amenaza de un latigazo. Hugo se levantó y corrió más lejos. El primer torpedo no los había tocado.Vino el segundo. Parecía extraño seguir viviendo. El segundo penetró en la parte delantera del navío.

Quedaban pocas embarcaciones útiles: los obuses habían destrozado las chalupas y matado a los marineros. Hugo comprendió que no encontraría lugar; había demasiadas mujeres y niños a bordo. Saltó al mar. No sabía nadar. Mantenido a flote por su chaleco salvavidas, hizo vanos y dolorosos esfuerzos por alejarse del barco. Las olas jugaban con él, lanzándolo de una a otra con una irónica condescendencia.

Pasó una chalupa. Nadie lo vio. Por fin lo vieron. Era una balsa que llevaba a algunos marinos. Habían salvado a mujeres y a niños que flotaban en el mar, y a Hugo. Querían alejarse del barco torpedeado, pero el viento dificultaba las maniobras: permanecían cerca de él, terriblemente cerca... No tenían tiempo de ocuparse de los sobrevivientes tendidos a sus pies. Hugo se había lastimado la cadera al saltar al agua. Se había acostado entre los demás, mojados como él, helados como él, aturdidos como él, y que no podían ayudarlo. Vio a su lado a dos chiquillas. Sin duda formaban parte del grupo de huérfanos en ruta hacia Uruguay; su pelo mojado colgaba de sus caras lívidas. No podía darles nada. Quiso hablarles, calmarlas. No respondían, no entendían. Como él, esperaban la muerte porque el barco todavía flotaba, pero empezaba a tambalearse, y la balsa desaparecería con él; los remolinos la arrastrarían.

Pasaban las horas, lentas e incoherentes como una noche de fiebre. Temblaba de frío. El viento que le había parecido tan suave era, en realidad, áspero y helado. Pronto llegaría el día.

Preguntó a uno de los marineros:

–¿Muchas víctimas?

No sabía. Una mujer sentada cerca de Hugo, una de las empleadas, sin duda, porque se dirigió a él de usted, respondió:

–Señor, no puede imaginarse cuántos muertos he visto...

El barco seguía a flote. Fascinado, miraba ese casco negro que, muy pronto, se sumergiría como un pez indiferente y se hundiría con ellos. ¿Hugo temía a la muerte? No –había pensado siempre–, pero una cosa es ver la muerte al borde de un largo camino, final natural de una larga vida feliz, y otra es decirse que esta misma noche, esta misma mañana, estos mismos instantes son los últimos. ¡Y qué muerte! A la luz del alba, miró el agua.

Era espantosa. Parecía labrada por el viento, que hacía subir a su superficie una suerte de limo invisible a la luz o desde lo alto de los barcos; la espuma, las hierbas marinas, miles de restos que yacían allí desde el día anterior o desde el comienzo de los siglos formaban un fango líquido, verdoso, que Hugo contemplaba con horror. ¿Dónde estaba el mar fresco de las mañanas de septiembre en las playas de Francia? Entonces, ¿eso era lo que ocultaba bajo sus profundidades? Por todas partes, las olas lo levantaban y volvían a caer alrededor de él, y el humo, las sombras, los fantasmas subían hacia él.

Por momentos, el sentimiento de estupor volvía. Pero ¿qué hacía allí? ¡Él, Hugo Grayer, víctima de la guerra, qué escarnio! Con cada ola, pensaba: «¡Esta vez, es el final!». Pero la balsa resistía. No se hundía, aunque tampoco avanzaba.

«Si pudiera remar, sería mejor», pensó Hugo.

Pero ¿dónde encontraría la fuerza para tomar los remos? Le dolía la cadera... Le parecía que estaba acostado allí desde hacía semanas, desde hacía largos meses, y, por destellos, la razón le volvía y le decía que el día apenas estaba naciendo, que el torpedeo había tenido lugar en plena noche, que no sufría así sino desde hacía unas horas, el lapso de tiempo que antes había separado un desayuno de una cena, una visita de un concierto, un placer de otro placer. ¡Cinco, seis horas apenas! ¡Qué corto era! ¡Qué largo era! ¡Qué largo era el tiempo en el que cada segundo es secretado como el sudor de la angustia! ¡Cuánto frío tenía! De repente, su pecho se levantó; vomitaba. Quiso darse la vuelta por pudor, pero su cuello inerte ya no se movía; se quedó acostado, vomitando sobre él como un animal.

–El señor está enfermo –dijo con piedad la mujer que estaba sentada cerca de él.

La espantosa arcada lo había aliviado por un segundo. Pudo responder:

–No, no es nada...

Recordó de golpe que antes –¿un siglo antes o era el día anterior?– le había dicho a alguien –¿a Magda?, ¿a otra?– que hubiera recibido curiosidad por saber qué sentimientos despertaba el peligro extremo. Ahora lo sabía. También sabía que no todo estaba perdido de inmediato, que la vergüenza, la piedad y la solidaridad humanas permanecían largo tiempo en el corazón. Por haber respondido con moderación, con dignidad, se sintió reconfortado. Quiso hacerlo mejor todavía. Exhaló con dificultad:

–Gracias.

–Tiene mucho frío, señor...

Ya no le hablaba de usted. Lo tomó de las manos. Sostenía entre los suyos los dedos pálidos e inertes de Hugo; los apretó, los frotó con suavidad, levantándolos uno tras otro... Una capacidad ilimitada de sufrimiento habitaba ese pobre cuerpo.

Su cadera estaba machacada con una sabia y cruel tenacidad, como si un crustáceo dotado de inteligencia y maldad hubiera hurgado en ella con sus pinzas. El mal de mar aumentaba más todavía la sensación espantosa de frío y abandono que sentía. El día iba pasando. Se dormía. Gritaba. Y nadie podía ayudarlo. Lo miraban con piedad. Era todo lo que podían hacer por él. ¡Al diablo su piedad! Él también miraba con piedad a esos soldados franceses que iban a combatir. ¡Basta, ahora, basta! ¡Que esta turbulencia se detenga! ¡Que haga calor por fin! ¡Que cese de ver delante de él esos rostros de chiquillas, pálidas e inmóviles como peces muertos! ¡Que todas las desgracias parezcan soportables cuando les toquen a otros! ¡Que el cuerpo humano parezca fuerte cuando es la carne de otro la que sangra! ¡Qué fácil es mirar a la muerte de frente cuando es a otro hombre al que se le acerca! ¡Y bien! Ahora era su turno. Ya no se trataba del de un niño chino, del de una mujer española, del de un judío de Europa central, del de esos pobres y encantadores franceses, sino el de él, el de Hugo Grayer. ¡Se trataba de su cuerpo ovillado en la espuma del mar y de los vómitos, congelado, solitario, desgraciado, tembloroso! Cómo había mirado, y después rozado con una mano apacible, antes de meterse en la cama, esos diarios que contenían los relatos de los bombardeos, de los torpedeos, de los incendios. ¡Ah!, había demasiados, la misma piedad se agotaba. Así, mañana, gente seria y tranquila contemplaría por un instante la imagen de un mar monótono y liso donde flota una chatarra, y no se perderían por eso ni un bocado de pan, ni un sorbo de vino, ni una hora de sueño. Él estaría hinchado de agua, comido por animales marinos, y en un cine de Nueva York o de Buenos Aires pasarían por la pantalla: «¡El primer barco neutral torpedeado en esta guerra!». Pero eso sería antiguo y olvidado, y no le interesaría a nadie. La gente pensaría en sus asuntos, en sus enfermedades, en sus preocupaciones. Los muchachos abrazarían en la penumbra a las muchachas por la cintura; los niños comerían caramelos.

¡Era espantoso, injusto! Esas multitudes se parecían a las aves de corral que dejan degollar a sus madres, a sus hermanas, y siguen cacareando y picoteando los granos, sin comprender que es esa pasividad, ese consentimiento interior lo que las entregaría, a ellas también, a una mano fuerte y dura. Él, Hugo –pensó de repente–, siempre había proclamado que la violencia era detestable, que había que oponerse al mal. ¿No lo había dicho? Tal vez no había tenido tiempo de decirlo, pero una cosa era segura: ¡siempre lo había pensado, profesado, creído! Y ahora estaba en esta situación espantosa, mientras que otros... Otros sentirían a su vez exquisitos escrúpulos, se engalanarían de bondadosa neutralidad, saborearían una deliciosa quietud.

Mientras tanto, pasaban las horas...

En razón de las circunstancias (1939)

Habían pasado esas noches de septiembre, al comienzo de la guerra, cuando sobre la ciudad desierta y caliente, en un cielo de cristal verde, subían y nadaban lentamente las «salchichas» plateadas como gordos peces ciegos. Ahora era invierno. París formaba un abismo negro por debajo del firmamento, que, por contraste, parecía casi lejano. A pesar de la hora, a pesar de la lluvia, a pesar de la bruma, una temerosa luz palpitó en una claraboya* y se apagó. París, adormecida, preparada para todo, con sus armas a su lado, respiraba despacio en la penumbra.

La madre no podía dormir. Caminaba de la puerta a la ventana en el salón oscuro y pensaba en Aline, su adorada hija, que se había casado esa misma mañana. Una jornada agotadora, pensaba Marie-Louise Seurat. Pronto diciembre, y hace calor, casi sofocante. En efecto, el matrimonio se había celebrado en la intimidad y no había habido ni recepción ni *lunch*. Una breve ceremonia en el municipio; una misa, una copa de champán para los testigos y los padres del novio. A pesar de eso, estaba extenuada; por poco se había pe-

* Esta palabra es poco legible en el manuscrito, pero una redacción tachada de esta misma oración indica: «una claraboya brilló y se apagó rápidamente». (*N. de E.*)

leado con Aline, que se había peinado a la diabla, vestida quién sabía cómo. El día de su boda... ¡Extraña criatura! Y no parecía lamentar la falta de nada, ni las damas de honor, ni el velo, ni nada del aparato solemne un poco ridículo y conmovedor de las uniones burguesas. Y, dentro de cuarenta y ocho horas, estaría sola, pobre pequeña, porque Gilles se iba a la guerra, el lunes mismo. En fin, la pequeña había querido eso. No servía de nada, esos días, hacer entrar en razón a la juventud.

«Ya estoy hablando como mi propia madre», pensó de golpe Marie-Louise Seurat, recordando los suspiros similares que se le escapaban de los labios cerrados desde hacía tiempo... ¿Desde hacía tiempo? No tanto tiempo. Fue durante la otra guerra. «Supongo que, para Aline, esos años de la otra guerra, ¿son tiempos prehistóricos?».

Un sentimiento de leve acidez y de ternura contraída, dolorosa, le invadió el corazón. Se secó las lágrimas. Su marido la llamó desde la habitación contigua:

–¿No vienes a acostarte?

–Dentro de un rato, en un rato –le respondió.

–Pero ¿qué estás haciendo?

–Escribo una pequeña nota para el diario *Le Figaro*.

–¿No crees –dijo Georges con una voz paciente y cansada– que tendrás tiempo de escribirla mañana?

Ella no dijo nada. A menudo, tenía que quedarse callada por un segundo antes de responder a su marido, porque, a su pesar, un movimiento de ira la atravesaba cuando escuchaba la voz humilde y amorosa, y por nada del mundo hubiera traicionado ese singular e inexplicable resentimiento. Querido Georges..., tan bueno... Lo quería tanto... Formaban una pareja modelo. «A los Seurat, ¿los conoce bien? Oh, gente encantadora, tan unidos...». Sí, estaban muy unidos. Pero él tenía una manera de dirigirse a ella, con timidez, con reverencia, con resignación, como a una divinidad caprichosa y un poco temible, que la irritaba. Sí, era eso, estaba irritada esa noche. Querido Georges... Lo quería tanto.

Contó mentalmente hasta cinco y dijo con alegría:

–Voy, mi amor.

Era una mujer rubia, dulce, un poco regordeta, con hermosos ojos azules, tiernos, apenas ensanchada tras cuatro maternidades. Su boca era apasionada y buena, sus grandes ojos azules tenían una expresión maliciosa y cándida. Su nariz era pequeña; su mentón, un poco fuerte, parecía indolente. Una sonrisa afable y graciosa, más bien resignada que brillante, se depositaba sobre sus rasgos; se parecía a un melocotón sabroso y magullado, recubierto de azúcar y de crema: un plato excelente aunque un poco desabrido hasta que se penetra en el corazón mismo de la fruta, esa almendra un poco amarga que oculta. Tenía lindos brazos redondos, una estatura agradable, marcada por tres círculos marrones que arañaban la piel fina. Llevaba una bata de terciopelo muy abrigada y muy larga, en previsión de las alertas nocturnas; una redecilla de seda contenía su pelo.

–Ven, querida –repitió al cabo de un instante la voz de Georges.

Suspiró de modo imperceptible, volvió a su habitación, se sentó en el borde de la cama.

–Veamos, ¿qué dirías de... «La boda del señor Gilles Barcy con la señorita Aline Pecquet se celebró el 28 de noviembre en la más estricta intimidad, en razón de las circunstancias»...?

–Está perfecto, mi amor.

Con distracción, ella acarició el fino pelo de Georges.

–Qué vacío en esta casa...

Los otros tres hijos estaban en el campo, a resguardo. Qué grande y silencioso parecía el apartamento parisino. Georges Seurat no había podido marcharse de París, retenido por su trabajo, y Marie-Louise no había querido dejarlo solo: tenía una salud delicada y estaba tan triste, tan perdido... Ella lo sabía. Pero su corazón estaba con los tres niños, que estaban solos. El mayor tenía doce años; el más joven, siete.

–Aline te hará compañía cuando su marido se haya ido...

–Oh, Aline...

–Ella te adora...

–Tiene un buen corazón, pero es tan poco expansiva...

–Sin duda –dijo Georges con una voz un poco baja, un poco pálido, como siempre que abordaba el tema candente, el tema prohibido–, sin duda es el carácter de su pobre padre...

«Después de trece años de unión», pensó Marie-Louise, «mi primer matrimonio es todavía una fuente de emoción, de tristeza para él. No me quiere hablar de eso, y a su pesar... Si supiera cómo todo eso está tan lejos de mí, estaba lejos, al menos, hasta estos últimos días».

Cuando Georges le hablaba de esa época pasada, ella desviaba la conversación, en general, como se impide a un perro que se muerda la pata herida. Era el caso hoy también... Su viejo marido..., celoso, y celoso de un muerto. A veces, ella respondía con dulzura: «Está muerto, amor...», lo que podía significar: «No puedo condenarlo ni quejarme de él dado que está muerto», pero ella lo decía en un tono tranquilizador, como si le hubiera recordado a Georges que ya no tenía nada que temer, que el rival desconocido, el primer marido, el padre de Aline estaba muerto.

Esa noche tenía ganas de hablar de ese primer matrimonio. Era demasiado parecido al de Aline.

–Ella está cometiendo la misma estupidez que yo –dijo.

–Oh, la estupidez –murmuró Georges con un tono humilde y ávido.

Ella entendió; repitió con firmeza:

–Sí, una estupidez. Una no se casa con un amigo de la infancia que hasta entonces consideraba un buen compañero, una especie de primo y no otra cosa, simplemente porque hay una guerra. ¡Sabes?, yo...

Se quedó callada.

Él estaba extraordinariamente atento, sentado en la cama, con la mirada baja pero la boca temblorosa. Ella lo miró; es tan extraño que una mire de verdad, profundamente, a un hombre que vive con una, que duerme con una desde hace quince años. Qué delgado y pálido, y viejo de un modo precoz, y consumido por algún tormento secreto. Pobre Georges. Estaba tan preocupado y tan agobiado por los negocios... En momentos más felices, se preocupaba por lo que podría suceder de funesto. Temía a la enfermedad en épocas de buena salud, a la ruina en tiempos de prosperidad; esperaba la guerra antes del advenimiento de Hitler, cada año en los primeros días de la primavera. Ahora que había llegado, parecía más tranquilo: todo estaba perdido, no había más nada que hacer. Pero, en verdad, había envejecido diez años, pensó su mujer mientras le tomaba la mano. Se quedaron un instante sin hablar, mientras fuera las doce campanadas de medianoche sonaban despacio sobre la ciudad negra.

–Pensaba hace un rato que el cielo parecía aclararse. Ojalá que no haya alertas... Son idiotas, estos chiquillos, por haber querido pasar la noche en París, pero es la edad en la que la sospecha del peligro da tanto placer, le da tanto sabor al amor –dijo, bajando la voz.

–No va a haber alertas. Qué emocionada estás.

A veces se quedaban sorprendidos de oír ruidos familiares: el reloj del liceo Janson-de-Sailly, en el silencio negro, y en el apartamento desierto, ese ruido que antes no se oía: el estertor de los conductos de agua. En general, todos los ruidos son mucho más fuertes que antes: pasos en el apartamento de abajo, donde sólo vive una vieja empleada doméstica, ese paso que resuena tan fuerte porque quitaron las alfombras.

–Me da pena que pase así, que Aline no haya tenido su tiempo de disfrute, su momento de felicidad, fuerte, inocente, el compromiso, la recepción, los regalos, el cortejo a la iglesia. Ni siquiera ha estado comprometida quince días…

Él protestó, despacito.

–Oh, quince… Este otoño, cuando Gilles se fue, no había nada entre ellos.

–Pero sí, Georges. Estoy segura. Veamos, lo sospechaba de todos modos. Después hubo algunas cartas, y el 19 de noviembre, para ser exacta, nos anunció que iba a casarse. Todo lo que pudimos decir o hacer. Se casaron hoy, 29 de noviembre, y estuvieron comprometidos catorce días.

–Pero eso no tiene ninguna importancia. Se conocían de mucho antes.

–Sí, como se puede conocer a un amigo, a un buen compañero. ¿Qué tiene que ver eso con el amor, te pregunto? ¡Y él es tan joven…! Es muy simple: ella se va a encontrar, dentro de seis meses, casada con un desconocido. ¡Te estás riendo, Georges! No hay de qué reírse, te lo aseguro. Es mi historia la que se repite aquí.

Bajó la mirada.

–Sabes –dijo él, articulando las palabras con dificultad– que nunca me contaste exactamente… tu primer matrimonio.

–Pero ¿yo pensaba en eso, siquiera? –murmuró ella, alzando los hombros con una expresión agotada e irritada–.

Los hombres tenéis una memoria terrible. Una mujer, ¿sabes?, olvida tan bien... La felicidad y la desgracia.

–Pero no fuiste feliz, ¿no es cierto? ¿No fuiste feliz?

–Pues no, no.

Buscó con qué gesto vehemente le podría dar más peso, más intensidad a sus palabras. Repitió «no», cortando el aire con su mano apretada como si cortara el pasado y lo tirara a la nada.

–Lo sabes bien. Veamos, Georges, te lo he dicho...

–Crees habérmelo dicho. Pero acuéstate, estás pillando frío –dijo él con un acento de plegaria.

Ella, no obstante, no podía permanecer en su sitio; iba y venía con nerviosismo. Entró en la habitación de Aline, se acercó a la cama vacía. Después abrió la ventana y contempló una vez más esa noche abismal que nadie nunca se cansaba de ver en los primeros tiempos de la guerra, desde abajo, desde la calle. Eso no daba una impresión de oscuridad tan profunda como desde el sexto piso. Los recuerdos de la otra guerra resucitaban en ella. ¿Por qué le había dicho a Georges que una mujer olvidaba con facilidad el pasado? Pensó de repente que ella solía mentirle sin ninguna otra razón más que una especie de pudor. Y no, no se olvida. Una mujer no olvida nada, al contrario, y eso es mucho más fuerte, mucho más terrible que en los hombres, pensó, porque no es su razón la que recuerda, sino las mismas profundidades de las entrañas.

«Así, olvidé... Sí, pero... todavía ahora, a veces, con un timbre más fuerte, prolongado, más brutal, siento latir mi corazón. Me acuerdo de los timbres imperiosos de René, las noches en las que llegaba con un permiso, sin sorprenderme... Y esa sensibilidad particular al tiempo del día siguiente... Cuando adivino, sin nunca equivocarme, la lluvia o la nieve, por la noche nos reímos, Georges primero. Si él supiera cuántas noches me quedé así como hoy en la ventana, sintiendo casi en mis huesos el frío que hacía en la trinchera, la humedad que lo atravesaba, a él».

Oyó la voz inquieta de Georges.

–Ten cuidado. Estoy seguro de que se ve la luz…

–Pero no, por favor.

Corrió las cortinas, volvió a su habitación, se acostó.

–¿No puedes dormir?

–No. Tú tampoco, Georges. Enciende, ¿quieres?

Obedeció. Se sentía helada; le temblaban los dientes. «Tengo un poco de fiebre», pensó ella.

No lo dijo. ¡Dios mío, si Georges la creyera enferma, qué lío! Nunca se había quedado en la cama un día entero, durante sus trece años de matrimonio, salvo por el nacimiento de los niños. No tenía el derecho de fallar en ese punto. Le parecía a veces que le infundía su propia salud, su vigor, y que el día en que cesara de hacerlo él moriría. Él dependía de ella.

Era raro. Los que lo conocían lo consideraban un hombre frío, distante, un poco severo. Era la única que sabía que sobre ese corazón ella reinaba sin reservas.

Con la lámpara encendida, ella le sonrió.

–Te gustaría saber toda esa vieja aventura, ¿eh? –dijo ella de golpe.

De nuevo, él bajó los párpados. Nunca la miraba a los ojos cuando le hablaba del pasado.

–Y bien…, sabes que René y yo éramos amigos de la infancia, como Aline y Gilles, y nunca tuve hacia él un pensamiento amoroso. Después, en 1914, se fue, y entonces, el tiempo, la distancia, los riesgos que él corría, todo eso transformó el recuerdo que conservaba de él, lo mezcló con respeto… No sé cómo decírtelo… ¿Te acuerdas? En esa época era como hoy. Se iba un hombre común. Estábamos seguros, no sabíamos por qué, de que allí se volvía sobrenatural, un héroe, y era de hecho la verdad, se transformaba extrañamente, terriblemente en otro. Así, me acuerdo de su primer permiso. Sus padres eran mayores. Habían tenido la más tranquila de las existencias. Para festejar el regreso de René le pagaron una entrada para el circo, igual que a su hermana y a mí también. Habían buscado por mucho tiempo lo que podría procurarle mayor placer a su hijo, y habían encontrado el circo, como a los ocho años. Creo que nunca olvidaré esa noche, ese palco rojo y dorado, esos caballos brillantes con sus plumas rosa sobre la cabeza, y a René entre dos niños, ¡con la cara crispada por los bostezos contenidos! Y los padres murmuraban detrás de nosotros: «¡Pero no parece divertirse! ¿Qué tiene? ¡Qué difícil es complacerlo…!». Yo, esa noche, creo, me sentí por primera vez enamorada. Calculaba muy bien la enorme diferencia que había entre nosotros. El circo me seguía divirtiendo, pero a él… ¡Era un hombre, un héroe victorioso! Qué guapo me parecía y cómo lo quería. Y era guapo y digno de ser amado –dijo ella sin notar el estremecimiento que recorría el flaco rostro de Georges–; salvo que me encontraba muy lejos de él. Tan lejos que no lográbamos comprendernos. Todo lo que él había visto, todo lo que había soportado, todas esas nuevas costumbres, todos esos nuevos deseos, y yo seguía siendo la misma. ¡A mí no me habían arrancado de mi familia para ser lanzada al infierno! No había dormido en el lodo, no había visto sangre, ni muertos. Entonces, con él, avanzaba a tientas, en las tinieblas, sin comprender. Le hablaba del pasado, de nuestras pequeñas alegrías, de nuestras peleas. Tenía una manera de mirarme…

Se quedó callada. Volvía a ver en su memoria ese rostro que en agosto de 1914 era el de un muchacho mofletudo, con mejillas morenas y rosadas, que se había transformado poco a poco en una máscara huesuda y dura. ¿Cómo expresar, cómo explicar a Georges esa mirada de René, su ironía, su desencanto y una ira profunda y viril, con algunas de las palabras que ella decía, y por otros momentos esa tierna, esa despreciable piedad…?

–Nos casamos. Él me encontraba encantadora, muy fresca. «Cuando te beso, me parece que bebo un vaso de agua de manantial», decía. Pero en cada uno de sus regresos se volvía todavía más extraño, más lejano, más extranjero. Se parecía al René de 1914 como un hombre se parece al niño que ha sido. En el fondo, te digo muchas palabras para explicar una cosa muy simple. Habíamos tenido la misma edad. Ahora, él era viejo. ¿Tal vez la edad que tenemos se mide menos por el día del nacimiento que por el día de la muerte? Debía morir a los veinte años. Parecía que alguien se apuraba por llevarlo a la madurez para cosecharlo rápido, como una fruta. Y yo…, qué torpe era. A veces le hablaba de la guerra; respondía con mal carácter, y lo más común era que no respondiera. Recuerdas, incluso después, cuando todo se acabó, los excombatientes nunca hablaban de la guerra. Y los elogiaban mucho por su reserva, por su pudor. A veces pensé que, si no hablaban, era porque nadie, en el fondo, les preguntaba. Nosotras, las mujeres, no les preguntábamos, porque, primero, teníamos miedo: era demasiado salvaje, demasiado horrible, demasiado triste y cruel… Y luego una mujer está siempre celosa de la guerra. Que puedan vivir sin nosotras, que se consuelen con sus camaradas y su trabajo, que esas manos cumplan una acción de muerte, que existan sin caricias, sin ser mimados, cuidados, eso nos choca y nos subleva, como si nuestros hijos nos abandonaran. Yo trataba sin cesar de atraerlo hacia mí, hacia las pequeñas cosas, los pequeños pensamientos, los deberes estrechos, esos almuerzos del domingo en familia, y el nuevo sombrerito, y las historias de las empleadas domésticas, y los buenos platos que a él le gustaban. Si tan sólo hubiera sido más viejo, no de alma, sino de cuerpo, si hubiera sido mi marido desde algunos años atrás, si yo hubiera tenido el tiempo de moldearlo, de feminizarlo, de enternecerlo –sabes, las mujeres destacamos en eso–, ¡ah!, yo hubiera sido más fuerte que el trabajo, más fuerte que la guerra. Pero no era así. Tenía una concepción de la vida patética, brillante y dura que me consternaba. Todo lo que fuera refinamiento, ternura, lujo, tenía una manera de dispersarlo con la mano diciendo: «¡Ninguna importancia!». Eran sus palabras favoritas. Las pronunciaba rápido y por lo bajo, con los dientes apretados. Para él, lo que tenía importancia era la pena de los hombres, sus condiciones de vida, el futuro de Francia, la posguerra. Yo soy una simple mujer. Lo que me gustaba eran las pequeñas cosas de la vida: los vestidos, las flores, las charlas, los paseos.

Jugaba distraídamente con el borde de la sábana. Pensaba: «En el amor, deseaba a otra mujer, apasionada y seria. Y tenía tanto apetito por vivir: presentía su muerte. ¿Qué era para él...: una mujer, una única pobre mujer, la suya? Un día, me dijo: "Ya no puedo leer libros de viaje". Le respondí: "Pero viajaremos". Entonces, él: "No, no, demasiado tarde".

Ella dijo en voz alta:

–¡Ah! ¡Nunca deberían dejarte! ¡Deberían cuidarte sin cesar, como a los niños, de cerca! Prohibirte que disfrutes de los placeres de hombre, tus crueles alegrías.

–Me has cuidado...

Ella murmuró:

–Oh, tú…

Pareció volver a ella. Poco a poco, su rostro pálido y contraído encontró su aspecto de dulzura amable, de felicidad delicada, su sonrisa.

–Es cierto. Tú, mi amor, eres un esposo modelo. Me has hecho muy feliz. El destino me debía esta compensación. Pero ese pobre René… A veces he pensado que, si no lo hubieran matado, en el 17, me hubiera dejado. Aborrecía la vida burguesa. En su último permiso, sin embargo…

Desvió la mirada y concluyó rápido:

–Qué tierno se puso esa última noche… «Verás, amor, volveré y seremos felices juntos. Tú tienes razón», me decía. «Todos, allí, empezamos a creer que los obuses, los torpedos, las llamas son las únicas realidades, y vosotras parecéis tan pequeñas, entonces, con vuestras preocupaciones nimias, eran pequeñas alegrías. Y, a veces, nos enfadamos. Querríamos sacudir a la gente por los hombros, decirles: "Pero, bestias imbéciles, cómo podéis seguir viviendo, comiendo, durmiendo, cuando está esto, este infierno donde nos sumergen y de donde nos sacan en fechas fijas como peces de un acuario…". ¿Y vosotras, que si se os rompen las medias, que la torta que no estaba bien cocinada y que la tía Lucie que se va a ofender si no voy a visitarla…? Pero, en el fondo, tenéis razón, ¡tú la tienes! La guerra no es más que un accidente. La muerte no es más que un accidente. Lo que queda, lo que es eterno, lo que no se olvidará, es esto, esto y esto», me decía, y tocaba, me acuerdo, el encaje de mi camisón, las sábanas bordadas y un dibujo de flores sobre la cretona de las paredes. Era su último permiso. Lo mataron al mes siguiente. Cuando tuve a Aline…

Ella se interrumpió, miró a Georges con aire quejoso y sorprendido.

–Nunca supe cómo tratar a Aline. ¿Me decías que se parecía a su padre? No, yo era así en mi forma de ser, con uno y otro, tanto con el padre como con la hija. Trasladé a Aline los sentimientos de amor torpe y de terror que me inspiraba mi marido. Quería que se acercara a mí todo el tiempo, que se pareciera a mí. Con los otros niños fui más sensata, ¿no es cierto?

–Eres la mejor de las madres. Los niños te adoran.

–Nunca supe manejar a Aline –repitió con tristeza.

Se quedaron callados.

–En resumen, tuve una triste juventud –dijo ella.

Él pensaba: «¡Si yo la quise tanto, tal vez sea por ese héroe misterioso que la poseyó! Porque yo no fui a la guerra. Oh, no fue mi culpa. Siempre tuve una salud delicada. Me enviaron a rasguñar papel en una oficina en Carcassonne. Era lo mejor que podía hacer. Sabía de su conducta en el frente, sus distinciones, su calma, su coraje. Lo admiraba. Lo celaba. Pero él no pudo hacer feliz a esta mujer, mientras que yo…».

En voz muy baja, casi avergonzada, él le murmuró al oído:

–Cuando lo mataron, lo amabas, por supuesto… Pero ¿ya no estabas…, ya no estabas enamorada, Marie-Louise?

Ella le dirigió una mirada distraída y brillante.

–¿Todavía sigo pensando en todo eso? –dijo con impaciencia–. Sólo pienso en Aline en este instante; tengo miedo por ella. ¡Ojalá que Gilles la comprenda! ¡Ojalá que sea un buen marido! ¡Que sea amada mi hijita! ¡Que sea la primera en su corazón! ¡Que no tenga otros deseos, otros sueños más que el de hacerla feliz como tú has sabido hacerme feliz, mi amor!

Ella lo sintió estremecerse contra ella.

–Marie-Louise, sólo he vivido para ti… Mi trabajo, mi ambición, mis logros sociales, materiales, ¿qué sé yo? Todo eso no era más que en función de tu existencia, de tu felicidad... Los niños, y... incluso a los niños los quiero primero porque son tuyos, ¡y lo sabes! Sabes que amo a los niños tanto como a Aline, de quien no soy el padre. ¿Entiendes, sientes que pocas mujeres han sido amadas tan locamente como tú? ¿Me lo reconoces un poco? –dijo más bajo–. Hablabas de ese pobre René...

Ella no pudo reprimir un movimiento de irritación. ¿Por qué siempre decía «ese pobre René»? ¡Eso no le hubiera gustado! Era tan orgulloso. Era una marca de desprecio, pensó. ¡Ese muchacho que había muerto tan joven no le inspiraba la extraña piedad que se le tiene a los muertos! Lo imaginaba helado, altanero, indiferente, pero todavía vivo, en alguna parte cerca de ella, en las tinieblas, mirándolos con su extraña sonrisa y esa ira oscura en el fondo de sus ojos. Qué rápido lo había olvidado. ¡Cómo había bailado después de la guerra! ¡Qué rápido se había vuelto a casar! ¡Qué ganas de vivir! «A René, lo conocí apenas, lo quise apena», pensaba, «nos separaron tan rápido...».Y a veces con una ira sorda, había pensado: «¿Qué hubiera querido de mí? ¿Que le fuera eternamente fiel? ¿Por qué? ¿Porque murió en la guerra? La guerra es una cosa, y la vida es otra. ¿Y por qué se burla de Georges?», pensaba, como si René hubiese estado vivo. «Georges es frágil, pero es bueno y me ama. Las mujeres necesitan ser las preferidas. No queremos abrazar a seres de acero y fuego, sino a hombres simples y amorosos. ¿Un héroe? ¿Para que le guste la aventura, la guerra, la camaradería más que nosotras? ¡No gracias, no gracias! Es cómico, con gusto queremos que nuestros hijos sean héroes, pero para amantes... o, entonces, que se olviden por nosotras de su heroísmo, que nos pongan por encima de él y con él, que nos lo traigan como un homenaje. No, no quería a René», pensó. «No fui feliz con él».

De repente, se dio cuenta de que Georges seguía hablando con mucha pasión, pero sólo había oído el sonido de su voz, y no el sentido de sus palabras.

–Dime, ¿sabes que son las tres de la mañana?

Él se calló.

–Abre la ventana, ¿quieres? Lo olvidé…

Se levantó y, con los pies desnudos sobre la alfombra, fue a abrir la ventana a tientas. Cuando volvió a su lado, ella ya dormía.

A las ocho de la mañana, una llamada telefónica despertó a Marie-Louise. Era Aline. Se iba con Gilles. Lo iba a acompañar –decía– hasta Blois, donde él debía unirse al ejército. Salía de París dentro de media hora. Quería decir adiós a su querida madre, asegurarle que era feliz.

Su voz había cambiado, pensó la madre; era vibrante y grave. Se despidieron. Marie-Louise, con pasión, pensó: «¡Pero si soy yo, es mi juventud! ¡Es la felicidad que yo no pude tener! Esta guerra no se parecerá a la otra. Él volverá. ¿No es cierto, René?», murmuró con fervor, dirigiéndose a lo invisible.

En esta antecámara oscura –todavía no habían corrido las pesadas cortinas oscuras que cubrían todas las luces–, la embargó un extraño sentimiento de felicidad, una profunda convicción de que la muerte no existía, de que René estaba cerca de ella, de que lo volvería a ver algún día, al único hombre que había amado.

Oía la respiración de Georges, dormido. ¿Georges…? Oh, sí…, lo había olvidado. Entendió de repente lo que le había faltado durante toda su existencia. Él la había amado, pero ¿eso qué significa? «Los otros no pueden darnos nada; no nos afectan», pensó ella. «Lo que cuenta es la fuente que brota de una misma, de su propio corazón».

Vislumbraba como un rayo de claridad furtivo que se escapaba de una gran luz brillante, una compensación, una justicia, en el hecho de que Aline volviera a empezar la vida que había sido la de su madre, pero con posibilidades de felicidad.

Volvió a su cama caliente, se acostó al lado de Georges, pero su pensamiento infiel lo rehuía, se unía al hombre de su juventud, le hablaba, le aseguraba su amor como si estuviera vivo.

Se quedó dormida.

La otra muchacha
(1940)

Gilberte empuja con tanta fuerza la puerta del negocio que el timbre tintinea sin parar.

Son las cuatro de la tarde, en el aire flota el olor a leche. Sopla un viento frío desde las colinas.

El invierno ha sido largo y duro en el pueblo. Aparece la señorita Madeleine, la propietaria del Grand Trianon, sonríe a Gilberte:

–¿Todo el mundo está bien en su casa, señorita Gilberte?

–Sí, gracias –responde Gilberte–. ¿Todavía le queda lana azul como la que compré?

Gilberte tiene dieciséis años. Es rubia. Cuando pasa delante de un espejo, mira su imagen con aire tierno y orgulloso, se siente hermosa. Tiene los ojos grises, un poco redondos, todavía sorprendidos; un hermoso cuello delicado, una gran boca y grandes mejillas rosadas cubiertas de pelusa plateada. Se cree muy inteligente; cree que le gustan los hombres de treinta años, hastiados y cínicos. Cree que su madre se equivoca al prohibirle que use maquillaje.

Madeleine es una pequeña mujer de rostro marchito. Habla despacio, sin levantar la mirada, y a veces pronuncia una palabra por otra, como hacen las personas nerviosas o tímidas. Dice:

–Éstos son los peines que me quedan.

Se corrige:

–Las lanas, al menos.

Se ruboriza.

Gilberte suspira. ¡Por supuesto! ¡No hay nada en este agujero perdido! ¡Maldita ceguera de los padres que la fuerzan a quedarse en el campo, lejos del apartamento parisino, lejos del curso Clément-Marot, lejos de sus amigas, Odile y Chantal!

Gilberte menea la cabeza:

–No es del todo este color.

Gilberte no va a irse con las manos vacías. ¿Qué hacer por la noche, buen Dios, si ni siquiera se puede tejer?

Elige, pero sin placer, con lentitud.

–No se va a ir enseguida –dice la señorita Madeleine señalando la ventana.

Nieva. ¿Es que nunca se va a terminar el invierno?

–¡Es alegre!

La señorita Madeleine acerca una silla cerca de la estufa para Gilberte y se sienta ella misma sobre una silla plegable. Teje. Gilberte da tres vueltas por el negocio y golpea el suelo con sus pequeños e impacientes tacones. No queda más que esperar.

–Qué pésimo clima..., qué triste región... Pero, claro, ¿usted está acostumbrada?

–Sí... Pero no soy de aquí.

–¿Ah?

–No. Soy del norte. ¡Oh!, no es mucho mejor el clima allí. Vine a instalarme aquí después de la guerra..., la otra...

–Conozco el norte –dice Gilberte, queriendo ser amable–, pasé las vacaciones en Touquet, hace dos años.

–Sí. No es exactamente por esa zona... Es un pueblecito. Después de Charleroi, lo tomaron los alemanes, y después los franceses, y de nuevo lo ocuparon los alemanes.

–¿No pudo escaparse?

–No. Pasó tan rápido…, ya sabe. Y después, nosotros, en el norte, estamos tan apegados a la casa. Nos gusta más morir en casa. Pero ya ve, no era mi destino.

–¿Sufrió mucho durante la ocupación?

–Los alemanes tomaron a algunos de los habitantes como rehenes, pero no molestaron demasiado a los demás. Sólo que había bombardeos. Mi padre trabajaba en una fábrica de fosfatos. Me escondí en una de las galerías. Éramos cinco ahí dentro: mis padres, mi hermana, que tenía doce años (está casada ahora y vive en Lille), y un soldado francés.

Baja los ojos y, con voz emocionada, cuenta las hileras de su tejido.

–… Se habían quedado en la región…, heridos que no podían unirse a las tropas. A éste, lo había encontrado escondido en un matorral, no lejos de ahí. Le pude hablar y llevarlo hasta la galería. Era de noche…

Se quedó callada. ¿Qué vuelve a ver en su recuerdo? ¿La noche llena de angustias, las casas en ruinas, en llamas, el pálido rostro del soldado cerca del suyo? Las manos delgadas y desnudas, sin un anillo, tejen.

–Pero ¿corría el riesgo de que la atrapasen?

–Oh, ¿sabe?, no se piensa en todo eso. Lo pude esconder durante cuatro días. Llegué a encontrar un poco de comida. Mi madre me ayudaba. Pero estaba delirando. Al final, quería que lo tocase sólo yo, que sólo yo lo atendiera. Era un caballero. Me besaba la mano. Tenía una herida horrible.

Mi madre me decía: «Déjalo, pobre hija mía, está perdido». Pero yo me empeñaba. ¡Oh!, era testaruda, ya sabe. La última noche, estábamos solos, él y yo. Yo no dejaba de pensar: «Una hora más. Que viva una hora más…». Y: «Una hora más», y después: «Hasta que despunte el día…». Le rezaba a

Dios. Prometía... En fin, no se sabe qué es lo que se hace en esos momentos. También lo volvía loco el ruido del bombardeo. Y, por la mañana, los nuestros volvieron a recuperar el pueblo. Mi soldado todavía estaba vivo. Se lo llevaron.

–Pero, después de la guerra, ¿lo volvió a ver?

La señorita Madeleine meneó la cabeza, como si soñara.

–Tal vez murió después –dice Gilberte.

–Tal vez –murmura la señorita Madeleine.

Pero se ve bien que ella no lo cree, que es consciente de haber salvado al soldado para siempre y de todos los peligros, en esta vida y en la otra, y tal vez sea verdad.

–¿Y si los alemanes hubieran venido mientras usted lo cuidaba?

–¡Oh!, no hubiera permitido que lo tocaran. Yo tenía un revólver. Un hombre al que se cuida así es como un hijo. Nos dejaríamos matar sin ni siquiera pensarlo.

–Usted... ¿nunca pensó en casarse? –pregunta Gilberte.

–No me decía nada –responde despacio la señorita Madeleine.

Gilberte se queda callada, mira con dulzura el negocio. Mira el suelo desnudo, el mostrador, las tristes estanterías con cajas etiquetadas que contienen mercancías humildes y feas. ¡Días enteros de soledad al lado de la estufa con la gata! Hay noches de insomnio, sin duda, en las que constantemente vuelve el mismo sueño. Un recuerdo de gloria, de amor y de sangre. Porque ella fue heroica, esta pequeña mujer borroneada. Es cierto que le habían contado a Gilberte que, durante la otra guerra, estas cosas habían pasado. Sin duda, también ocurrirán en esta guerra. ¿Esta mujer tiene quejas? No, mil veces no, piensa Gilberte. En cuatro días, ella ha gastado la suma de las emociones humanas que se pueden encontrar en toda una existencia.

Gilberte no sabe qué decir. Nunca había pensado en tantas cosas: mira a la señorita Madeleine abriendo los ojos con un aire de admiración y de inocencia. Siente vergüenza de sí misma. Nunca sería capaz de tanto heroísmo, de semejante abnegación…

Murmura con timidez:

–¿Usted debía de tener mi edad en esa época?

–Un poco más, tal vez, señorita Gilberte, dieciocho años…

–¿Tiene un retrato de esa época?

–Sí –dice la señorita Madeleine, sorprendida–, ¿quiere verlo?

–Por favor…

La señorita Madeleine se levanta, va a la habitación de al lado, vuelve con una foto. Es un grupo familiar extendido. La tomaron dos meses antes de la guerra, en la boda de su hermano mayor.

Gilberte busca entre esos rostros uno cuya expresión ferviente y orgullosa responda al alma que lo habita. Pero la señorita Madeleine señala con el dedo a una muchacha, ni linda ni fea, que tiene un aspecto saludable, de candor y de malicia similar al de la propia Gilberte.

–¿Es usted?

Una muchacha común, que debía mirarse en el espejo y enfurruñarse, enojarse y tenerle miedo a un ratón.

Un sentimiento de orgullo muy dulce y complejo llena el corazón de Gilberte. Piensa que ella también podrá amar y sufrir, si es necesario.

La nieve ya ha dejado de caer. Gilberte pagó, recogió su paquete y se fue.

La señorita Madeleine, sentada muy cerca de la estufa, en la sombra, teje sin levantar la vista.

Destinos
(1940)

El 10 de mayo de 1940, noche de alerta en París, nadie, creo, bajó a los sótanos, pero la gente no podía permanecer en la cama. ¡El tiempo era demasiado cálido, demasiado claro, y los pájaros cantaban muy fuerte! Desde lo alto de mi sexto piso, veía en las terrazas vecinas a mujeres que paseaban lentamente, en salto de cama, en pijama, con el pelo desordenado; se detenían, levantaban la cabeza y contemplaban el cielo. Los pájaros volaban de norte a sur, y nos decían:

–Los aviones deben venir de allí. Vamos a verlos...

Pero los pájaros obedecían a sus leyes, que no son las nuestras, o, tal vez, los aviones pasaban demasiado alto en el azur resplandeciente. No veíamos nada.

Unos amigos españoles y rusos que viven en la costa vasca habían venido unos días a París, y yo los había invitado a casa. En la espera del fin de la alerta, habíamos preparado café; estábamos terminando de tomarlo en el salón donde habían quedado los diarios y los cigarrillos del día anterior. Nadie tenía ganas de dormir. Se oía el ruido de los aviones –un vuelo de avispón en un cielo de verano– y de las detonaciones de rabia, secas, que parecían muy cercanas.

Hablábamos de guerras y revoluciones, y de las incalculables consecuencias que una palabra, un gesto, un pensamiento pueden provocar en esos momentos que están más allá de la vida cotidiana. Las enemistades de pueblo a pueblo, los entusiasmos que han experimentado hacia un país, desconocido a veces, ¿qué origen tienen?

Casi siempre, al principio, hay una pregunta de amor propio o incluso de amor herido: es un lugar común, pero, si es de verdad así, le da, digamos, una extraordinaria responsabilidad a cada ser humano. Cada movimiento de mal humor, cada palabra impaciente y desdeñosa serían, entonces, temibles.

Mi amiga se acordaba de haber conocido a una mujer que, durante la revolución española, había tenido la muerte de algunas criaturas inocentes en la conciencia.

–Un tiempo antes de 1936 –nos contó–, una vieja coqueta, una de mis amigas, había contratado a una masajista. Se llamaba Dolores y venía todas las mañanas a masajear ese cuerpo pesado y marchito que la esperaba bajo las mantas de seda. El apellido de la señora era, me acuerdo, Soles, de una familia de ricos comerciantes de naranjas.

»En cuanto a Dolores, era una muchacha grandota con un rostro sin belleza. La estoy viendo todavía.

»Una boca amplia, un aspecto saludable y fresco, pelo claro, pero una nariz ancha y puntiaguda, pequeños ojos penetrantes, mejillas de tinte violáceo, ese rosa malva de algunas pieles de mujeres rubias que parecen salidas de la heladera, le sacaban toda seducción.

»Ella lo sabía. Bromeaba alegremente sobre su fealdad.

»Parecía tener sólo una ambición: bastarse a sí misma, sin pedirle ayuda a su padre, viejo y enfermo; tenía los gustos más simples: caminar, el tenis cuando tenía un domingo libre. Jugaba de buena gana con mis hijos. En resumen, era simpática, amable y sana.

»Solo una vez me escandalizó: mi hija tenía un viejo gato al que quería muchísimo. Padecía una enfermedad en los oídos, y el veterinario le recetaba unos apósitos bastante complicados que a la niña le costaba manipular. Dolores la ayudaba con mucha habilidad y delicadeza, pero, un día, le dijo:

»–Deberían darle una inyección a este bicho.

»Pilar estaba horrorizada:

»–¿Por qué? Espero que lo curemos.

»–Pero, de todos modos, es una criatura inútil, porque ya no es joven y no puede brindarte ningún servicio. Un animal denso, somnoliento, tendido sobre los almohadones todo el día..., ¿por qué vale la pena conservar su vida?

»–Entonces –dijo mi hija con inocencia–, ¿tampoco vale la pena conservar la vida de la señora Soles? ¿Qué otra cosa hace sobre la tierra salvo comer, vestirse y dormir? ¿Y usted no diría que hay que darle una inyección?

»Dolores empezó a reírse:

»–No.

»Ella insistió, apretando al gato contra su pecho:

»–¿Por qué?

»Dolores respondió:

»–Ella posee un alma inmortal.

»Hasta ese momento, la muchacha estaba dentro de la norma; tenía sentimientos humanos, comunes, pero, unos días más tarde, después de masajear vigorosamente el cuerpo lánguido de su vieja clienta, dijo de golpe, entre risas y levantando el brazo desnudo, con un gesto de lavandera, y los mechones sueltos sobre la frente:

»–¿Le hago mucho daño?

»–Es verdad, lamentablemente, Dolores.

»–¿Y todo esto por qué, Dios bendito? No debería decírselo, es mi manera de ganarme la vida, pero se está haciendo daño al querer adelgazar a su edad: el corazón se le fatiga.

»–¡Ah! ¿Qué no haría una para ser bella?

»–Pero si todavía tiene un rostro muy hermoso…

»Lo que era cierto. La mujer, entonces, llena de experiencia, elevó los ojos al cielo:

»–El rostro no significa nada. El rostro siempre se puede arreglar. ¡Pero un cuerpo hermoso, oh, es irremplazable! Por ejemplo, usted, Dolores, está admirablemente formada.

»–¿Yo? –dijo Dolores, sorprendida.

»Era visible que nunca lo había pensado. Se acercó al espejo, se arqueó, se examinó de frente y de perfil. Nunca lo había notado: tenía un cuerpo de diosa.

»–Lamentablemente –dijo la señora Soles bostezando–, cuando una está bien formada, pero tiene rostro ingrato, si no se tiene dinero para comprarse maquillaje y ropa linda, todo eso se pierde. Como usted, que no la miran porque va mal vestida. ¡Los hombres son tan brutos! Los vería correr como perros detrás de usted si algo (un vestido elegante) valorara su cintura, sus piernas o su busto. Pero no miran su figura. Además, a usted le da igual, Dolores; es una muchacha seria.

»Vi nacer la semilla del odio en ese instante, y vi sus efectos. Unos meses más tarde, sobrevino la revolución, y Dolores denunció a su antigua clienta. Dolores asistía al allanamiento. Abriendo los armarios que contenían los vestidos de la señora Soles, tocando la seda y el terciopelo, respirando el perfume de las pieles, parecía ebria de una furia oscura. Es probable que, en su mente, una mujer que tenía tantos vestidos no pudiera poseer, por añadidura, un alma inmortal, porque vio cómo tumbaban de un culatazo a la pobre señora Soles sin la más mínima emoción.

Cada uno de nosotros se esforzó por encontrar en su memoria un instante en el que una palabra torpe hubiera bastado para despertar el mal en un alma.

–Un vez –murmuró mi amiga–, dije delante de mi empleada doméstica, sin pensar en ella, por supuesto: «¿Fulana? No está mal, pero tiene manos de sirvienta». Levanté los ojos, vi la mirada de esa muchacha, y entendí que no me lo perdonaría nunca… Parece –agregó– que los cañonazos se alejan…

–Sí… Qué noche tan bonita…

–¿Y a este mundo entero, por qué lo aman o les disgusta? –continuó mi amiga–. Eso nace de las pequeñas cosas. ¿Se acuerda de Chéjov? Cuando era joven, no le gustaba Francia. Y un día, en Niza, creo, quedó impactado por el rostro de un ama de casa, una humilde francesa. Ella había trabajado mucho, escribió; se veía: tenía aspecto de cansada y sufrida (cito más o menos el texto) y, sin embargo, me sonrió. En un destello, tuvo la intuición del carácter francés: ese coraje sonriente, ese generoso pudor, ese deseo de dar siempre algo más de lo que se pide, no sólo una ayuda, sino una buena palabra; no sólo un acto de valentía, sino también de buena atención, en fin, todo lo que hace que el pueblo francés sea único en el mundo. Y, desde ese día, a Chéjov le gustó siempre Francia, y fue él quien escribió: «Cómo sufre, cómo paga por todos, ese pueblo que está antes que los demás, que da el tono a la cultura europea».

–En cuanto a mí –dijo el marido de mi amiga–, conocí a un hombre extranjero que se volvió francofóbico porque una parisina lo había engañado cuando era joven. Era estudiante, admiraba mucho la literatura francesa, el genio francés, pero la mala suerte quiso que se topara a su llegada en París, con una pequeña zorra. Se burlaba de él, le birlaba todo su dinero. Era una pequeña mujer que se parecía a un *bull terrier*, baja sobre sus patas, con la nariz corta y redonda, de voz grave enronquecida por el alcohol; se reía como ladra un perro, pero ese campesino del Danubio la encontraba encantadora e, imagínense, ¡se consolaba con ser engañado! ¡Era tan parisino! Estaba tan completamente de acuerdo con lo que le habían revelado las novelas de Paul Bourget. Estaba celoso, hacía escenas, espiaba a su bienamada escondido en el fondo de un coche de plaza (les hablo de un tiempo lejano), y, en el fondo, estaba fascinado. Los sufrimientos del amor, a los veinte años, son absolutamente deliciosos, y, si esa mujer se hubiera contentado con hacerlo cornudo, Francia, más tarde, no hubiera tenido sino un mejor amigo. Ella siempre le pedía dinero, y él se dejaba desvalijar con placer; tirar una fortuna a los pies de una mujer era hermoso, era novelesco, era francés. Sentía una suerte de goce pensando que ese dinero, penosamente ahorrado por los suyos, se transformaría en vestidos, en joyas para una mujer. Un día, tuvieron una escena más violenta que las demás. Él buscaba las cartas de un rival. Todo sucedía como en una obra de Henri Bataille: las lágrimas, las sospechas, los sermones… «Te juro… No soy una mujer así… ¿Por quién me tomas?». Y él la maldecía, pero después me dijo que ¡era tan feliz en esa época! ¿Lo entienden? Así suelen ser las penas de amor cuando somos jóvenes. La tormenta está en la superficie. ¡En el fondo, todo está en calma! Él sentía por ella una suerte de estima. ¡Qué bien actuaba ella su papel! Cuando me habló de ella, más tarde, me dijo: «¡Las lágrimas la embellecían, y tenía un perfume que uno sentía después, en esos momentos!». ¡Era un hombre viejo y lírico, como ven! Sin embargo, le estaba dando un empujón a la cómoda de su amante buscando las cartas de amor, ¿y adivinan qué encontró? ¡Una libreta de la Caja de Ahorros! «No puede imaginarse lo que sentí entonces», me dijo. «Estaba indignado, furioso. ¡Engañado por una Manon Lescaut, pase, pero por una buena ama de casa ahorradora!». Se había hecho una idea de la francesa, una idea baja y falsa, pero que, ante sus ojos, tenía una especie de poesía; y de repente era reemplazada por lo que el eslavo más detesta en el mundo: ¡la previsión, el cálculo! Empezó a buscar motivos de odio: cada vez que le reclamaban con impertinencia una propina, cada vez que aumentaban el precio de su habitación de hotel (se había vuelto un poco avaro), decía: «Esto es así…, todos iguales…». Después, volvió a su país; ocupó cargos importantes. Se volvió el confidente del rey, a quien le gustaba Francia y era de carácter honesto, pero débil. Saben bien de quién hablo… Este viejo hombre de Estado está exiliado ahora y, lo que es bastante cómico e injusto, vive en Francia. Y, sin embargo, hizo todo para perjudicar a este país, para hacer cambiar de opinión al rey. Eso sucedía a pesar suyo, por alusiones, bromas, chismes sobre políticos, sobre las mujeres, sobre los escritores de Francia. Poco a poco, actuaba sobre la mente del rey que comenzaba a dudar, a confundirse, a buscar otras alianzas. Su excelencia estaba convencido de haber actuado en función de los intereses superiores de su patria, pero, en realidad, se vengaba inconscientemente de las decepciones de sus veinte años en un pueblo entero.

Volvió el silencio. En casa, pero no sobre la ciudad. Los cañonazos, después de que parecieran alejarse, volvieron a azotar, obstinados, más cercanos. Salí al balcón. Era raro ver esas bolitas de olor que empezaban a crecer y a enredarse en las rejas. Más raro todavía era contemplar el sol que despuntaba, respirar ese aire inocente de una mañana de verano y oír las detonaciones. Pero todos teníamos el alma serena; la verdadera guerra todavía no había empezado. Nadie sospechaba que en ese mismo instante se estaba combatiendo en Bélgica. No había preocupación, sino un estado de alerta que nunca había existido antes, salvo, tal vez, en los primeros días de septiembre. Los nervios parecían irritados, y los sentidos, más sutiles; la belleza de esa mañana de mayo parecía más aguda, más desgarradora.

Los hombres reclamaban más café. Mi amiga rusa me acompañó a la cocina. Puso a calentar el agua mientras yo hacía girar el molinillo de café. En nuestras memorias, volvíamos a ver las miradas fanáticas vislumbradas en Rusia y en España durante las revueltas.

–Si, en verdad –dije–, las fuentes de odio pueden surgir así de una palabra, de un gesto de cada uno de nosotros; entonces, todos tenemos algo pesado sobre la conciencia; en este sentido, se puede decir que, ante una calamidad pública, nadie es inocente. Cada cual paga por una falta cometida antes, olvidada. Es como si una raza o una clase, o un país, hiciera nacer monstruos, que, luego, aplastan...

Iba a atender a los hombres. Después mi amiga y yo nos instalamos en el balcón, entre las flores, con el gato ronroneando sobre mis rodillas. Era totalmente idílico. Ya no esperábamos nada, ni cañonazos ni ruido de aviones. Pero todavía no habían dado la señal del final de la alerta.

–¿Quieres acostarte? –dije.

–No, son cerca de las seis. Voy a darme un baño y saldré temprano. Tengo un recado que hacer. Tengo que encontrarme con alguien que tiene un permiso en París por unas horas.

–Ah, ah... –exclamé.

Mi amiga es una rusa muy hermosa y ha tenido algunas aventuras, pero, a medida que los años pasan, lo que domina en ella es lo que llaman en Francia el misticismo eslavo. Simplemente, piedad, pero no disciplina; algo un poco desordenado y salvaje. Dijo:

–Mira, ya que tampoco tienes sueño, voy a contarte algo. Se relaciona, en ciertas partes, con nuestra conversación de hace un rato. Escucha: ¿sabes?, tenía trece años cuando fue la Revolución rusa. Te recuerdo que a mi padre lo mataron, que llegué aquí con mi madre, quien, para vivir, abrió un pequeño taller de costura. Curioso taller, donde las trabajadoras eran mujeres de mundo que estaban tan acostumbradas a desvelarse y a despertarse tarde que, en su nueva existencia, se comportaban como en la anterior. Trabajaban de noche y dormían de día.

–Lo sé –dije–. Recuerdo muy bien a tu madre y ese taller donde se desperdigaban colillas de cigarrillos, botellas de champán vacías, naipes. Y donde se dormía hasta las tres de la tarde.

–Es de destacar que de todos modos se trabajaba, y mucho… Todas las clientas eran rusas. No se sorprendían por venir a hacer las pruebas entre la medianoche y las dos de la mañana, y, si encargaban ropa para Navidad, sabían bien que la tendrían cerca de Pascua. Eso simplificaba las cosas, pero una niña ahí dentro… Me volví pálida y delgada. Necesitaba el aire del campo. Mi madre no podía irse de París, así que me mandaron a casa de una antigua empleada doméstica, en una granja en el centro de Francia.

–¿Fuiste feliz allí?

–¿Yo? Sabes bien que soy feliz en todas partes. Tenía una bicicleta. Me dejaban libre. Mi madre, que desconfiaba de sus distracciones, había decidido pagar mi pensión por adelantado. Por eso me cuidaban bien. Además, vivía con gente valiente. Poco a poco, conocí a toda la vecindad. Es una región muy hermosa, muy cerca de Auvernia; se ven las primeras montañas. Es también una región extremadamente rica, con grandes propiedades, con animales gordos y niños radiantes. ¿El carácter de la gente? ¿Cómo decirlo? ¡Como el carácter de todos los campesinos del mundo! Duros con ellos mismos y con los demás. Solía ir a visitar una granja un poco apartada, sobre una colina, donde compraba mi merienda de pan de salvado y potes de crema, como en *Las desgracias de Sofía*, ¿te acuerdas? Y hasta enfermaba de tanto comer.

Mi amiga suspiró y, con hambre por ese recuerdo, terminó de un sorbo su taza de café.

–¿A qué hora traen el pan?

–A las siete, normalmente. Pero la alerta…

–Me muero de hambre. ¿Qué te estaba contando? Ah, sí, la granja. Se llamaba Montjeu. Es un nombre romántico, ¿no es cierto? En Montjeu, había una anciana que dirigía la granja, a los animales y a la gente, con mano de hierro. Se había ocupado de todo durante la otra guerra, cuando su marido estaba en el frente y sus hijos eran muy pequeños, y supongo que durante esta guerra lo sigue haciendo, porque sus hijos deben estar en edad de ir a luchar. Comprenderás que una mujer así no se abrazaba a las delicadezas inútiles… Como ayudante tenía a un muchachito de la Asistencia. Lo llamaban así, el «ayudante», al estilo de la región. Tenía doce años. Era flaco, pálido y, sobre todo, lo cual era espantoso, tenía el rostro lleno de granos. Se los apretaba siempre con las manos sucias, y su cara estaba cubierta de costras y heridas. Además, unos ojos azules asustados… No sé cómo trabajaba, pero, sin cesar, la granja retumbaba de insultos: «¡No has hecho esto! ¡No has hecho lo otro! ¡No te ganas el pan que comes!», etc.

»Cuando yo contaba en la región que el pequeño ayudante era infeliz, la gente me miraba con escándalo:

»–¿Infeliz? ¡Ah, bueno, señorita, se puede decir que usted no sabe lo que es la desgracia! ¡Tuvo suerte de venir a esta casa! La gente de Montjeu es lo mejor de la región, y el Lázaro (así se llamaba), el Lázaro, se puede decir que está bien alimentado. Ah, pero ¿usted no ha visto cómo le llenan el plato a Lázaro?

»¡Que si lo había visto! Era verdad que no le escatimaban la comida. Mientras comía, la gente se reía:

»–¡Ah, pero bueno, no vayas tan deprisa! Te vas a ahogar. ¡Ah, se puede decir que tienes suerte de que te alimenten así! No en todas partes te darían tanta sopa, ¿eh, ayudante?

»Y la granjera, mirándome:

»–Viene de la Asistencia. Podría haber caído en manos de gente que sólo le hubiera dado un pedazo de pan viejo, ¡y andando! ¡Arréglate con eso! Pero, en casa, tiene sopa y vino y queso, y carne, y café. ¡Ah, se puede decir que es feliz el Lázaro!

»En fin, con qué ahogarse junto con el pedazo de pan que come, sobre todo porque todo eso se decía con una voz chillona y porque, a la más mínima palabra, llovían cachetadas sobre las mejillas del ayudante y, si descansaba por un segundo, la granjera lo tomaba como un insulto personal, ¡y qué golpes, y qué gritos! Yo me preguntaba si ese muchacho era infeliz o, por el contrario, estaba satisfecho con su suerte. Era difícil de decir. Era un salvaje. Se escapaba cuando yo llegaba.

»Un día, lo encontré llorando en la caballeriza. Le pregunté. No dijo nada. Todo su pobre y delgado cuerpo se convulsionaba por los sollozos. Terminé por darle una moneda de diez centavos, diciéndole, para tratar de hacerlo reír:

»–¿Sabes? Hoy no hay que llorar.

»Me miró, desconcertado.

»–¿Por qué?

»–Porque es lunes, el comienzo de la semana, y entonces llorarás durante ocho días.

»Se guardó el dinero en el bolsillo, se olvidó de decir gracias, se sorbió los mocos y dijo con voz amarga y profunda:

»–Ah, bueno, se puede decir que lloro todas las semanas, y todos los días, eso se puede decir.

»–Entonces, ¿eres infeliz, Lázaro?

»No respondió.

»–¿Te hacen sentir miserable?

»Desconfiaba. No dijo nada más. Imposible sacarle una palabra.

»Me daba pena, y, además, yo me decía que era una bruta. Ese chico no podía darse cuenta de lo que le faltaba. Un pobre pequeño campesino como él tenía en efecto menos necesidad de afecto que de sopa. Después me pareció observar que no era la dureza de sus patrones lo que lo hacía sufrir, sino cierto amor propio, instintivo, raro en un niño criado de esa manera.

»Los muchachos de la granja (los hijos de la granjera) la tomaban contra él con ahínco como cabeza de turco. No era por maldad, sino que, después de una larga jornada de trabajo, les suponía una distracción burlarse del ayudante. Sin contar con que eso le forjaba el carácter. Contaban las metidas de pata que había cometido, cómo se había equivocado al hablar o cuando había ejecutado mal una orden, y suspiraban:

»–Ah, pobre muchacho, se puede decir que eres un pícaro, ¿no?

»Y el muchacho se ruborizaba y bajaba la mirada. Los demás estaban encantados, y volvían a empezar con más fuerza. Todo eso, lo repito, sin ninguna maldad, simplemente porque, por la noche, en el campo, no hay distracciones. El pequeño Lázaro me recordaba al grumete, objeto de burlas, de los relatos de aventuras, pero todos esos hombres tenían la conciencia tranquila.

»Y entonces, un día, llegó la hija de la granjera, que estaba casada y vivía en París... Se había casado con un obrero con un buen salario; llevaba un sombrero y, en sus brazos, cargaba un bebé, una niña de dieciocho meses. Para esa visita a la familia, la madre había hecho muchas cosas. La niña tenía medias y zapatos de una blancura impresionante, un vestido bordado inglés, un pequeño gabán rosa y el pelo peinado en largos bucles rubios. Toda la granja se puso en círculo a su alrededor, en éxtasis.

»Se sentaron a la mesa. La niña parecía delicada y caprichosa. Rechazó la leche que le servían y tiró su torta. La madre dijo con orgullo:

»–Ah, es porque no comen nada, en París, los niños, no como aquí. Son quisquillosos. Le compro una costillita de primera y se la corto fino, y bueno, a veces, me la rechaza. Tiene buena salud, pero el estómago delicado...

» Elogiaba sus prácticas de higiene:

»–La lavo todos los días, por completo. No me gusta que toque algo sucio. Hay que mantenerlos muy limpios a estos pequeños. Por la noche, le pongo rulos. Por eso tiene estos bucles tan lindos.

»Los acariciaba con la mano, esos largos bucles rubios, y la pequeña, como sentía que le hacían cumplidos, se sentaba sobre las rodillas maternas muy erguida y muy orgullosa... El ayudante no estaba lejos de ahí. Se le adivinaba fascinado por esa piel blanca, ese pelo bien peinado. Se fue acercando muy despacio, a pasitos, con la boca abierta, con una bonita sonrisa feliz... Tenía en la mano una brizna de hierba. Le hizo cosquillas a la niña en el brazo desnudo, y ella se tiró hacia atrás y empezó a reírse. Él se acercó más, animado, y, de repente, la tomó en brazos y la besó. La madre dio un grito, como si hubieran degollado a su hija:

»–¿Estás loco? ¿Quieres que te echen?

»Le asestó un coscorrón y le tiró de las orejas con una habilidad y precisión notables. Tartamudeaba de furia:

»–¡Sus manos sucias, sus granos! ¡Una niñita a la que baño entera todos los días! ¡Vuela! ¿Te quieres ir?

»–No he hecho nada malo…

»–¡Malo! Pero ¿quién se acerca a una bella niñita, bien cuidada, cuando se tiene una cara como la tuya? Pero ¿es que nunca te has mirado en un espejo?

»El chico decía «no, no» con la cabeza, con aspecto desconcertado. Pienso, de hecho, que nunca se había mirado (lo que se dice mirar) en un espejo, el pobre muchacho, y no sabía realmente que era feo y repulsivo.

»Entonces, la granjera, agarrándolo por los hombros, lo arrastró delante de un espejo por encima de la cama. (En esa región hay, en las cocinas, una cama de lujo. Nadie se acuesta. Sirve de adorno, como antes un piano en los salones burgueses, que se contentaban con mirar, que nunca abrían).

»Dio un empujón al pequeño Lázaro:

»–¡Aquí! ¡Mira tu narizota! Eres guapo, ¿eh?

»Todos se reían ante el aspecto asustado del muchacho. Se miraba en el espejo. Se callaba. Miraba sus grandes granos rojos.

»Esa misma noche, se escapó. Lo encontraron en el bosque, donde se había quedado dormido. Le administraron una buena paliza y lo pusieron a cuidar vacas. Pronto yo me fui de la región, pero el pequeño Lázaro…

Mi amiga se quedó callada; se oía el primer impulso de las sirenas, esa respiración potente que parece absorber todo el aire alrededor antes de lanzar un grito que se parece a la vez a un mugido y a una queja.

–Se acabó.

–Sí. No nos podemos quejar. Es la primera vez desde febrero.

–¿Qué le pasó al pequeño Lázaro? –pregunté con curiosidad.

–Visité la región –dijo mi amiga– hace unos diez años, y me contaron que Lázaro se había hecho cura. ¡Si supieras con qué orgullo hablan de él! «¡Eh! ¡A pesar de todo! ¡Es porque en casa estaba bien cuidado, y porque tenía un buen ejemplo!». El cura se ocupó de él. Y me ha contado a menudo: «Señora, le ha dado un servidor a Dios». Pero espera, no sabes lo más bonito... Me enteré más tarde de que Lázaro se había vuelto misionero y que curaba a los leprosos. Estoy convencida de que lo impulsaron la vergüenza y el dolor que sintió al ver en el espejo su pobre cara. Como te decía, esto se vincula con lo que hablábamos antes. Sólo que aquí no es inhumano, sino sobrehumano, habría que decir. Pero siempre es el mismo principio, la manera en la que se hacen los seres que salen de lo común, para bien o para mal.

Desde la guerra –continuó mi amiga–, es soldado. Le he escrito varias veces. Cada tanto nos encontramos, cuando está de permiso. Hoy tengo que verlo. Es tranquilo y sincero, valiente y modesto, y su fe me reconforta. Es alguien en verdad muy agradable.

–¿Crees que estamos condenados al destino, desde que nacemos, por las fuerzas del bien o del mal? Es posible.

–Sólo algunas almas excepcionales... Una pequeña parte, elegida y marcada de antemano. Los demás los siguen.

Mi amiga se fue a vestir, y yo me volví a acostar. Las palomas se arrullaban bajo la ventana.

El miedo
(1940)

Era una noche tan bella, tan transparente que el sueño se escapaba de los habitantes del pueblo. Del bosque cercano llegaba un perfume a pequeñas frutas. Los corazones estaban tristes: había guerra. El pueblo temblaba por sus hijos ausentes. Las noticias eran malas. Los hombres susurraban: «No terminamos de ver...».

–La boda no será para mañana –dijo Léonce Péraudin.

Y su vecino y amigo Joseph Voillot asintió con la cabeza tristemente, sin responder.

Las tierras que cultivaban estaban cerca la una de la otra. Se conocían desde la época de la escuela. Habían combatido en 1914 en la misma compañía. Voillot, sólido, taciturno, de barba negra, de largos brazos huesudos, había llevado en su espalda a Péraudin, herido, bajo los obuses, cerca de Poperinghe. Estaban casados, y ni siquiera sus mujeres habían logrado alterar su amistad. El hijo de Péraudin era soldado. A su regreso, se casaría con la hija mayor de Joseph, una rubia de pechos firmes y hombros amplios.

Una mujer pasó y gritó (las mujeres de la región tienen una voz aguda y penetrante que cubre sin esfuerzo las escasas palabras de los hombres):

–¡Parece que se han visto paracaidistas por aquí! Incluso dicen que han atrapado a cuatro, pero que el quinto se escapó. Escuché unos disparos ayer por la noche.

Se quedaron callados y escucharon. La noche, tan tranquila hasta entonces, parecía de golpe llena de una amenaza extraña, indefinible. Pero no se oía más que el canto del ruiseñor y el llanto lejano de un niño.

–Vamos, esto no es todo. Hay que volver a casa –dijo Voillot.

Péraudin y Voillot se dirigieron hacia sus casas. Se acercaban al río cuando la luna se ocultó. Una niebla húmeda subía de los prados. Sobre el agua flotaban vapores leves y suaves.

A medida que avanzaban, una especie de inquietud se adueñaba de ellos. Varias veces, Péraudin giró la cabeza y le hizo señas a su compañero para que se callara. Pero normalmente era un caballo dormido en el prado, cuya forma emergía, irreconocible, de la niebla, a veces un roce de juncos en la orilla del río. Nunca percibían ni escuchaban otra cosa, y, a pesar de todo, estaban alterados, pensativos, inquietos. Se mantenían callados. Tenían vergüenza de confesar su miedo. En la entrada de sus casas vecinas, se separaron.

Péraudin entró en su hogar. Fue a su habitación y descolgó su fusil: se quedaría en vela esa noche. Si veía al enemigo, no iría a buscar a los gendarmes. Sabría defenderse. Bajó hacia el prado, blanco, vaporoso, algodonado entre la niebla, que temblaba iluminada por la luna. Se sentó cerca de los arbustos que separaban su campo del de Voillot. Esperó. Pasaron las horas. Pronto la breve noche de mayo se terminaría. Por un instante, el sueño lo atrapó y, de golpe, se estremeció y se despertó de un sobresalto. Había oído con toda claridad un ruido de pasos al otro lado de los arbustos. Alguien subía del río hacia la casa de su amigo, alguien que caminaba con cuidado, conteniendo la respiración. Separó las ramas y miró. La niebla era tan densa que al principio no vio nada; sólo una forma oscura apareció, y luego descendió y se escondió detrás de los juncos. Oyó el ruido de un arma que se carga. Presentó la suya y disparó. Un gemido en el amanecer que despuntaba, una queja horrible que creyó reconocer, que le heló el corazón. Se precipitó. Corrió hacia los juncos. Los separó. Encontró en el suelo a su amigo moribundo, herido por una bala en el vientre. Su fusil estaba tirado cerca de él, en el pasto. Los dos habían querido vigilar a los paracaidistas, abatir al enemigo. Levantó la cabeza de Voillot, gritó con voz ronca:

—¿No estás muerto? ¡Dime, respóndeme! ¡Soy yo, estoy aquí! ¡Soy yo el gran estúpido, el imbécil que te ha pegado un tiro! ¡Respóndeme, Léonce, amigo, mírame!

Pero el hombre se llevó las manos al vientre con una mueca de dolor y de súplica, y, sin una palabra, murió.

Al día siguiente, encontraron los dos cadáveres. El de Voillot, tendido sobre la hierba; el de Péraudin, colgado en las ramas de un olmo.

Los aparecidos
(1941)

El tiempo nos endurece; nos fija en una actitud que en principio pudo ser el simple efecto del azar y no el de una elección o el de alguna imperiosa necesidad interior. Cuando mis hijos me dejan sola, aseguran: «Oh, mamá nunca se aburre», «¿Mamá? Un lugar donde para tejer, un rincón junto al fuego y las cuentas de la empleada y es perfectamente feliz…».

Cuando eran pequeños y su barullo infernal sólo se calmaba por la noche, esa hora, es cierto, era agradable. Georges, mi marido, se quedaba dormido con un libro; en la habitación de mis cuatro hijos mayores (que yo llamaba «la jaula de los leones») se oían todavía sus risas ahogadas, el ruido de sus pies desnudos sobre el suelo. Los mellizos, atiborrados de leche, se callaban al fin, y yo… suspiraba: «¡Ah, qué tranquila voy a estar entre la cesta de costura, llena de medias agujereadas, y la libreta de la lavandera! ¡Qué feliz voy a ser, Dios mío!». Tranquila, sí, es cierto. ¿Feliz? Ahora incluso la paz me rehúye. Es la hora de los remordimientos. Si Georges, al menos… Pero su enfermedad del estómago es lo único que lo mantiene ocupado. El pobre Georges siempre tuvo una salud delicada. Me acuerdo de que, el día de nuestra boda (todavía tenía mi vestido de novia), le pidió a mi madre una bolsa de agua caliente, y se la apoyaba sobre el vientre con una sonrisita pálida y amargada. Así es: suspira y se calla, y yo coso, y nuestros hijos, al regresar, si lo piensan, tendrán una mirada enternecida, y más tarde le dirán a sus hijos: «Papá y mamá fueron felices juntos. Nunca se pelearon». Nunca, no. Y tuvieron seis hijos, seis hermosos varones, y todos vivieron. Hay existencias, cuando se terminan, que nos dejan en la boca el gusto de la ternera fría, nutritiva, pálida y desabrida. Es lo que yo sentiré en el momento de morir, creo.

Vivimos en la calle Rome. Cuando nos casamos, estaba claro que dejaríamos lo más pronto posible este edificio negruzco que temblaba desde el sótano hasta el techo cuando pasaba el tren, vibraba con los silbatos de la estación Saint-Lazare y quedaba envuelto en su humo. Pero cada vez teníamos menos dinero, y cada vez más niños, y ahora tenemos aquí nuestras costumbres, y hay una línea de metro cómoda para ir a la oficina de Georges y al liceo de los mellizos... Además, no es que prefiera vivir en tal o cual barrio de París. Lo que necesito es el campo, es Monjeu, y no me contentaría con el Monjeu de ahora, totalmente en ruinas, degradado, comprado por nuestro antiguo granjero, el padre de Simon. El que me llega al corazón es el Monjeu de antes. Pero está perdido. Soy la señora de Georges Dufour, tengo cuarenta y cuatro años. Y a mí los aparecidos nunca me han visitado.

¿Los aparecidos? Cuando era niña, teníamos en la casa un viejo empleado que nos contaba, a mis hermanas y a mí, que los muertos volvían a Monjeu. No éramos crédulas, y nos burlábamos de él. Pero lo que me impactaba era que el hombre decía una y otra vez: «Estaban tristes y lloraban». ¿Por qué? Yo a los muertos me los imaginaba felices, con una juventud inalterable, y reunidos con los que habían amado aquí abajo, esforzándose por compartir con nosotros su alegría. En Monjeu, desde la habitación de arriba, la de mi primo Marc, se veía el antiguo cementerio, donde habían enterrado a los muertos de la epidemia de cólera en 1830. Marc había elegido a propósito esa habitación. Me acuerdo de que los empleados tenían miedo a ese lugar. Nunca ninguno de ellos se hubiera atrevido a entrar de noche. A nosotros nunca nos perturbó. Nadie descubrió nunca nada... Pero el viejo jardinero del que hablo meneaba la cabeza: «Vuelven a casa del señor Marc», decía, hablando de los muertos. «Tiene el don». Cómo nos burlábamos de él, Dios mío, cuántos ataques de risa...

Monjeu... A medida que iba creciendo, la tierra se parcelaba; las propiedades pasaban, una tras otra, a manos de los granjeros o de los comerciantes de animales enriquecidos. Cómo me gustaba la región, el castillo, la terraza, el vergel... y las ciruelas de Monjeu. Enormes, transparentes, amarillas como el ámbar, y ese jugo azucarado que nos chorreaba por los dedos... Mi hermana me decía, además, hace poco: «Oh, has hecho de Monjeu tu propia leyenda. Era una enorme casa, fría, incómoda, y en invierno nos moríamos de aburrimiento. Pero tú, no es cierto...». Sonrisa. Sobreentendido: «... Tú tenías a Marc en vacaciones, y el resto del tiempo lo esperabas». Yo me encogí de hombros entonces, con aire indiferente, apenas melancólico (es inaudito lo hipócritas que podemos ser entre hermanas y qué inútil resulta): «Ese pobre Marc... Qué lejos quedó todo eso...». Mañana se cumplirán veinticuatro años de su muerte.

Una casa enorme, fría e incómoda... La volví a ver dos años después de nuestra boda. Extrañaba tanto la región que hasta Georges se dio cuenta. Los desplazamientos no eran sencillos: teníamos a Gaston, y estaba embarazada de Robert. Pero mi marido hizo ese sacrificio. Nos habíamos tomado ocho días de vacaciones. Pobre Monjeu... La ropa se estaba secando en la terraza y bajo las ramas de ese castaño que en primavera se cubría de unas flores rosas muy bellas. Por los caminos, fragmentos de botellas, viejas macetas rotas. Un río de ovejas pasaba por la pequeña puerta de piedra con columnas. Llovía; subía un olor infecto de aquel estanque que no se había limpiado desde nuestra partida. Los Simon habían deseado Monjeu durante años antes de que estuviera a la venta; habían esperado con paciencia nuestra ruina, pero, a pesar de todo, el gasto había sido muy elevado para ellos; estaban endeudados y no podían «remontar la corriente». Monjeu los arrastraba muy despacio hacia el fondo, como nos había sucedido a nosotros.

Al principio, cuando Gaston y Robert eran pequeños, trataba de hablarles mucho de Monjeu, pero no les interesaba, incluso les molestaba un poco; tal vez imitaban de manera inconsciente la actitud de su padre («¡oh!, la región de Hélène..., la casa de Hélène, ese agujero de ratas», decía). A veces me preguntaba si no era un poco de celos... Pero no, es imposible.

Después de Gaston y Robert, nacieron dos varones más: Didier y Henri, con diez meses de diferencia el uno del otro, y Henri todavía no caminaba cuando tuve a los mellizos. Vieja antes de tiempo, orgullosa, sin embargo, de mi «corona de hijos», como la llamaba. Esos niños, hermosos y fuertes, eran el único adorno que podía permitirme. El jueves, cuando los paseaba por la calle Rome o por el parque de los Batignolles, las mujeres sonreían, decían: «¡Qué niños tan guapos! Qué bien se portan...», y yo adivinaba que calculaban el cuidado, el dinero, el tiempo, el amor que eso representaba; todos esos cuerpecitos que alimentar, vestir, esos espíritus por formar e instruir. (Y muchas pensaban: «¡Que sea para su bien! ¡Prefiero que sea ella que yo, eso seguro!»). ¡Qué importa! Eso era lo que yo había querido. Después de la muerte de Marc, busqué al primer hombre soltero (apenas casadero: ese Georges Dufour, el pequeño funcionario que mis padres despreciaban), porque pensaba que la feliz maternidad podía hacer olvidar el amor. Además, es la verdad: cuando cuidamos a los niños, cuando están ahí, colgados de nosotras, en nuestros brazos, gritando, riendo, peleando, exigiendo todo de nosotras, literalmente ya no tenemos tiempo de pensar. De noche, incluso los sueños se vuelven tranquilos e inocentes cerca de una cuna.

A partir del nacimiento del tercero, ya ni siquiera pronuncié el nombre de Monjeu. Por eso me pareció tan extraño lo que sucedió después. Pero primero debo describir nuestro apartamento. Lo que lo hace tan estrecho y tan asfixiante, lo que también hace que, a pesar de todos mis esfuerzos, la limpieza nunca pueda quedar a la perfección, es que, en el momento en que Monjeu se vendió, mi hermana y yo nos repartimos los muebles que aún restaban. Georges nunca quiso deshacerse de ellos, porque consideraba que, en el estado de deterioro que se encontraban, no sacaríamos ni la mitad de su valor; que era mejor conservarlos y que algún día los restauraríamos. Todos los hogares pobres conocían esta expresión, «algún día», ese día que está por venir en el que, por milagro, encontraríamos el dinero para volver a pintar el baño, para comprar una alfombra nueva, para hacer un viaje... Mientras tanto, habíamos sacrificado una habitación donde guardar el viejo sofá, los viejos sillones del salón, la cajonera y la cómoda de mi habitación de jovencita. Una vez por semana, limpiaba la sala a fondo; el resto del tiempo, los postigos permanecían cerrados; había sacos de naftalina cosidos a las fundas; nadie habitaba esa habitación. Como yo misma, los niños la evitaban: «No se puede jugar, nos damos golpes por todas partes, hay demasiadas cosas». Pero, una vez, los mellizos entraron a buscar una pelota que se había deslizado bajo la puerta. Me acuerdo, se peleaban como de costumbre. Seis varones mantienen alrededor de una madre tal clima de tormenta que lo que le llama la atención es el silencio. Eso fue lo que me sorprendió: ese silencio repentino. Al cabo de una hora, como ya no los oía, llamé: «Jean, René, ¿qué estáis haciendo?».

No respondieron. Iba a abrir la puerta cuando gritaron:

–¡Jugamos, mamá!

No me preocupé más por ellos; se portaban bien, y eso pasaba pocas veces; no pregunté nada más. Entonces tenían seis años. Eran más delicados que los mayores, y más nerviosos. Me había costado criarlos. Eran dos niños pequeños y pálidos, uno moreno y otro rubio, que no se parecían de cara, sino en la mirada; tenían ojos de gato, decíamos, levemente levantados y de color verde; ojos atentos, penetrantes, perspicaces incluso; ojos extraordinarios para unos niños tan pequeños. Desde ese día, fue cosa acordada: la habitación de los muebles era el territorio de los mellizos. Estábamos tranquilos cuando estaban ahí: no gritaban, no se peleaban. Eso duró mucho tiempo, varios meses tal vez. Algunas veces, les preguntaba:

–Pero ¿qué estáis haciendo? No se os oye... ¿A qué jugáis?

Parecían pactar con la mirada antes de responder, y la respuesta era siempre la misma:

–Nos divertimos...

Sólo una vez, en el transcurso del invierno, entré en ese cuarto para buscarlos, porque, pese a todas mis llamadas, se habían quedado callados. Mi hermana estaba de visita y quería verlos. Los encontré sentados en el sofá, uno al lado del otro, inmóviles, silenciosos, y habían fabricado con la funda doblada sobre su cabeza una especie de toldo bajo el que se cobijaban. Entré. No me vieron.

–La tía está aquí, pequeños. –Mi voz pareció despertarlos. Para mi gran sorpresa, se echaron a llorar:

–¿Por qué vienes? ¡No debes venir aquí! ¡No tienes que hacerlo! ¡Está prohibido! –gritaron.

Creí que era un capricho. Los reté. Después quise atraerlos hacia mí. Se resistían, me rechazaban. Abrí los postigos, y sólo entonces, cuando la luz me iluminó, volvieron en sí. Se dejaron llevar sin decir nada. Pero apenas mi hermana se marchó, se metieron de nuevo en la habitación.

Una noche, cuando acababa de acostarlos y Jean ya estaba dormido, me puse a ordenar el armario de los juguetes. De repente, oí a René canturrear en su cama.

«Pero ¿qué está cantando?», pensé. «¿Dónde he escuchado antes esta canción?».

Era una canción de mi zona. Marc la conocía, y me hacía acordar a tantas cosas que nunca se la había enseñado a mis hijos. Incluso creí que la había olvidado. No era de mi boca que la habían podido escuchar:

On dans' souvent chez nous,
–Moi, seulette, j'garde l'âne.
On dans' souvent chez nous,
on oublie la Marie Sou.
Ah, quand mon tour viendra,
–Garde l'âne, garde l'âne.
Ah, quand mon tour viendra,
*garde l'âne, qui voudra!**

* Cuando bailamos en casa, / –Yo, solita, cuido al burro. / Cuando bailamos en casa,/ nos olvidamos de Marie Sou. /Ah, cuando me toque a mí, / –Cuida al burro, cuida al burro. / Ah, cuando me toque a mí, / ¡que cuide al burro quien quiera!

Me levanté sin hacer ruido; me acerqué a la cama; terminé la canción (¿cómo podía haber pensado que la olvidaría?):

On dans' souvent chez nous,
–Moi, seulette, j'garde l'âne.
On dans' souvent chez nous,
j'ai le cœur plein de chants si doux…
Ah, quand mon tour viendra,
–Garde l'âne, garde l'âne.
Ah, quand mon tour viendra,
*garde l'âne, qui voudra!**

De repente, él empezó a reírse, con una risa tan liviana, tan feliz que me emocioné. Mis hijos tenían un carácter vivaz y alegre, pero esa risa era diferente de las demás, tan tierna y tan burlona… Se sacó la manta, y vi su carita muy roja, animada, con los ojos brillantes:

–Mamá, ¿también conoces la canción?

–Pero por supuesto, mi pequeño. Yo la cantaba cuando era una niña.

–¿Tú? ¡Oh, no!

–Pues sí, te lo aseguro. Creí haberla olvidado. Debí cantarla delante de ti sin notarlo.

Sacudió la cabeza.

–No, no, no eres tú… Es el niñito.

–¿Qué niñito?

No respondió. Le acaricié el pelo, le di un beso. Le dije en susurro:

* Cuando bailamos en casa, / –Yo, solita, cuido al burro./ Cuando bailamos en casa, / tengo el corazón lleno de canciones tan dulces… / Ah, cuando me toque a mí, / – Cuida al burro, cuida al burro. / Ah, cuando me toque a mí, / ¡que cuide al burro quien quiera!

–¿Cómo se llama? ¿Dónde lo has visto? Dime, vamos...

Se había dado la vuelta y trazaba con su dedo letras o dibujos sobre el empapelado; por fin respondió:

–A la habitación de los muebles, viene un niño... ¡Pero no hay que decirlo!

–¿Y Jean también lo ve?

–¡Oh, sí, por supuesto! Se divierte con nosotros...

Lo había levantado en brazos, y lo abracé contra mi pecho; susurrábamos los dos. La habitación estaba muy oscura y tranquila, tan viva, tan habitada con todas esas respiraciones de niños dormidos.

–¿Cómo va vestido? Dime. Vamos, me lo puedes decir... Yo también, cuando tenía tu edad, conocí a ese niño.

Sabía que me haría el retrato de Marc, con el pelo largo, su atuendo de marinero blanco, una cicatriz en la comisura de la boca, un pequeño silbato de plata que llevaba en el bolsillo, atado con un cordón negro. Escuché a mi hijo cómo me describía al niño que había amado, al amigo que había perdido.

–¿Sabes cómo se llama?

Había hablado demasiado fuerte, demasiado rápido; lo había tomado por los hombros, y me lanzó de golpe una mirada profunda y desconfiada:

–Estoy cansado. Tengo sueño. Apaga la lámpara, mamá...

–Escucha, pequeño... ¿Es un sueño que tenéis Jean y tú? ¿O un juego al que juegan? Dime, vamos, no os voy a castigar. Me gustaría tanto... entender.

Pero hacer hablar por la fuerza a un niño que quiere callarse ¡tendría que haber sabido que era imposible! Estaba acostado de espaldas y, cada vez que me acercaba a él, se daba vuelta, se me escapaba con un movimiento prudente y hábil. A veces me parecía que se burlaba de mí; con sus largos párpados plegados y las comisuras levantadas de sus labios, tenía un aspecto burlón que me molestaba un poco, pero también me tranquilizaba.

«Encontraron una foto de Marc perdida en la habitación de los muebles. Me cuentan un chiste, juegan, pero qué juego más peculiar, fúnebre, extraño... No saben, los pobres pequeños, que me hacen daño...».

Además, ¿lo hubieran sabido...? Es curioso; por más tiernos y afectuosos que sean, a los niños no les disgusta lastimarnos un poco, si pueden. Pero en esta ocurrencia, de verdad, Jean y René eran inocentes. ¿Qué podían saber de toda mi vida junto a Marc, de nuestros juegos, de nuestras primeras caricias y de esa primavera que precedió a su partida, de esa última primavera antes de su muerte, en 1916? Por fin, mi marido me llamó. Tuve que apagar la lámpara y dejar volar al pequeño.

Al día siguiente, desde que me quedé sola, corrí a la habitación de los muebles. Revisé por todas partes; saqué todas las fundas; busqué bajo todos los almohadones acolchados la carta, la foto, el álbum olvidado que había ayudado a los mellizos a describir a ese primo muerto muchos años antes de su nacimiento. No encontré nada. Me senté en el sofá, en el lugar donde había encontrado a mis hijos, en la oscuridad, como ellos. No sé lo que esperaba. Lloré. Llamé a los muertos. A Marc, y a mi padre, y a los antiguos empleados, y a un gato blanco que había amado, a todo ese pasado perdido. ¡No! No creía ni por un segundo en que los aparecidos vendrían; no tenía esperanzas. Sólo pensé: «A mis espaldas, estoy tan poseída por el recuerdo de Monjeu que algunas imágenes se forman en mí, y a través de mí penetran en ellos. Son tan pequeños; su espíritu se nutre por completo de mí, como en otra época su cuerpo. Les transfiero mis sueños sin siquiera saberlo».

¡Pero qué potentes y molestos eran esos sueños! Me había casado para olvidar el pasado: había aceptado y deseado casi una vida estrecha y pobre para quedar aplastada de cansancio, para no darme el lujo de llorar, de extrañar, de acordarme. Y era tan inútil... Lo sé ahora. Sólo se olvida el sufrimiento. ¡Qué extraña es la forma en que estamos hechos, de todos modos! Nuestra débil memoria no guarda más que el rastro de la felicidad, tan profundamente marcada a veces que parecería una herida.

Me quedé sola apenas un cuarto de hora. Era siempre así: una mujer está amordazada por mil pequeños lazos que, por separado, no son más gruesos que un pelo, pero que, todos juntos, la atan tan bien que no puede dar ni un paso fuera del estrecho círculo de las obligaciones cotidianas. Mis hijos podían permitirse quedarse solos en esa habitación encantada, pero yo... Oh, lo juro, iba a volver a ver a Marc y, junto a él, bajo su sombra querida, la casa, el jardín de Monjeu, todos mis viejos recuerdos, cuando oí a la empleada llamándome: «¡Que la señora venga a ver!». Reconocí la voz chillona e indignada que ponía cuando acaba de descubrir una travesura de los niños. ¡Y Dios sabe que eran pródigos! Ya no recuerdo qué chiste estúpido habían inventado ese día. Hasta la noche no pude encontrar un instante de soledad o de silencio.

Una o dos veces después, traté de volver a ese cuarto. ¡En vano! El presente celoso me arrebataba sin cesar del pasado. No sólo la gente me molestaba, sino que mi propio pensamiento estaba pendiente y me atormentaba como un remordimiento:

«¿Qué haces ahí? Sabes bien que es la hora de ir a buscar a los niños a la escuela. Sabes bien que Didier no estudiará el catecismo sin ti. Sabes bien que te necesitan».

Oh, Marc, Monjeu, ¡qué lejos estaban! Los perdía por segunda vez. Y, por una suerte de acuerdo tácito entre los mellizos y yo, les entregué la llave del pasado: les cedí esa habitación. No les pregunté. Durante varios meses no les hablé de nada, y después, una noche en la que había tenido una discusión con Georges, más mezquina y más tonta todavía que de costumbre, en el momento en el que acostaba a René, le pregunté, escondiendo mi cara en su pelo:

–No me has vuelto a contar nada más de tus juegos allí, en la habitación de los muebles. ¿El niño aún viene?

–Sí –respondió, y puso los brazos alrededor de mi cuello como si fuera a decirme un secreto, pero se contentó con darme un beso. Después levantó la cabeza–: ¿Tu corazón es lo que late tan fuerte? –preguntó.

En efecto, latía con grandes golpes sordos que me hacían daño. Los escuchó sin decir nada, muy sorprendido.

–Mamá, ¿sabes qué? Jugamos allí donde hay un gran jardín, muy muy grande, con árboles cortados muy raro en forma de animales y de muñecos.

–Sí –dije, porque reconocía los vestigios del jardín a la francesa–, muy cerca de la huerta, pero todo estaba abandonado por allí, ¿no es cierto?

–No, no, todo es alegre, bien cuidado, hay flores bonitas plantadas, y en los senderos la arena es roja.

Era el jardín tal cual como mis padres lo habían descrito; acababan de llegar a Monjeu; estaban recién casados: todo era próspero, tranquilo, ordenado. Era mucho antes de mi nacimiento. Tomé en las mías las manos de mi pequeño hijo. Estaban tibias, regordetas y suaves. No tenía fiebre; no deliraba. Además, ninguna fiebre, ningún delirio podía explicar esa extraña visión. No me atrevía a preguntarle. Dudé por un rato largo. Por fin solté:

–¿Qué hay al final de la gran alameda? Sabes lo que dijo la que continúa la terraza.

En mi época, había una fuente que los rosales y el barro invadían; perfectamente redonda, estaba rodeada de siete sauces llorones de larga cabellera verde. No nos dejaban jugar sobre la tierra: el suelo era resbaladizo y ante la menor lluvia el terreno se llenaba de un barro líquido que nos manchaba los zapatos y las medias. No vi en ninguna parte tantas hermosas libélulas azules como allí. Sé que, cuando mis padres eran jóvenes, la fuente, que se limpiaba cada año, era límpida y profunda, y que a menudo mi padre y mi madre iban a merendar con sus amigos allí, pero de toda esa vida transcurrida yo no sabía nada. «Ah, vinisteis demasiado tarde, mis pobres pequeñas», nos decía mi mamá a mi hermana y a mí. Se reía: siempre fue despreocupada y superficial, y mi padre tenía el mismo carácter que ella. Se habían amado mucho; habían vivido tan unidos, tan felices que todas las preocupaciones de su edad madura las aceptaban con el corazón en paz... Como se salda una deuda.

¿Era posible que de la juventud de mis padres, de tanta alegría, de tanto amor, algo permaneciera y penetrara en el espíritu de sus nietos, algo sobrenatural? Es raro. Preguntad a la gente que no es mística, nerviosa o enferma; no, a la gente común: «¿Creen en lo sobrenatural? ¿Creen, por ejemplo, en los presentimientos, en las advertencias a distancia? ¿Creen que los muertos pueden comunicarse con nosotros?». Responderán riéndose: «¡Por supuesto que no! ¡Qué idea! Como es natural, no creemos en eso». Pero seguid preguntando, presionando. La segunda respuesta será: «No creo, pero... me pasó...». ¿Tal vez el gran deseo que tenemos de creer en lo sobrenatural nos vuelve crédulos y débiles? Es posible. Yo solo sé que René, que jugaba con mis manos y mi pelo suelto en la oscuridad, me describía aquella alameda delante de la terraza que él nunca había visto y la forma de la fuente de agua: «Toda redonda, mamá, redonda como una moneda».

–Pero la gente… René, ¿ves gente?

Dudó un instante:

–No sé… No presté atención… Oigo risas… y hablar muy fuerte y muy cerca de mí. Pero yo estoy jugando, entiendes, nunca miré. Pero sé que hay señores y señoras, que una carreta con un caballito lleva cestas para la merienda.

Había oído hablar de ese pequeño caballo al que llamaban Rustaud. Incluso sabía que me había llevado a pasear, de niña, sobre su lomo, en el fondo de una cesta acolchada que fijaban a su silla. Pero era la época en la que yo todavía no caminaba; muy pronto, vendieron el caballo y el pequeño coche.

Mi hijo, sin embargo, seguía hablando con alegría y liviandad, y, a través de su charla, yo iba recuperando detalles conocidos y también otros desconocidos para mí, ese campo de tulipanes color fuego, por ejemplo, en medio del césped, y un pequeño kiosco que había sido demolido por un rayo. Jugábamos entre sus ruinas, Marc y yo. Entre los ladrillos sueltos de sus paredes, él escondía libros prohibidos. Más tarde, ahí encontraba sus cartas, porque estábamos en la edad en la que uno y otro teníamos una sed que ni la presencia ni las caricias pueden saciar: ni bien nos separábamos, ya nos estábamos escribiendo; era una manera de seguir besándonos. Pero René me hablaba de ese kiosco tal como era cuando mi abuelo lo había construido para mi madre, de niña.

–Es la casa de las muñecas –dijo René–: tienen sus camitas y armarios con vestidos.

Hasta ahora había pensado que Jean dormía, pero entonces vi que sus ojos oblicuos, brillantes, con pestañas negras y tupidas, me miraban con fijeza. Terminó con un tono de confidencia:

–Y hay un trineo con el interior, todo en terciopelo rojo…

–Pero ¿y esa gente? –repetía yo con una angustia casi insoportable, la que se siente en los sueños y que nos despierta en lágrimas–. ¿La veis?

Pero no. Lo que se podía adivinar a través de sus palabras, es que, en esa especie de visión, de ensoñación (no sé cómo llamarla), nunca veían a personas adultas, estaban entre ellos, entre niños, aunque los adultos estaban ahí, les daban seguridad, invisibles, tutelares, sin dirigirse nunca a ellos, pero brindándoles una alegría serena, una ternura que me transmitían a mí misma ahora, no sé cómo. Una esperanza sobrenatural me hacía latir el corazón.

Me callaba; los niños también dejaron de hablar. Se quedaron dormidos casi al mismo tiempo. Durante más de una hora, me quedé sentada entre sus dos camas. Sentía miedo, de repente. Por ellos… Me parecía que sus sueños les harían daño. Espiaba su sueño. Pero no, no había rastros de agitación o de dolor en ellos, sus mejillas estaban rosadas, su aliento fresco, su pulso tranquilo. Volví junto a Georges. Junto a Georges… ¿Había dormido de verdad alguna noche junto a él, desde que estábamos casados? Me había acostado junto a él, sí, pero mis sueños me transportaban lejos de él.

Le hablé de todo esto a mi hermana.

–¿Crees que estoy loca? –le dije–. Te vas a reír. Pero, por favor, pregúntales a los niños; te dirán lo que ven en la habitación de los muebles.

Alzó los hombros.

–Ven lo que les haces ver. Estás obsesionada con Monjeu…

–¡Ah! ¡Es posible! Pero, incluso así, asusta y es extraño.

Me tomó de la mano.

–Hélène, ¿qué pasó entonces entre tú y Marc?

–Nada –dije vivazmente (era absurdo mentir, lo sabía bien, después de tantos años, pero sé que siempre estuvo celosa por Marc, y, al final, no valía la pena haber ocultado nuestro amor durante tantos años para contarlo ahora)–, nada. Quería a Marc, lo sabes, como a un hermano.

–Sí –dijo ella con una sonrisa singular–, como a un hermano…

Llamé a Jean y a René, y, con su maravillosa habilidad, los hizo hablar, interrumpiéndose a veces para mirarme; susurraba en voz baja:

–Sí, es eso, es eso mismo… Es extraordinario…

–¿Reconoces Monjeu, Louise?

–Sí.

–¿Y a nuestros padres? ¿Crees que ven a nuestros padres?

–Los ven a través de tu recuerdo inconsciente, Hélène.

Atrajo hacia ella a los dos niños:

–Habladme de la casa ahora –les dijo–. Es grande y fría, ¿no es cierto?

–No nos gusta mucho jugar en la casa –dijo Jean con una mueca–. Fuera es muy bonito. Pero una vez el niño nos llevó a su habitación.

–¿Dónde está esa habitación?

–Arriba del todo, al final de un largo corredor, y hay un vidrio que se mueve antes de entrar.

–Justo en el umbral, ¿no es cierto?

–Sí, en la puerta. Pero no nos gusta ir ahí. Se ven cruces por la ventana. Además, te voy a decir algo –René bajó la voz y tomó mi mano–: hay alguien en esa habitación…

–¿Un muchacho y una muchacha?

–Sí, se besan. ¿Cómo lo sabes, tía Louise?

Me levanté:

–¡Basta! ¡Basta! Callaos. ¡Id a jugar a la habitación, al vestíbulo, a la cocina, donde queráis, pero nunca volváis a la habitación de los muebles! Nunca, ¿lo entendéis? ¡Nunca! Os lo prohíbo.

Al día siguiente, hice venir a un anticuario y vendí todo: el sofá, los sillones, la cajonera; todo se fue el mismo día. Georges, furioso, no podía creerlo:

–¿Lo has hecho sin consultarme? ¿Te das cuenta de que te han robado a mano armada? ¿Estás loca?

–No estoy loca, pero me hubiera vuelto loca si esos muebles hubieran permanecido aquí más tiempo.

–No te entiendo.

Tomé el camino más simple, el más «mujer»: me enfadé.

–¿Piensas que era posible, con todo lo que tengo que hacer, esa especie de guardamuebles que mantener, todo ese polvo por limpiar cada día, esas maderas por pulir? Además, a esos sillones de terciopelo se los comían las polillas. En fin, lo que está hecho está hecho. Ya no se hable más.

Esperaba la reacción de los mellizos. Se pusieron a llorar. Los abracé. Los llevé a esa habitación, ahora iluminada, vacía, banal y alegre.

–Ahora vais a poder volver aquí –les dije.

Miraban a su alrededor con una expresión sorprendida y malhumorada, como cuando los despertaba las mañanas de invierno para alguna lección.

–Ya no es divertido –dijo René.

Jean, con las manos en los bolsillos, examinaba con mucha atención las ranuras del suelo.

–¿Qué buscas?

–Un silbato...

Se agachó de repente, tomó un silbato medio aplastado, un juguete pequeño, que se guardó en el bolsillo. Le tendí la mano para tomarlo; me lo entregó, pero, de pronto, él y su hermano parecieron perder todo interés por esa pieza. Se escaparon y me quedé sola con el silbato entre las manos.

No recordaba haberles visto uno parecido a los mellizos. ¿Sería de uno de sus hermanos mayores? Me lo llevé a la boca; estaba casi destruido por una patada de los niños, y no salió más que un débil sonido aflautado. Lo escondí en mi cartera. Esa cartera me la robaron unas semanas más tarde, o la perdí; estaba gastada y sólo contenía un billete de metro y otro de cinco francos. Se burlaron de mí cuando hice el trayecto, dos mañanas seguidas, de mi domicilio a la prefectura de policía, para reclamar en Objetos Perdidos. En vano.

Ahora, los mellizos tienen quince años. Traté de recordarles la habitación de los muebles, pero están en la edad en la que se rechazan los recuerdos infantiles con desdén y sorda animosidad, como si contuvieran algo hiriente para su nueva dignidad de jóvenes.

Me respondieron con tono malhumorado que se habían olvidado y que, además, eso no tenía ninguna importancia. Georges nunca supo nada de esto.

Solo con mi hermana podría hablar de Marc y de Monjeu; pero nunca más hablamos de eso.

Las vírgenes
(1942)

Se habían amado: no habían vivido felices juntos. Eran violentos y celosos entre ellos, tan incapaces el uno como el otro de la resignación y de la dulzura. Casados, tenían peleas de amantes; su existencia estaba atravesada por tormentas que concluían en reconciliaciones apasionadas y tiernas. Se habían conocido a los veinte años; tenían cuarenta y cinco años ahora. Ella había sido una gran belleza, pero, para su desgracia, tenía uno de esos rostros atormentados cuyas arrugas y expresión amarga no llegan a cubrirse con maquillaje; desde el nacimiento de una hija que llegó a una edad avanzada, que atesoraba, pero que no había deseado, su propio cuerpo, antes admirable, había engordado y se había deformado. El marido parecía joven todavía. Dotado de un carácter aventurero e inquieto, no había podido permanecer en Francia. Había recorrido el mundo. Mientras le fue posible, la mujer lo había seguido. No tenía fortuna. Habían pasado momentos duros. Esos últimos años, había terminado por encontrar un trabajo en Marruecos; era arquitecto. Estaba alcanzando la edad madura, y con ella la sabiduría y la suerte, decía él entre risas. Era casi rico; los días malos se le borraban los recuerdos. Entonces, se había ido con su amante.

Ahora, la mujer y la hija regresaban a Francia. Solas.

La mujer esperaba encontrar refugio en casa de una de sus hermanas, institutriz en un pueblito del centro. Había habido no sé qué malentendido sobre el horario del tren, y nadie esperaba en la estación, bajo la nieve, a las dos viajeras. Éramos mi madre y yo.

Yo tenía siete años. No entendía nada. Me colgaba de la amplia falda de mi madre. Estaba tiritando. Miraba caer los copos transparentes que la linterna pintada por un empleado ferroviario iluminaba alternadamente con un verde tembloroso y suave y un rojo sangre oscuro. Me dejaron ahí, mientras mi madre se ocupaba de las maletas, en una estrecha sala desnuda donde una estufa calentaba muy fuerte. Después salí de la estación, me acuerdo, y crucé en total oscuridad aquella placita rodeada de casas dormidas. Un coche nos llevó a unos kilómetros de allí, a través del campo desolado. Los campos cubiertos de nieve proyectaban hacia el cielo oscuro su luz difusa. Vi granjas al borde del agua congelada, un muro en ruinas, pinos que me parecieron gigantescos; el viento soplaba entre sus ramas y arrancaba de ellos una vibración continua, musical y quejumbrosa como la que se escapa de los hilos telegráficos los días fríos de invierno. Yo lloraba muy bajo. Mi madre veía mis lágrimas, se esforzaba por sonreírme. Acercó la mano hacia mí y me acarició el pelo con ternura; su mano hervía, y sentí sobre mi frente una pulsación irregular y rápida. Dije con sorpresa:

–Qué calor tienes, mamá, yo estoy temblando.

No respondió.

El trayecto duró cerca de una media hora; los caminos estaban en mal estado. El tiempo me parecía muy largo, y mi tristeza aumentaba minuto a minuto. Al final, mamá levantó la cabeza y dijo, cuando el coche se detenía:

–Llegamos, Nicole.

Se abrió una puerta, y de allí brotó luz, calor, reflejos de un fuego rojizo, voces amistosas, risas y exclamaciones y un aroma que todavía sigo notando: el de una sopa de campo, el de una olla cocinándose desde la mañana, sin duda, sobre un fuego de leña, a la moda antigua; el silbido de ese fuego de leña, su olor, el aroma un poco azucarado del apio que todo lo dominaba, todo eso penetró con un extraordinario bienestar en mi cuerpo aterido. Todavía estaba de pie en medio la noche, en el frío, no había atravesado el umbral de esa hermosa cocina, y ya el pasado, mi padre, el sol de Marruecos, el viaje y mi cansancio estaban olvidados. Ya casi no sentía pena. Por encima de mi cabeza, las mujeres lloraban y se abrazaban. Las observé con timidez. Eran tres las que rodeaban a mi madre; me parecieron viejas, una era corta y redondeada con unas buenas mejillas regordetas y un poco temblorosas; la segunda, larga y delgada, de pelo gris bien tirante; la tercera –mi tía Alberte– tenía unos anteojos grandes y redondos que cabalgaban sobre una pequeña nariz respingada. Mi madre quería mucho a esa hermana. Cuando hablaba de ella, era como una muchacha: no la había visto desde hacía veinte años. Me sorprendió escuchar cómo la llamaba: «Alberte, mi pequeña Alberte, mi querida hermanita», cuando a mí me parecía una señorita tan vieja. Después me enteré de que las otras dos personas eran una parienta lejana y una amiga de la infancia de mi madre. La gorda se llamaba Blanche, y la flaca, Marcelle; olvidé sus apellidos. La primera era empleada del correo en el pueblo; la otra, institutriz como mi tía, había venido a pasar las vacaciones de Navidad. Era un 23 de diciembre. En el salón, habían colocado un pino adornado con guirnaldas, juguetes y golosinas para mí. Me lo hicieron admirar, pero yo no veía nada: me dormía de pie. La mesa estaba puesta en la cocina, todo era luminoso, cálido y brillante. Tragué unas cucharadas calientes de caldo, y luego caí en un sueño profundo. Cuando me desperté, estaba acostada en un pequeño diván dispuesto como una cama, en la habitación de mi tía. La puerta del comedor seguía abierta, y yo veía a las cuatro mujeres sentadas cerca del fuego; debía de ser tarde; habían hablado en voz baja al principio, sin duda para no despertarme, y después se habían olvidado de mi presencia y ahora oía cada palabra. Mi madre contaba cómo mi padre había huido con una amante. Sus palabras salían entrecortadas por las lágrimas, suspiros, maldiciones.

–Cállate, Camille, cállate, te lastimas –decía mi tía con piedad.

–No, deja, al contrario, me alivia –respondía mi madre–. Todo esto me ahogaba...

La veía llevarse las manos a la garganta como si, de verdad, experimentara una sensación física de ahogo. Estaba empapada en llanto.

–Me hizo demasiado infeliz –decía–. No sabéis, no podéis saber... Lo amé demasiado. Amar a un hombre hasta ese punto, aunque sea nuestro marido, es un pecado, creo. Al menos, me sentía culpable. Era demasiado. Estaba hipnotizada por él. ¡Si supierais en qué condiciones me hizo vivir! Lo seguí al interior de África del Norte, donde ninguna mujer de un europeo habría aceptado vivir. Era en la época en la que construía un palacio para un pequeño potentado africano. E incluso allí, no era lo peor. Sólo podía ponerme celosa de las indígenas. Pero en casa... No sabéis lo que significa «vivir en la angustia». Despertarse pensando: «Ya no está aquí. Se fue y no volverá». Esperarlo. Seguir esperándolo. Verlo, esa alegría aguda, casi desesperada: «Por fin está aquí. No es para hoy todavía». Es que no era infiel a la manera de los otros maridos que corren, pero, como los perros, terminan por volver a casa. Yo sabía que un día se iría de verdad. No lo ocultaba. «Pequeña, me has tenido veinticinco años», decía. «Es una proeza. Pero un día me voy a escapar». Malvado, no, no era malvado, sino terrible, indócil, un verdadero temperamento de aventurero. A veces me miraba con una suerte de estupor, como si de verdad no me reconociera, como si pensara: «¿Qué rayos hace aquí esta mujer?» ¿La niña? Pero hombres como él no tienen corazones de padre. No estoy obligada a condenarlo, además. Yo soy la única culpable. Nunca tendría que haberme casado con él. Los dos teníamos veinte años, pero él ya se conocía. Sabía de qué sangre provenía. Su padre se había ido del mismo modo, un buen día, abandonando a su familia; desapareció; nunca supieron lo que fue de él. «No me gusta el dinero; no me gustan ni las cartas, ni el vino, ni las mujeres», decía mi marido. «Pero tengo una pasión: el cambio. Salir de la antigua vida como la serpiente se desprende de su piel. Te advierto de que te voy a hacer sufrir». Pero yo no quise creerlo. Dios mío, Dios mío, ¿por qué no te imité, Alberte? ¿Por qué no me quedé sola y tranquila, sin hombre, como vosotros? Os miro y os envidio. Alberte, ¿sabes hasta qué punto eres feliz? ¡El amor, el amor, qué horror, qué mentira! –exclamó mi pobre madre.

–Pero –dijo con dulzura la gorda Blanche–, todos los matrimonios no son...

–Lo que es espantoso es la vida. Están al margen de la vida, tenéis razón. La vida no puede sino lastimar, mutilar, mancillar, herir. Los hombres son los que dicen que no hay vida para la mujer fuera del amor. Pero vosotros vivís solas, y ¿no sois felices? Miradme. Estoy sola ahora, como vosotras, pero no por una soledad elegida, buscada, sino con la peor soledad, humillada, amarga, la del abandono, la de la traición. No tengo oficio, nada con qué llenar mi corazón y distraer mi mente. ¿La niña? Pero es un pesar, un recuerdo viviente que me persigue. Vosotras sois felices.

Hubo un silencio bastante largo. Mi tía Alberte se levantó para avivar el fuego. Sopló un rato largo sobre el leño que no se quería encender y se quejó.

–Me entregaron leña húmeda. ¿La escuchas llorar?

En efecto, un seseo, un silbido, un maullido quejumbroso se elevaba desde la chimenea. Yo escuchaba, fascinada, e imaginaba llorar a esa madera, esos trozos de abedul, de cerezo o de roble que esparcían a su alrededor lágrimas en grandes gotas de plata.

–Mi pobre Camille –dijo al fin mi tía–, te confieso que nunca envidié tu suerte. Soy completamente feliz, es verdad. Tengo un oficio que me interesa, una pequeña holgura. Me gustan los niños, me gusta enseñar. Me agrada el campo. Lo que tiene de bueno este lugar, vas a ver, es que es el verdadero campo, un poco salvaje, no el pequeño agujero de provincia donde la gente está al acecho de los chismes. La naturaleza es muy hermosa. Y ya ves, tengo mi propia casa.

Las otras asintieron.

–Sí, es cierto que tu ejemplo, Camille, no incita al amor. No digo al matrimonio, sino al amor. Yo –dijo Marcelle– no habría podido soportar una existencia similar. Todo lo que has tenido que aguantar... Naturalmente, al principio, fuiste feliz.

–Nunca fui feliz –dijo con vehemencia mi madre–. Estábamos casados hacía seis meses cuando me enteré de que me engañaba. Era la primera parte de mi embarazo. No lo sabéis, pero una mujer, en esos momentos, se siente tan frágil, tan inquieta... Necesita tanto de una presencia constante que le brinde seguridad. No podéis comprenderlo. Yo sabía que me engañaba y que no había nada que hacer: dejarlo o cerrar los ojos, podía elegir. Lo amaba, acepté todo. ¡Oh!, no, no, ni siquiera puedo decir que fui feliz.

Las solteronas susurraron palabras de consuelo, de ternura. Mi tía dijo con dulzura:

–Ven aquí, ven a recostarte cerca del fuego, mi pobre Camille. Anda, nosotras te mimaremos, te haremos olvidar los días malos. ¿No es agradable estar todas juntas, como antes? ¡Qué rara es la vida! ¿No pensáis a veces que a cada una de nosotras, en un momento dado, le sucedió algo que desvió su destino en tal o cual dirección? A menudo, me has contado, Camille, tu primer encuentro con tu triste marido.

–Sí –dijo mi madre–, estaba de paso en nuestra pequeña ciudad. Iba a visitar la iglesia, y, a mí, mamá me había enviado a buscar hilo rosa a la mercería. Cuando estaba a punto de salir, me miré en el espejo y pensé que mi sombrero no me quedaba bien. Volví a entrar y tomé un sombrero nuevo, y al salir, en el umbral de nuestra puerta, Henri y yo nos encontramos, nos miramos, nos amamos... Y bien, cinco minutos después, él se hubiera ido por un lado y yo por el otro, nuestros caminos no se hubieran cruzado y viviría tranquila, como vosotras, hasta la vejez.

–Yo también –dijo la gorda Blanche entre risas–, yo también puedo recordar el momento preciso que cambió mi vida. Nunca os lo he contado; me sentía demasiado humillada: tenía veinte años, estaba enamorada de... ¡Bah! No os voy a decir de quién. Es demasiado tarde ahora. Está muerto. Dejó cinco hijos y su viuda no tiene dinero. Una pelirroja alta, con el pecho como una tabla. A veces la veo cuando voy a visitar a mis padres. Y bien, un día yo sabía que él iba a decirme..., proponerme..., pedirme... En fin –le salió una risa pueril–, y, ¿sabéis?, una mujer no se equivoca en esas cosas. Sabía que iba a pedirme matrimonio. Estábamos solos, éramos tímidos. Se acercó a mí, y en ese momento sentí que se rasgaba la hombrera de mi camisa. Tenía una blusa liviana con un entredós de encaje, como era la moda de esa época, y, si mi camisa se abría, se me iban a ver los pechos. Primero, no éramos pequeñas insolentes como las jóvenes de hoy. ¡Mostrarle los pechos a un hombre, qué horror! Pero, creo, os los digo en confidencia, que si hubiera tenido los pechos perfectos… ¡Lástima! Siempre fui un poco gorda. Entonces, grité, me puse muy colorada y casi llorando dije: «¡No se me acerque, Eugène, no se me acerque!». Estaba apenado, el pobre muchacho. «Pero ¿por qué, Blanchette? ¿Qué pasa? ¿Le doy miedo?». Sólo podía repetir, cruzando con firmeza mis brazos sobre mis senos: «Váyase. ¡Le digo que se vaya!». Creyó que le tenía aversión. Me dejó. Al día siguiente, me saludó con mucha frialdad, y nunca más, nunca más…

Suspiró.

–Veréis, si mi camisa hubiera estado hecha con una tela más sólida, estaría viuda con cinco hijos y sin dinero, como esa pobre pelirroja.

–La nariz de Cleopatra, si hubiera sido más corta –dijo de manera mecánica mi tía.

Marcelle intervino.

–No estoy de acuerdo con vosotras. No es cuestión de azar, sino de instinto. Una de mis colegas, solterona como yo, cuando le preguntan por qué no se casó, responde: «Sucedió así». Pero no, no es exacto. Se tiene la vocación del matrimonio o no se tiene. Matrimonio, amor, vida simplemente. Queremos vivir con todas nuestras fuerzas o deseamos la paz. Yo siempre deseé la paz. Me imaginé, durante algún tiempo, que me gustaría ser religiosa, y luego entendí que no era Dios lo que me hacía falta, sino estar tranquila y sola, con mi pequeña rutina, mis queridas costumbres. ¡Un hombre! ¡Por Dios! ¡Qué haría con un hombre!

–¡Un hombre! –repitió mi madre en eco.

Y, después de un silencio, agregó:

–Tienes razón, Marcelle. No es cuestión de azar, sino de instinto, e incluso de deseo. Al final, se obtiene siempre aquí abajo lo que hemos deseado con fuerza, y ése es nuestro castigo más grande –concluyó.

Pensé confusamente que su tono, su manera de hablar, todo había cambiado en una hora. Y a partir de esa noche, en efecto, ya nunca fue la misma; se volvió una señora-de-campo, un poco fuerte, ocupada en la cocina, en la huerta y en el jardín, cuidando a las gallinas y a los enfermos mientras mi tía estaba en la escuela. Se calmó hasta el punto de responder unos años después a mi padre (que quería volver a la vida matrimonial):

–Es como si le pidieras a un loco recuperado que vuelva a usar la camisa de fuerza, mi pobre muchacho...

Mi padre murió unos meses más tarde, de golpe, en el norte de África, completamente solo.

Esa noche de la que hablo permanece en mi memoria. Escuchaba a esas mujeres. Miraba el fuego. Comprendía a medias. Quería dormir, pero sus palabras me mantenían despierta. La delgada Marcelle tejía; oía el tintineo de las agujas de acero y el sonido de sus palabras.

–Yo soy la mayor de una familia de diez hijos, como ya sabéis. Diez niños en una familia de pobres, en una vivienda estrecha, y vosotras creéis que yo adivinaba muchas cosas. Yo no soñé con el amor, ni con el matrimonio, ni con la maternidad. Conocía el revés de todo eso, el aire presumido del padre que se va al bar y que deja a la madre en la casa «arreglándoselas con los chicos». Arreglárselas, sí, o morir de pena como ella hizo, la pobre mujer. Murió al dar a luz al undécimo hijo, el último, mi hermano Louis. Y que no me vengan a hablar de los bebés y de la felicidad de cuidarlos, de mimarlos. Yo sé lo que es, me niego a tenerlos. Era la mayor, ¿entendéis? Yo ayudaba con los baños, la limpieza, la preparación de los biberones. A mí me despertaban sus llantos, yo era quien veía a mi pobre madre, cansada, marchita, a los treinta años, con aspecto de vieja, sin un momento de respiro nunca, trabajando en la casa, trabajando en el jardín, siempre con un niño colgando de la mano o de la falda y otro en brazos. Gracias a Dios, estoy muy tranquila, me gano la vida, tengo mi jardín, mi casita, flores, animales. Estaba hecha para esta vida y no para otra. Y tú también, Blanche. Si hubieras estado enamorada, no hubieras rechazado a ese muchacho: te hubieras olvidado de tu pudor e incluso de tu temor a no ser lo suficientemente bella ante sus ojos. Si hubieras estado enamorada, hubieras sentido por instinto que tu amor te embellecía.

Yo no era más que una niña, tenía siete años, pero estaba impactada por la manera en la que esas solteronas pronunciaban las palabras «amor, matrimonio, maternidad, niño». ¡Qué voces, amargas y tiernas!

–Tú, sin embargo, Alberte –dijo mi madre, apoyando la mejilla en su mano, mirando pensativamente el fuego–, sin embargo, parecías creada para el amor. Primero, eras hermosa...

–Oh, no –protestó mi tía.

–Sí. Eras la más guapa de todas nosotras. Ahora, todavía, tus rasgos son bellos y delicados. Si no tuvieras esos anteojos espantosos...

–Mis pobres ojos –suspiró mi tía.

–¡Ah!, mi vieja Alberte, a los diecisiete años, ¡cómo te gustaba reír, y divertirte, y gustar! Y, de golpe, cambiaste. ¿Por qué? Por un instante, pensé en una vocación religiosa. Y después pensé que habías amado a alguien que no te había correspondido.

–Nunca quise a nadie –dijo mi tía Alberte–, ¿y sabes por qué? Te veía, Camille, entendía hasta qué punto eras infeliz. Sí, creías que le ocultabas tu vida a la familia, y, sin duda, papá y mamá lo ignoraban todo. Pero yo no. Sabes que siempre te quise con ternura. Eras mi hermana preferida. Por tu matrimonio de novela, por tu obstinación por casarte con Henri a pesar de la voluntad de nuestros padres, habías adquirido para mí un aura extraordinaria. Para mí eras una enseñanza viva y un ejemplo. Si hubieras sido feliz, te hubiera imitado. Pero, un día, fui testigo de una escena... ¡Oh, fue espantoso!

–Una escena... –dijo mi madre con tono bajo, y alzó los hombros como para expresar que había habido tantas y que no significaban nada.

Mi tía se acomodó en la silla. Se sacó los anteojos con un movimiento vivaz, y me di cuenta de que en efecto era hermosa todavía. Esa pequeña nariz respingada, impertinente y fina, la curva de sus hermosos párpados, el dibujo firme y redondo de sus mejillas desentonaban con sus vestidos pasados de moda, su peinado de vieja, esa rigidez que le venía sin duda de su actitud habitual de profesora: muy derecha, controlando a sus estudiantes, siendo el centro de atención de todas las miradas.

–¡Oh!, pero esa escena, Camille, estoy segura de que no la has olvidado. En todo caso, sobre mí tuvo un efecto extraordinario. Era...

Se interrumpió.

–Pero no te estás tomando el vino caliente –exclamó ella con un reproche.

Elevó entre sus manos por un instante el vaso lleno de un líquido que esparcía un rico y caluroso olor a alcohol y canela. Mi madre bebió a pequeños sorbos. Mi tía continuó:

–Estabas casada desde hacía un año, creo; yo había ido a visitaros a París. Delante de mí, nunca os habíais peleado, y no podía imaginar entre esposos una intimidad diferente de la de mis padres: algo inefablemente exquisito y apacible que ante mis ojos era la esencia misma del amor. Entonces tenía diecisiete años, y decía con ganas: «Nunca me casaré por conveniencia, sino por amor, como mi hermana Camille». Pero una noche...

Se estremeció de nuevo por el recuerdo. Plegó los hombros y extendió las manos con un gesto friolero hacia la llama.

–Una noche, vosotros fuisteis a un concierto, y yo, como tenía gripe, no quise acompañaros. Me despertó el ruido de vuestras voces irritadas. Mi habitación era contigua a la vuestra. Oí, saliendo de tu boca, Camille, unas palabras... ¡Oh!, todavía me quedo helada cuando pienso en ellas. Repetías con una voz sorda y monótona, como una queja: «Quisiera estar muerta, Henri, quisiera estar muerta». No supe con exactitud lo que había pasado entre vosotros, pero se trataba de otra mujer, y él... no intentaba disculparse o consolarte. ¡Se reía, el muy bestia! Con una risa tan cruel, tan insolente, tan implacable que, si yo hubiera sido un hombre, le hubiera partido la cara en dos. ¡Qué hombre tan malvado! ¡Sin corazón! Después hablasteis los dos muy alto, con insultos que yo escuchaba con el corazón en la boca, conmocionada por el miedo y la piedad. Mi pobre Camille... Mi hermana querida... Esa noche, te pegó. Oí tus gritos. Me tapé los oídos. Hundí la cara en la almohada, me escondí debajo de las sábanas para escapar de esas quejas, de esos gritos, pero hoy aún me siguen persiguiendo. ¡Dios!, pensaba, ¿así termina el amor?

¿Besos, caricias para empezar, y luego golpes? ¡Y una mujer puede perder hasta ese punto todo su amor propio! Perdóname, Camille, sé que lo seguías amando y que, por otra parte, hubieras preferido morirte, como has dicho a menudo, más que confesar la verdad a tu familia, pero, de todos modos, de todos modos, semejante humillación…, ¡tú, tan orgullosa! Esperé el día siguiente con espanto. Estaba lista para decirte: «Déjalo. Regresa conmigo, a casa. Te voy a mimar, trabajaré para ti…». En fin, lo mismo que te digo hoy –concluyó mi tía con una voz muy dulce–. ¡Pobre Camille! Sufriste mucho, pero me hiciste, esa noche, un gran servicio. Me fui al día siguiente, volví a casa. No me atrevía a decirte nada, y además, desalentabas las confidencias. «Soy feliz, pequeña hermana», decías en ese entonces. El tiempo pasó, pero la impresión espantosa de esa noche ha permanecido tan viva en mí que, cuando los hombres me decían palabras de amor, oía de nuevo tus gemidos, tus gritos, su risa, y aquel hombre me daba repulsión. Es por eso por lo que nunca me he casado. En cuanto al matrimonio arreglado por los padres, no lo quise. Tú te olvidaste de esa noche…

Hubo un silencio entre ellas, tan largo que estaba por quedarme dormida. Cerré un poco los ojos, y luego me despertó un suspiro. Miré de forma mecánica a mi madre. Se había tomado el vino caliente. Le había subido un poco de color a las mejillas. Parecía distendida, misteriosamente calmada y desprendida de todo. Suspiró unas dos, tres veces más.

–No la olvidé, Alberte. Esa noche, si supieras… Pero no puedes comprenderlo. Hay que ser mujer, haber sido hecha mujer, quiero decir… –dijo en un tono bajo, secreto y como avergonzado–, y haber tenido un amante joven para entenderlo. Y bien, sí, me insultó, me golpeó. Se burló de mí. Pero después, oh, Alberte, inocente, ingenua Alberte, si hubieras entrado en nuestra habitación, hubieras visto que intercambiábamos los mejores besos, con otro gusto que esos besos desabridos que le daba papá a mamá, de los que hablabas antes. Alberte, te dije que no había sido feliz, y es verdad, mil veces verdad, pero... No es felicidad. Es un sabor que sólo el amor puede darle a la vida, un sabor a fruta, sabroso, dulce, casi un poco áspero, un sabor a labios jóvenes...

–Un sabor a ceniza para terminar –dijo con severidad Marcelle.

–Sí, pero... no lo entendéis. El amor nace del dolor, se nutre de lágrimas. Esa noche, Alberte, fue la más hermosa tal vez de toda mi vida. No digo la más feliz, sino la más hermosa, la más completa. Yo había llorado, y él se bebía mis lágrimas. Y todavía oigo la leve aspiración, el ruidito jadeante de sus labios. Dices: «Aceptabas todo porque todavía lo amabas», y en tu boca, esas palabras, «lo amabas», son insípidas y frías. Pero para mí... ¡Ah!, no sé si lo amaba o no. Es apenas una cuestión de amor. Necesitaba una inflexión de voces, un ruido de pasos, el contacto de su mano sobre mi nuca, sus golpes y sus besos. Una necesidad como la del pan, el agua y la sal.

Era extraño. Las palabras de mi madre eran pobres y torpes, y su tono igual y monótono, sin pasión. Sí, en verdad, no quedaba ningún rastro de pasión en ella, se podría decir. Pero tenía el inimitable conocimiento de la experiencia. Les hablaba a esas solteronas como un músico, un artista, un creador genial a unas señoritas de internado que tocan la sonata *Claro de luna* con dudas, notas desafinadas y arrepentimientos. Por momentos, cuando pronunciaba el nombre de mi padre, su boca hacía un movimiento extraño que estaba entre la mordida y el beso.

Creo que por primera vez en su vida ella hablaba de su amor. Sentía aversión hacia todas las mujeres que le parecían rivales en potencia; no tenía amigas. Pero esas tres viejas compañeras eran un sustento; no tomarían al hombre al que ella amaba. A ellas les hacía confidencias; empezó a hablar con reservas, pero después se dejó llevar por el flujo de los recuerdos. Y, sin duda, a medida que hablaba, el amor la abandonaba; se escapaba de su corazón como el perfume huye de un frasco destapado. Yo creo que a partir de su primera noche en Francia empezó a olvidar a mi padre.

Seguía diciendo, con profunda piedad:

–Por supuesto, no podéis entenderlo. Así, tú, Marcelle, no te casaste porque el ejemplo de tu madre te daba pavor: una gran familia..., sin dinero... Es cierto, eso da miedo. Conocí a tu madre. Recuerdo a esa mujer desgraciada, siempre embarazada, agotada por los niños. Pero, si supieras... Mira, cuando nació la pequeña, yo la alimentaba, tenía grietas en el pecho. Es un dolor del que apenas puedes hacerte una idea; parecería que te clavan un cuchillo en cada seno y que cortan el interior en dos como una fruta. Y, sin embargo, cuando la leche sale, mezclada con sangre a veces, en la boca del bebé que has parido... ¡Ah!, mi pobre Marcelle..., es la vida. ¿Qué quieres? La vida en crudo.

Mi madre se quedó callada. Oí el tintineo del vaso vacío que ella volvía a dejar sobre la mesa. Su pelo se había desatado: mucho pelo, largo y un poco lacio, negro, con mechones grises. Tenía un hermoso rostro que todavía sigo viendo, marcado, doloroso, chupado, arrasado como el campo sembrado en otoño. Las mujeres, a su alrededor, habían callado.

Blanche, la más dulce, suspiró.

–Seguro...

No terminó. Marcelle dijo con orgullo, con la boca apretada:

–Para otras esos placeres, querida mía, te lo aseguro.

–Pero decías antes –exclamó la tía Alberte–, decías…

–Que había sido infeliz –interrumpió mi madre–. Es verdad. Os envidio. Envidio vuestras existencias tranquilas, pero… Fui rica, entendedme, fui plena, y vosotros, vosotras no tuvisteis nada de eso.

Entonces, Alberte, mi tía Alberte, dejó caer su labor, se llevó las manos a los párpados y, de golpe, rompió en llanto.

Mi madre, sorprendida, desolada, se había levantado pesadamente y fue hacia ella. Mi tía la rechazaba.

–¿Qué sucede, Alberte querida? Lo sé, lo entiendo, te apiadas de mí, lloras…

–¿Apiadarme de ti? –respondió Alberte–. ¡Oh!, ¡no!, no de ti, Camille.

Concluyó con un rencor doloroso:

–Nunca deberías habernos contado todo esto, mi pobre hermana.

Un hermoso matrimonio (1943)*

Ella era alta y fuerte; tenía el pelo gris, un rostro todavía fresco, de expresión serena. Su pecho opulento, su hermosa cintura, su cuello fuerte y redondo le daban esa apariencia de nobleza y dignidad que algunas mujeres adquieren con la edad. Al mirarla, era tentador decir: «Qué guapa debió de ser», pero, al observarla con atención, se veía que sus rasgos nunca habían tenido gracia, que sólo el tiempo les había dado algo de encanto. La nariz era gruesa, con la punta chata, la boca amplia y risueña. Pero un maquillaje discreto atenuaba esas imperfecciones. Y vestía de maravilla.

Él parecía apenas mayor que ella; era más pequeño y de aspecto delicado; un ligero bigote plateado escondía su boca fina y burlona, y tenía unos hermosos ojos negros. Al caminar, se apoyaba en el brazo de su compañera con una amable indolencia. Ella estaba atenta a acomodar su paso al de él. Me enteré de que había estado enfermo y de que el médico les había recomendado esa altitud elevada. Era en Font-Romeu, hace unos años. Me los encontraba a menudo en la terraza del hotel, después de la cena tardía, a la moda

* *Un hermoso matrimonio*, aparecido en *Présent* el 23 de febrero de 1943 bajo el pseudónimo de «Pierre Lepage», fue el primer texto póstumo de Irène Némirovsky.

española. Casi todos los clientes venían de Cataluña. Aquellas familias vestidas de luto eterno se encerraban en salones agobiantes; abrían las mesas de *bridge*; unas robustas señoras de negro hacían un círculo alrededor del piano en el que se lucía una lámpara amarilla, y su luz se reflejaba en la madera oscura y pulida como la luna en el agua. Los abanicos se agitaban en cadencia, removiendo el aire pesado y perfumado. La terraza, sin embargo, estaba desierta, blanca en el hueco de las montañas negras. Yo la cruzaba de un extremo al otro, porque las noches eran frías; no podíamos quedarnos inmóviles. En mi paseo, me cruzaba con esa pareja que caminaba con lentitud. Intercambiábamos un saludo, una sonrisa, algunas palabras. El cielo brillaba. Era el mes de agosto, y el firmamento parecía contener con pesar esas miríadas de estrellas apretadas y palpitantes; a veces, una de ellas parecía escaparse y, de los cielos profundos, se precipitaba hacia la tierra. En la oscuridad, en los valles cubiertos de tinieblas, las frescas voces de las muchachas cantaban en catalán.

El portero me había dicho el apellido de esos clientes que, como yo misma, preferían, al salón de *bridge* y de correspondencia, esa terraza descubierta y el helado viento nocturno. Se llamaban señor y señora Beaumont, y vivían en París.

Hacia el final de mi estadía, nos vinculamos por esa especie de amistad circunspecta que une en los transatlánticos y los hoteles a seres destinados, según toda probabilidad, a no volver a verse jamás. No hablan nunca de sí mismos; evitan con cuidado todo lo que podría parecerse a una indiscreción, pero, a veces, sobre ideas generales y casi sin saberlo, entregan lo más secreto de sus vidas o lo obtienen de otro con una facilidad sorprendente, como en esos trabajos que se realizan en sueños sin esfuerzo y sin dolor.

Esto fue lo que el señor Beaumont me contó el día anterior a su partida. Acababa de escribir algunas cartas, cuando entró al bar donde yo me encontraba; estaba solo. Se quejaba de un resfriado. Pidió un café turco. Cuando se lo sirvieron, se llevó a los labios la tacita que tenía la forma y el tamaño de un huevero y la volvió a apoyar casi de inmediato con un suspiro:

–Nada tiene gusto. Mi paladar parece de madera.

Pregunté dónde estaba la señora Beaumont.

–Mi mujer prepara el equipaje; nos vamos muy temprano mañana por la mañana. Es una tarea que nunca deja a los empleados. Conoce mis manías; sabe que deseo encontrar todo lo que necesito con los ojos cerrados: la colonia, a la izquierda; el cepillo de dientes, a la derecha; la bufanda gris liviana que tejió ella misma, encima de los pañuelos.

–Es encantador que lo consientan así –dije.

–Encantador y extraño.

–Creo que debe de ser fantástico. Dan ganas de casarse.

Se irguió en el profundo sillón de cuero, bajó los párpados y apretó la punta de sus dedos los unos contra los otros, en un gesto que le era familiar.

–Conoce el famoso dicho: «Hay buenos matrimonios. Hay pocos maravillosos». Y, sin embargo, créame, vale la pena buscarlo. Una unión conyugal feliz hace pensar, la mayoría del tiempo, en una yunta de bueyes que penan en paz dentro del mismo surco, y, es cierto, tiene su precio. Pero tenemos derecho a esperar algo más del matrimonio: debería haber conservado del amor lo mejor que tiene: la comprensión mutua, la fidelidad, la ternura, y librarse del egoísmo y la crueldad amorosa. En una palabra, el matrimonio, después de unos años, debería ser el amor decantado como un vino excelente. Pero es tan poco común… ¡Dios mío, qué poco común!

Conversamos un rato sobre este tema. Llovía. La estación iba a terminar con el inicio del otoño. En esas montañas, el frío, desde el principio de septiembre, es penetrante, y aparecen las primeras nieblas. El chaparrón arrastraba hacia la terraza las hojas doradas de los jardines.

–Tengo un amigo –dijo el señor Beaumont– que tuvo el más hermoso y el más razonable de los matrimonios. Sí, el más razonable, a pesar de las fuertes críticas que recibió. De hecho, parecía singular para los espíritus superficiales..., singular, o más bien no habitual... Pero lo importante son los hechos. Mi amigo está casado desde hace catorce años y tiene una felicidad conyugal perfecta. Le voy a contar su historia. Mi amigo, llamémoslo Octave, su verdadero nombre poco importa, mi amigo había sido durante su juventud lo que suele llamarse un hombre disipado. Esto sucedía antes de la guerra de 1914. En esa época, todavía era frecuente que nos arruináramos por las mujeres, lo cual, dadas las circunstancias, es mejor que arruinarlas uno mismo, como sucedió desde entonces. Mi amigo había vivido en un mundo brillante, encantador, ligero, del que, después de la guerra, sólo se han conocido las ruinas o la más siniestra de las falsificaciones. Mi amigo fue a la guerra con valentía y, después del Armisticio, se encontró pobre, enfermo, con la salud deteriorada por una cruel herida y solo en el mundo. Ya no tenía padres; la guerra se había llevado a sus mejores amigos, y los que quedaban habían formado una sociedad en la que no se sentía muy cómodo, donde ya no se sentía más en su lugar. Quiso trabajar, y con los restos de su fortuna logró montar y levantar una pequeña cristalería. Mi amigo, en tiempos de prosperidad, había sido un ferviente aficionado a los objetos de arte; le gustaban encantadores y frágiles; coleccionaba porcelanas y objetos antiguos en vidrio, pero sus colecciones se habían dispersado. Como ya no podía comprar nada, se puso a vender. Al menos trató de vender, pero sin éxito. Era la época de todo en serie, de la ostentación, de lo barato, del agresivo mal gusto, y mi amigo sólo quería fabricar lo exquisito, sólo objetos de calidad, largamente moldeados, con paciencia y modestia, según la fórmula de los buenos artesanos de antes. Inútil decirle que al cabo de varios años estaba a punto de la quiebra. Fue en ese momento cuando la tentación se le presentó bajo la forma de una rica estadounidense. Hay que decir que Octave ya no era joven, que sólo había tenido un amor en su vida (había sido el compañero de una famosa actriz hacia 1910, pronto olvidada después). Le diría su nombre, pero no le sonaría para nada. Era una mujer de una gran belleza, de una inteligencia vivaz, dotada de un excelente corazón..., pero la gripe española se la había llevado al final de la guerra. Mi amigo nunca pudo olvidarla. Cuando se trató el matrimonio entre esa estadounidense y él, pensó que era su deber hablarle de la muerta y advertirle de que en su corazón ninguna otra mujer la reemplazaría. La estadounidense lo miró con curiosidad. Se llamaba Elinor Hart; había tenido dos maridos, muertos los dos. «Es usted gracioso», le dijo, «ya no tenemos veinte años ni el uno ni el otro. ¿Se trata de amor? Quiero pasar una gran parte del año en Europa. Estoy cansada del mundo de la Riviera, donde siempre se ven las mismas caras; me gustaría conocer a la buena sociedad francesa y sé que, a pesar de lo que se pueda decir, no se abre con facilidad a los extranjeros. Mi segundo marido era italiano. Gracias a él, tengo amigos muy interesantes en Roma. Usted me presentará al verdadero París. No me casaré con un noble; es demasiado caro y quedaría desacreditada en Estados Unidos. Pero una buena burguesía francesa sería un buen negocio. Y usted necesita dinero para salvar su pequeña industria. Supongo que tiene bastante sentido común para reconocer el interés de mi propuesta».

»Dios mío, mi amigo veía el interés. Iba a verse obligado a vender esa fábrica por la que sentía tanto apego como si se tratara de un niño. Esperaba con esto, por el contrario, que, al conservarla, al perfeccionar su industria, ésta, al cabo de unos años, le volvería a dar sino una fortuna, al menos cierta independencia. Después, hay que decirlo, nada es más contagioso que ver las cosas tal cual son. Ella sólo tenía en los labios la frase *common sense*.

»–No tenemos que rendirle cuentas a nadie –decía ella.

»Tenía hijos mayores en Estados Unidos, dos hijos casados. «Pero mi vida privada no les importa», decía. «El trato que le propongo es ventajoso para los dos. Seremos libres, pero no tendrá que temer de mi parte ninguna indiscreción. Soy una mujer seria a la que le gusta una existencia decente y cómoda, que no tiene amistades sospechosas ni vicios. Sin embargo, puede suceder que un día encuentre a un hombre que me guste más que lo que usted me gusta. Entonces se lo diré; nos divorciaremos, y todo será dicho».

»–Por mi parte, si alguna vez... –dijo Octave.

»Pero no lo dejó terminar. Era de esas mujeres que, cuando dicen «nosotros», piensan «yo». No son pocas en Europa y muy comunes en Estados Unidos. Físicamente, era una mujer de rasgos regulares, de perfil tajante, delgada, con el pelo teñido de color caoba. Todavía podía pasar por guapa, y Octave, sin estar enamorado de ella, estaba preparado para mostrarse como un buen marido en todos los aspectos. Sin embargo, dudó y se preguntó por mucho tiempo, pero la tentación era demasiado fuerte. Por un lado, las dificultades que crecían sin cesar y una vejez pobre y solitaria. Por el otro... A decir verdad no se imaginaba con mucha precisión cómo sería esa vida, pero seguro que allanaría su camino como con una varita mágica. Volvería a encontrar el tiempo feliz, el tiempo de antes; su trabajo estaría exento de preocupaciones, sus días transcurrirían en paz. Imaginaba un servicio de cristalería diseñado por él, ejecutado por él, con el que adornaría su casa. Elinor tenía mil veces razón. No se trataba de amor. Ya no tenían la edad, ni el uno ni el otro. Sería un hermoso y buen matrimonio. Era infructuoso esperar uno maravilloso. Se casó entonces con Mrs. Hart en París, en el ayuntamiento del distrito XVI, un hermoso día de mayo.

»Transcurrieron unos meses, y Elinor le dijo que estaba cansada de Francia, que la sociedad francesa no había respondido a sus expectativas, que su recibimiento le había parecido bastante frío y acompasado, y que esa sociedad, además, era *dull* más allá de toda expresión. *Dull* era sobre los labios de Elinor una condena sin apelación. Deseaba volver a Estados Unidos y contaba con que su marido la acompañase. Pero ¿y la cristalería? Ya ve usted... Lamentablemente, Elinor había tomado la cristalería en sus manos desde el día siguiente a la boda, lo que era bastante natural dado que ella era la socia principal, y, en algunas semanas, a pesar de la ira impotente de su marido, lo había alterado todo. Ahora se fabricaban unos horrendos objetos de vidrio en serie; era una empresa estándar, modernizada, sin alma... ¿Cómo describirle la consternación de Octave? Pero ¿qué podía hacer él cuando le demostraban que las ganancias se habían triplicado en seis meses, que ganaba mucho dinero? ¿Que el dinero era la única recompensa del trabajador y que todo debía ceder al dinero? Nada más lo retenía en Francia. Se fue con Elinor.

»Elinor había heredado de su primer marido una casa en Nueva Jersey, y fue ahí donde se instalaron. Una casa grande, un campo feo, un clima alternadamente helado y tórrido, dormitorios donde soplaban todos los vientos de América, ni un objeto amable, gracioso o simplemente modesto o gastado en el que descansar la vista. Todo demasiado grande, demasiado rico, demasiado nuevo. Ni un ser vivo con quien intercambiar una palabra. Elinor se había reencontrado con sus amigos, un mundo donde el viejo parisino se sentía solo como en un bosque salvaje. Sus hijastros lo observaban con desprecio, no se molestaban ni en decirle: «Señor Beaumont, quiero hablar con mamá, ¿puede retirarse por favor?». Vagaba por la casa y por el parque; terminaba por encallar en la enorme sala de billar donde jugaba lamentablemente solo. Ahí fue que un día... Llovía. Mi amigo estaba resfriado como lo estoy yo hoy. Tosía, se sonaba la nariz, miraba caer la lluvia, con la frente contra el cristal, cuando de repente una voz dijo, detrás de él, en francés: «¿El señor no tiene frío? El señor debería tomar una yema mejida».

»Se dio vuelta y vio a una mujer de pelo negro, con un vestido negro y un pequeño delantal de encaje. Era la doncella de su mujer, una francesa que desde hacía mucho tiempo estaba al servicio de Elinor, pero a la que apenas conocía, ya que ella no había acompañado a su mujer a Francia en el momento de su matrimonio.

»Se llamaba Clarisse.

»–Voy a encender la chimenea para el señor –dijo ella.

»No se calentaba normalmente la sala de billar. En un abrir y cerrar de ojos había traído madera, dispuesto los leños, encendido el fuego. Empujó cerca de la chimenea el gran sillón. Salió de la habitación y volvió al cabo de un instante con un vaso lleno de un líquido cremoso.

»–Huevos batidos con leche, una gota de ron y un poco de canela... El señor se sentirá mejor de inmediato.

»–Gracias, Clarisse –dijo mi amigo con gratitud.

»Es difícil explicar el sentimiento de consuelo que él sentía. Ella cerró una ventana por la que el aire le soplaba en la espalda, encendió una lámpara, y todo se transformó. Iba a retirarse cuando él la retuvo:

»–¿Le gusta este lugar, Clarisse?

»–No, señor.

»–¿De dónde es usted?

»–De París, como el señor.

»–¿Dónde trabajó antes de venir aquí?

»Entonces ella le dijo nombres..., nombres conocidos y olvidados, de familias perdidas de vista, de amigos muertos. El mundo es pequeño. Ella lo conocía. Había cenado antes de la guerra en las casas en las que ella trabajaba. ¡Ella lo conocía! ¡Alguien lo conocía! Ya no era ese extranjero, ese intruso, ese sospechoso. Alguien sabía que era un hombre valiente, un hombre honesto, que había podido casarse con una rica estadounidense sin ser por eso un aventurero o un estafador. No puedo expresar el placer que sintió Octave cuando ella le dijo:

»–Recuerdo perfectamente al señor. Me dio mucha alegría saber que la señora se casaba con el señor. Es agradable encontrarse con alguien de su tierra.

»Octave, con una voz un poco alterada, preguntó si Clarisse había visto, antes, en el teatro... Nombró a su antigua amante, a su amor. Clarisse sonrió. Cuando sonreía, su rostro se iluminaba. No era bella. Sus rasgos eran fuertes, su nariz tenía una forma irregular y vulgar incluso, su boca era demasiado larga, pero la sonrisa alegre y franca la transfiguraba. Respondió con discreción:

»–Sé que el señor la conocía bien.

»Tenía un tacto perfecto como sólo lo tienen los cortesanos y los empleados de una buena casa; ella le hizo entender que no desconocía esa relación y que la aprobaba.

»–A menudo aplaudí a la señorita. ¡Qué talento tenía! Ah, en esa época, en Francia, había mucho teatro. Es como para todo: hay que amar lo que se hace. Ahora la gente no trabaja más que para ganarse el pan. Durante cinco años trabajé al servicio de... –Nombró a un famoso autor dramático–. La señorita iba a almorzar a la casa. ¡Qué mujer tan encantadora y simple! ¡Y cómo se vestía! Recuerdo el vestido negro que usaba. Era al inicio de la guerra. Un vestidito bien corto con un cuello y unos puños de encaje. Tenía un no-sé-qué en el corte. Aquí, esas señoras nunca podrán igualarlo. Siempre habrá un detalle... Otra vez, era 1912: un gran sombrero Gainsborough negro y rosa...

»–Me acuerdo –dijo mi amigo, con vivacidad, y de inmediato los recuerdos del pasado lo invadieron y le reconfortaron el corazón.

»Mientras tanto, Clarisse corría y prendía con alfileres las cortinas:

»–Así está mejor, así el señor no verá caer la lluvia. ¿Qué más necesita el señor? ¿Un libro? La señora sólo tiene algunas novelas policiales, pero hay algunos libros franceses en la sala de estudio que dejó la antigua institutriz. Se los traigo, y el señor elige. El señor debería tomar su yema mejida mientras esté caliente. ¿Instalo la radio? Supongo que el señor es como yo y que esas cosas no le gustan. ¿El señor está bien? Ahora, el señor me disculpará: debo regresar con la señora.

»Desapareció. Mi amigo la volvió a ver unos días después. Se había negado a acompañar a su mujer a Nueva York, donde la habían invitado a cenar. Comió solo, o más bien fingió que comía, porque no tenía hambre. Después de cenar, con una excusa cualquiera, llamó a Clarisse. Se sentía particularmente triste esa noche, y esperaba que su voz francesa actuara sobre él como una música alegre y simple que nos hace olvidar el cansancio. Clarisse llegó y le dio la información que solicitaba. Después ella hizo el gesto de retirarse, pero él la retuvo:

»–¿No podría traer alguna labor de costura y quedarse un rato conmigo? No me siento bien esta noche.

»–Por supuesto, señor.

»–A menos que eso le aburra... Sin duda, a esta hora, es tiempo de descansar.

»–Yo trabajo en mi habitación, señor. Me hago un abrigo. Pero me puedo instalar aquí; incluso me dará mucho gusto.

»–Perfecto, entonces.

»Unos minutos más tarde, estaba sentada cerca de mi amigo y cosía con ahínco. Sus movimientos eran ligeros y silenciosos. Él leía; ella respiraba apenas. Él olvidaba su presencia, pero desde que le daban ganas de hablar, ella parecía adivinarlo y de sus labios nacían palabras simples, alegres y graciosas:

»–¿El señor no ha comido nada esta noche? El señor apenas tiene apetito. Es verdad que los alimentos de aquí no tienen ningún atractivo. No saben cortar el pollo. ¡Y qué monotonía para los postres! ¡Además, el señor debe de tener un estómago pequeño y caprichoso! Apuesto a que se alimentaría de buena gana entre comidas. ¿Una pequeña *omelette* poco hecha, liviana, o incluso una escalopa a la crema no le sentarían bien al señor?

»–Por supuesto que sí. Creo que sí.

»–Entonces, no se mueva, señor. Le voy a preparar eso en un instante.

»–Pero, en la cocina… ¿El chef no debe estar acostado?

»–El cocinero cogió su coche y fue a llevar a la segunda doncella a Nueva York, al cine. Pero no se preocupe, señor. Hay un hornillo eléctrico en el baño. Voy a preparar algo rápido.

»¡Qué deliciosa fue esa cena! Mi amigo nunca había probado nada tan sabroso. El plato estaba preparado con tanta habilidad, tan liviano, que los alimentos parecían bajar del cielo sobre la mesita preparada para recibirlos. ¡Y qué comida! Costillitas de cordero salpimentadas de parmesano rallado, con una guarnición de *croûtons* fritos y cortados en forma de corazón; una crema aireada, un suflé a la naranja. Diez años después de esa cena improvisada, mi amigo aún hablaba de ella con gratitud. Y, mientras le servía, Clarisse seguía excitando su apetito, diciéndole con su dulce voz:

»–Esto no es nada. Es para entretener al señor. Pero, si pudiera hacerle probar una cena bien preparada, bien cocinada, como en casa, enseguida recuperaría el apetito. ¿Al señor le gustaría un *civet* de conejo bien marinado durante dos o tres horas con un buen coñac, aceite de oliva, una cebollita? ¿O también una perdiz flambeada en un fino champán?

»–Hace que se me haga agua la boca, Clarisse.

»–Es lo que le hace falta, señor. Un hombre debe trabajar bien y comer, como decía mi padre.

»–¡Trabajar bien…! Lamentablemente, Clarisse, había fundado una pequeña fábrica; me había aferrado a ella…

»Clarisse asintió con la cabeza con un aire de discreta compasión:

»–Lo sé, lo sé, señor. Vi los vasos fabricados antes de la señora y los de ahora. Son incomparables. Parece que ya no son perfectos, delicados. Son toscos, listos para usar. Da mayores ingresos, por supuesto, pero ya no es un trabajo placentero. Lo entiendo, señor.

»–Creo que usted es la única que me entiende aquí, Clarisse –dijo mi amigo suspirando.

»Se escuchó en ese instante el ruido del coche sobre la gravilla de la entrada. Elinor acababa de regresar; eran las dos de la mañana. Clarisse se retiró.

»Salió sin hacer ruido, a su manera diligente y silenciosa. Se volvió invisible hasta el día siguiente. Pero al día siguiente la volvió a ver. No permaneció mucho tiempo al lado de su patrón, pero, si bien no pasaba con él más que unos segundos, se las arreglaba para que esos breves instantes fueran dulces. ¡Pero no crea que su atención era sólo por él! No, era una mujer a la que le gustaba hacer feliz a la gente. Los animales y los niños la querían. La propia Elinor decía que valía la pena estar enferma para que la cuidara Clarisse. Con todas sus cualidades, nunca tuvo ni marido ni amante. Hay seres que viven la vida de otros; como nunca piensan en su propia felicidad, nadie sueña por ellos y sólo existen en función de las alegrías y los sufrimientos ajenos... Clarisse, en las familias en las que había trabajado, siempre había encontrado desamparados: ancianos desatendidos, niños poco amados, animales maltratados. Se interesaba con pasión por ellos y dejaba pasar sus últimas oportunidades. Quien pierde su vida la salvará, dice el Evangelio. Pero la vida terrestre es mujer y exige ser deseada. El que no la persigue no la hostiga, no obtiene nada. Además, Clarisse no era infeliz, dado que nunca pensaba en la felicidad.

»Al cabo de seis meses, Elinor declaró que Estados Unidos la aburría y que quería pasar el verano en Francia. Clarisse estaba en la habitación de su patrona en ese momento. Octave le dijo:

»–¡Qué alegría volver a ver París!

»–No llevaremos a Clarisse –dijo Elinor.

»Mi amigo se permitió insistir.

»–Pobre Clarisse... Tiene nostalgia por su país, como yo. No la prives de ese placer.

»–No se trata de eso –dijo con frialdad Elinor.

»Y expuso las razones por las cuales la presencia de Clarisse era indispensable en Estados Unidos. Hablaba con voz helada, tajante como el viento de Nueva York que llega en línea recta del polo sin haber encontrado obstáculos en su camino, que nos flagela en la esquina de una calle y nos arranca lágrimas. Lo que decía estaba sin duda lleno de sentido común, como todas sus palabras, pero mi amigo no la escuchaba; sólo miraba y se sorprendía por sentir hacia ella algo que se parecía al odio.

»–¿Cuánto tiempo piensas quedarte en Francia? –preguntó él al fin.

»–¿Cómo quieres que lo sepa?

»–Porque una vez de regreso allí, te aviso de que en lo que a mí respecta es para toda la vida.

»–Oh, en lo que a ti respecta...

»Hizo un movimiento de hombros que significaba exactamente: «Vete, quédate, no me interesa», y mi amigo, que había reflexionado mucho durante estos últimos meses, le dijo con suavidad:

»–Elinor, ¿recuerdas nuestras convenciones? Puede pasar, decías entonces, que uno de nosotros desee recuperar su libertad. Vengo a pedirte la mía.

»–¿Quieres la separación?

»–Es divorcio, Elinor.

»–¿Quieres volver a casarte?

»–Sí.

»–¿Con quién? –exclamó ella.

»–Con Clarisse –dijo mi amigo.

»Ella lo miró estupefacta.

»–¿Te has vuelto loco? ¿Quieres casarte con mi doncella?

»–Si ella acepta.

»Mi amigo se volvió hacia Clarisse. Clarisse, sonriendo, le tendió la mano. Elinor balbuceaba literalmente de ira:

»–¡Os echo, os echo a los dos!

»–No se enfade, señora –dijo Clarisse–; cuando se reflexiona sobre esto, es tan natural. El señor y yo no somos de la misma clase social; pero pertenecemos al mismo mundo.

»–¿Qué más explicarle? –concluyó el señor Beaumont–. Octave se divorció y se casó con Clarisse. A mi amigo le quedaba un poco de dinero. Fundó una segunda fábrica, que esta vez prosperó. Clarisse era industriosa y austera, como se puede imaginar. Gracias a ella, mi amigo, aunque no se volvió rico, puede, sin embargo, vivir cómodamente. Vivió (y sigue viviendo) muy feliz.

El señor Beaumont se quedó callado y sonrió. Su mujer acababa de entrar.

–¿No tiene frío, amigo mío? –preguntó–. Debería tomar una yema mejida.

Se dirigió hacia el camarero:

–¿Quiere, por favor –dijo ella–, batir dos huevos en leche y servirlos con una gota de ron y un poco de canela?

El señor Beaumont se ruborizó levemente. Después le tomó la mano a su mujer y la besó:

–Gracias, Clarisse –dijo con gratitud.

Esta edición de *Cuentos selectos,*
de Irène Némirovsky,
se terminó de imprimir en CPI Black Print,
el 23 de febrero de 2025